[著] 榛名千紘
[ILL.] てつぶた
THE FOURTH VOLUME
4
メは
になる
義務がある。

「私の気持ち……ちゃんと、聴いてね」
「ああ」
「全部、受け止めてね」
「……ああ」

「それで、これが終わったら…………
ううん」
「ここから始まるから。
本当の私が」

CONTENTS

著／榛名千紘　イラスト／てつぶた　デザイン／ムシカゴグラフィクス

TENMA

RINKA

この△《さんかく》ラブコメは幸せになる義務がある。

4
THE FOURTH VOLUME

[著]榛名千紘
[ILL.]てつぶた

REITRA

一章　夏はまだまだ続けども

奇妙な感覚だった。

気まぐれに入店したラーメン屋でギャングスターにでも遭遇するような。

遠い海の向こう——地球上のどこかに彼らが存在している事実を、頭の中では認識していたはずなのに。イメージのガラスを破り、今、目の前に『それ』が現実となって押し寄せてきたことを受け入れられず、得体の知れない恐怖が体を支配していく。

「……っ」

カラカラに渇いた喉を鳴らすことも許されずに、矢代天馬《やしろてんま》はただ考える。特に面識もない運命の神様に、不満をぶつけるといっても差し支えない。

——こんな展開ってあんまりじゃないか。

恨み節も必然の産物、理不尽なクレームを入れたつもりはなかった。

自分は一介の高校生であり、おまけに今は夏休みの真っただ中で、横須賀《よこすか》での小旅行から帰還したばかりなのだから。目を閉じるまでもなく情景が蘇《よみがえ》る。

オーシャンビュー、ナマコ、大浴場、水着、ビーチバレー、バーベキュー、他多数。

笑いあり、涙はギリギリなし。生来は質素倹約な、あるいは平々凡々な、ともすれば灰色の人生を歩んできた天馬《てんま》にとっては、間違いなく一生涯の財産。空前絶後レベルに青春を謳歌《おうか》している気分で、つい先ほどまで夢見心地だったというのに。

文字通り一瞬で掻《か》き消《け》されてしまった。

落差が激しすぎて複雑骨折しそうな現在、脳内で渦巻くのは二つの台詞《せりふ》。

「なにしに来たのよ」

「それが実の親に対する口の利《き》き方《かた》か？」

言葉は互いに短く、だからこそ舌鋒《ぜっぽう》鋭い。

金持ち喧嘩《けんか》せずなんて嘘《うそ》っぱち。平民同士のいさかいとは無縁に思える高層マンションのエントランスを前にして、一触即発の様相を呈する二人。

片方は、天馬《てんま》のよく知る顔だった。腰の下まで流れる黒髪はビロードのように滑らか。半端《はんぱ》なファッションモデルが霞《かす》んで見えてしまうほど、すらりと長い手足にくびれた体は理想的な八頭身を描き出し、それらが与える印象にしっかり見合う大人びた相貌――猛禽類《もうきんるい》のように鋭い眼光は、対峙《たいじ》した者を無意識のうちに威嚇することもしばしばだが。

「……親、ですって？」

少なくともこの瞬間だけは、無意識などでは決してなかった。笑わせないでよね、と微塵《みじん》も

笑ってはいない唇で吐き捨てた女は、

「あんたを親だなんて思ったこと一度もないわよ」

明確な敵意を、ありったけの嫌悪《けんお》を紡《つむ》いでいる。目の前の人間を呪い殺すように。

元より敵を作りやすいタイプの性格をしているのが彼女——皇《すめらぎ》凛華《りんか》。他者を拒絶する言動を見せるのは今に始まった話ではないが、その傍若無人ぶりを嫌というほど味わってきた天馬《てんま》だからこそ感じ取れる機微もあった。

次元が、何もかも違っている。

おそらく、彼女が今まで見せてきたどんな怒りよりも熱く、どんな軽蔑よりも冷たく、それでいてどんな憎悪《ぞうお》よりもどす黒い。静かながらも強大な感情、常人ならば腰砕けになってもおかしくないそのプレッシャーに、

「相変わらず子供のままだな」

「なんですって？」

臆する気配もなくため息をついたのは長身痩軀《そうく》の男。

海外の有名ブランドだろうか。張りのあるダークスーツにしわ一つないシャツは、額を見せるように固められたヘアスタイルとも相まって几帳面《きちょうめん》さを漂わせる。

一見すると没個性の象徴——人畜無害なビジネスマンにも思える装《よそお》いに、しかし、天馬《てんま》が抱いたのは全く別ベクトルの印象。まるでそれらを身にまとうことによって奥底の本性を覆い隠

しているような。正体はスパイか殺し屋か。非現実的な想像で警戒心を煽《あお》られるのは、動物的な本能によるものだろう。

彼の名前など知る由《よし》もない天馬《てんま》だったが、会話の内容から、彼が何者であるかについては理解できていた。いや、そんなヒントをもらわなくても、たぶん。

「この場合は幼稚という表現が正しいか」

「意味、わかんないんだけど」

「お前にどう思われるかの話はしていない、と言っている。これでも一応、保護責任を負う立場にあるんでな」

「……保護？　責任⁉」

「野垂れ死んでいないかだけ確認しにきてやったんだよ。感謝したらどうだ？」

「どの口からそんな台詞《せりふ》が出てくるのよッ‼」

冷戦にも思えた拮抗《きっこう》を破り、声を荒らげて噛《か》み付《つ》いてしまったのは凛華《りんか》。ギリギリまで我慢していたはずなのに、結局はそうせざるを得なかった。普段の彼女なら挑発を軽くあしらうクレバーさを備えているものの、今回ばかりは相手が悪かったのだ。

「だから、私はあくまで社会的な地位の話を……これくらいは一回で理解してほしいな」

やれやれ、とでも言いたげに高い位置から凛華《りんか》を見下ろした男。

まるっきり大人と子供。こんな風に凛華《りんか》を手玉に取る人間、他にいるはずがない。その、あ

らゆるものを呑《の》み込《こ》む底知れなさが、外気との接触を遮断しているように涼しげな表情が、気持ち悪いほどに整っている目鼻立ちが。全てが全て、天馬《てんま》に確信を抱かせるのだ。

この男こそが紛れもなく、皇凛華《すめらぎりんか》の父親なのだと。

――こ、これは……

蚊帳《かや》の外な立ち位置で、固唾《かたず》を呑《の》むのが天馬《てんま》。

もしも彼らが人並みの親子関係を築けていたのならば、今のこれは『クラスメイトの親御さんにたまたま遭遇してわ～お！』というありきたり（？）なシチュエーション。天馬《てんま》もありきたりにドキドキする程度で済んでくれたのに。

そうはならない理由を、天馬《てんま》は知っていた。名も知らぬ彼を凛華《りんか》がこの世で最も毛嫌いしていること。家庭を一切顧みない仕事人間で妻の葬儀にも出席しなかったこと。娘を一人暮らしさせて親らしいことなどろくにしていないのも含め。

だからといって息巻いて「ネグレクト反対！」と人道を説いたり、もっとシンプルに「このクソ親父《おやじ》！」とか罵ってみたり、あるいは熱血漢らしくグーパンチの肉体言語で語り合ってみたり。そういう口出しや手出しをする気はサラサラなかった。それらの権利は全て凛華《りんか》に帰属しているはずだから。天馬《てんま》が横取りするわけにはいかない。

せっかく会えたのだから、これを機にガツンと言ってやればいいのだ。存分に殴り合いでもすればいいのだ。ただ、ここだと他の住民の方々に迷惑がかかりそうなのと、自動ドア越しの受付に見えるコンシェルジュのお姉さんが、さっきから心配そうにチラチラこちらを窺《うかが》ってきているので、「場所を変えませんかね」とは老婆心ながら思っている。

——ここ、暑いし。

ドッキリして一度は引っ込んでいた汗が再び噴き出し始めた天馬《てんま》が、誰でもいいからオートロックだけでも解除してくれないものかと祈っていたところ。

「まあ、しかし……こうしてわざわざ様子を見にきた甲斐《かい》が、あったかもしれないな」

凛華《りんか》のお父上は半笑いで会話を継続。ああ、やっぱりここで続けるおつもりなんですねー

……と、軽く絶望している天馬《てんま》は、

「安心したよ。楽しそうにやっているみたいで」

一瞥《いちべつ》をくれた彼とそこで初めて目が合った気がした。氷のように冷たい瞳にたじろいだものの、凛華《りんか》のそれで多少は耐性がついていたおかげだろう、氷漬けになる心配はなく。むしろ挨拶くらいさっさとするべきだったと、常識人的な発想が生まれる。

「ど、どうも。俺、今年から同じクラスになった、矢代天馬《やしろてんま》と申しまして……」

それっぽく自己紹介してみたが、社交性の乏しさには定評のある天馬《てんま》だ。共通の話題を見つけることも、気《き》の利いたジョークで場を和ませるテクもありはせず。

「あ！　だ、大丈夫ですよ！　娘さんとは清い関係……って、この言い方は変かな。とにかくお父様がご心配するような、ただれた関係では断じてあらず。犬みたいなもんとしかこいつも

思ってないですよ、俺のことなんて、なあ？　え、ああ！　もしかして、だったらどうして家の前までついてきてるんだ～とか、思ってます？　ごもっともですが、これにもちゃ～んとした理由が。ほら、今って夏休みじゃないですか～。みんなで楽しく旅行してきた帰りなんですよ～、実は。二泊三日のアバンチュール……って、え？　ああ、一緒に旅行するくらいの仲なのかって？　いや～、痛いとこ突きますね～、ははっ……アッハッハッハッ！」

笑っとけ、とりあえず。

俺の声ってこんなに気持ち悪かったっけ、と不安になった。コミュ力の低い人間に限って聞かれもしないことをべらべら喋《しゃべ》りたがる。仕方ないだろ。初対面の怖そうな大人って、天馬《てんま》からすれば最も苦手とするタイプなのだ。

「と一に一か一く一！　立ち話もなんですから、続きは中で…………………？」

ペコペコ頭を下げていた天馬《てんま》は、そこでようやく凛華《りんか》の父を正面に見据えたわけだが。

「いや、良かったよ。本当に」

初めに違和感、ワンテンポ遅れて背筋が凍る。

「矢代《やしろ》くん、だったね。これからも娘とは仲良くしてやってくれ」

黒ずんだ瞳が発する光は、天馬《てんま》の体を無慈悲にすり抜ける。

彼は、天馬《てんま》を見てなどいなかった。

最初からずっと。おそらくは一度も。

視線を向けるという行為ではそうなのだろうが、真の意味で彼の瞳に天馬《てんま》が映し出されることはない。目が合った気がしたのは本当に気のせいだった。

なぜ彼はそんな風に振る舞うのか。

娘に近寄る男を本音では憎らしく思っているから、とか。そういう人間らしい感情を抱いているはずもない。わかる。わかってしまう。ただ単に、興味がないのだ。

天馬《てんま》に、ではない。自分以外の全てに。ここにいるのがたとえアイドル級のイケメンでも、遊びまくっていそうなチャラ男でも、逆に理想の彼氏像を具現化したような好青年でも、彼は寸分の狂いもなく同じ反応をしていたに違いない。

だって、そうだろ。どうでもいいのだから。

物の数にも入れられていないのが、ここまではっきり伝わってくるのも珍しい。俗物のあしらい方すら親子で似ているのだから、血の繋《つな》がりを感じずにはいられなかった。

「……参ったな」

介入する気はないという前言（実際に口には出していないけど）を、天馬《てんま》は早くも撤回したくなってきた。上手《うま》い例がポンと思い浮かばないが、つまり、あれだ。

粗大ごみを一人で運ぶのは、さすがに無理だろという話。

「改めてお誘いしますけど、続きは中でゆっくり」

幸い今度は気持ち悪い声にならず。大木の根っこが腐っているのを目撃した気分の天馬《てんま》は、

頷《うなず》かれなくとも連れ込む気満々で一歩を踏み出したのだが、

「いいから、そういうの」

何かを察したらしい凛華《りんか》が、それを片手で制止。情緒不安定な天馬《てんま》のトークを聞くうちに怒る気力すら失《う》せたのか、疲れ切った吐息をついて大理石の床を見つめる。

「様子見なら、目的は済んだでしょ。さっさと消えてくれる?」

「言われるまでもない。見ての通り暇じゃないんだ」

売り言葉に買い言葉、迷いなく踵《きびす》を返した男は革靴をコツコツ鳴らし歩いていった。

今さら気付いたが路肩にごつい車が停《と》まっている。ビリジアンのボディに動物を模した立体エンブレム。傍《そば》には運転手と思《おぼ》しき若い男性の姿。こちらも真夏とは思えない黒い礼服（どことなく執事っぽい）を着用している。

恭《うやうや》しく開けられた後部座席に凛華《りんか》の父親は乗り込み、執事風の彼は最後に天馬《てんま》たち——というかおそらく凛華《りんか》に対して一礼してから、運転席へ。音もなく発進した車は角を曲がって見えなくなる。麗良《れいら》の家の外車に乗ったときも思ったが、最近は静粛性に重きを置く企業が多いようだ。歩行者視点だとアレ、急に横を通り過ぎてびっくりするんだけど。

「……」

「……」

そして、ここにも静粛を保つ者が二人。

サボっているのか休憩中なのか、セミの鳴き声すら聞こえなくて寂しくなる。

凛華《りんか》の顔を、怖くて見られない。きっと相当にお冠のはず。彼女にしては珍しい完全なる敗北、言い負かされた挙句に捨《す》て台詞《ぜりふ》まで吐かれているのだから。そもそも何と戦っているんだという話だが、とにかく、天馬《てんま》が抱いた感想は一つ。

「なんつーか………うん」

最大限、オブラートに包むのならば。

「ちょっと性格に難ありだな、あれは」

「ちょっとで済む？」

「ごめん、かなり。もしかしたらお前以上……イデェッ!!」

いやはや、思い切り脛《すね》を蹴られてしまった。一言多いのもコミュニケーション弱者が有する特徴なのだと、思い知らされる一幕だった。


「お前の部屋って？」

「三十六階」

「へいへい……」

タワマン様はエレベーターまでお洒落《しゃれ》な作りなんですね、と。おどけるような空気ではないのは弁《わきま》えているため、天馬《てんま》は黙ってボタンを押した。

意味もなく腕組みしながら、階数表示のランプが変化していくのを見上げる。横目でチラリと確認すれば凛華《りんか》も全く同じ体勢を取っていた。視線察知機能でもついているのか、にわかに眇《すが》めた彼女の瞳に射抜かれる。

「なに？」

「いや……」

再び視線を戻し、訪れたのは気まずい沈黙。

元からぺちゃくちゃお喋《しゃべ》りするタイプの女ではないし、ただでさえ今は旅行帰りで疲れているのだから、これが普通といえば普通なのだろうけど。

――いつも通りのはず、ないよな。

以前に聞いたときは、一年以上も父親とは顔を合わせていないと言っていたし、仕事でどこに行っているのかさえ知らされていない感じだった。それがこんな風に、向こうの都合で急に現れたのだから、どの面下《つら》げてと怒りたくなる気持ちもわかる。

棺桶《かんおけ》にでも押し込まれたような息苦しさで、このまま黄泉《よみ》の国に誘われてもおかしくないと天馬《てんま》は危惧していたが、幸いにもお迎えが来ることはなく。しばらくして四角い箱は目当てのフロアに到着。幅の広い内廊下には高そうな壺《つぼ》や絵画が並んでいて（ホテルかよ）、住む世界が違うと再認識させられる。

「お前みたいな女子高生は特例として、他にどんな人種が住んでるんだ？」

「知るわけないでしょ」

「お隣さんとか、ご近所付き合いはない感じ？」

「隣どころか同じ階では誰とも会ったことないわ」

「え、空き家なのか？」

「だから、知るわけないでしょっての！」

ヒステリーな女に一喝され、それ以上の会話を天馬《てんま》は断念。そうして結局、最後まで閉塞感を破ることは叶《かな》わず。

「じゃあ、ここだから」

「お、おう」

凛華《りんか》が足を止めた部屋の前で、代わりに運んでいたキャリーバッグを手渡した。

ここがもしも天馬《てんま》の自宅だったなら、美味《うま》い飯でも振る舞うとかいくらでもやりようはあったのだが、タワマンなんて完璧なるアウェイだし、何より女子が一人暮らしする空間、聖域にも等しいのである。自分はただ単に荷物持ちでやってきただけ、敷居を跨《また》ぐのは送《おく》り狼《おおかみ》にほかならないので大人しく退散しよう、と。

考えていたはずなのに。

「ありがとう、またね」

「ああ、お疲れー……くっさっっっっっ!!」

思わず、叫ぶ。

「臭いッ!!」

おかわりでもう一回、叫んでいた。

天馬《てんま》は反射的に手の甲を鼻に押し付けて防御のポーズ。凛華《りんか》がドアを開けた瞬間にむわっと鼻を衝《つ》いてきたのは、上流階級の住居には縁もゆかりもなさそうな腐敗臭。

論を俟《ま》たず、出所はドアの向こうに広がる聖域。

——死体でも転がってるのか？

孤独死の発見に繋《つな》がるのは大抵、近隣住民からの「変な臭いがする」という通報だったりする。天馬《てんま》の脳裏を『事件』の二文字がよぎるが、

「あー、そっか。すっかり忘れてたわ……出るとき、そのままにしてたんだっけ」

部屋の主《あるじ》は慌てた素振りもなく、だるそうに頭を垂れている。プライバシーの侵害は承知で恐る恐る、彼女の肩越しに部屋の内部を覗《のぞ》き見た天馬《てんま》が、目撃したもの。

サンダル、ブーツ、スニーカー、パンプス、ローファー、ミュール……エトセトラ。

カラーも素材もまちまち、ハイカットからローカットまで選《よ》り取《ど》り見取り。ここだけで人が暮らせそうなくらい広々とした玄関には、多種多様な履物が散らばっていた。それについてはまだ——靴屋でも開くつもりなのかよとは思ったが——ギリギリ許容できた。靴が玄関に置い

てあるのは普通だからだ。

真の問題は、その奥。玄関マットの敷かれたフローリングにはスリッパなどではなく、パンパンに膨らんだ自治体指定のビニール袋が一つ、二つ、三つ……目がシパシパしてきたので数えるのは途中で断念。要するに腐っていたのは人肉ではなく生ごみだった。

「あー、めんど……無駄に広いフロアだから運ぶのも一苦労よねー……まったく」

身勝手な文句をぶつぶつ垂れる凛華《りんか》は、散乱した靴の合間を縫うように大きくつま先を踏み出し、後ろ手にドアを閉めようとしていたのだが。

「待てぃ」

謎のべらんめえ調でそこに手を挟んだのが天馬《てんま》。

「うわっ、まだいたの？」

「こんなもん見せられて大人しく帰れるか」

「こんなもん？」

はてな、とでも言いたげに目を丸くした凛華《りんか》。どうやら彼女にとってはこの惨状が日常茶飯事らしく。

「とぼけんな。どうして玄関にごみの山がある？」

「え、馬鹿……？　矢代《やしろ》って、馬鹿だったの？　リビングに放置したらリビングが臭くなるからに決まってるじゃない」

「置き場所の問題じゃねえ！」

ごみは溜《た》まらないようすぐに出す。調理くずや食べ残しは水気を切って小袋に入れる。そういう常識的な発想がない時点で、まともな生活を送っていないのは想像に易《やす》い。

「さてはお前、リビングとかキッチンはもっとむごいことに……」

「だったらどうしたの」

「人間失格！」

「ああん⁉　うるっさいわねぇ～、あんたには関係ないでしょ！」

眉を吊《つ》り上《あ》げた凛華《りんか》は強引にドアを閉めようとするのだが、その隙間に足を突っ込む天馬《てんま》。気分的には正義のベテラン刑事。死体こそなかったがこれは事件に等しい。

「ちょ、ちょ、ちょ……え、なに、そこまでして乙女の部屋に入りたがるとか、キッモ。実はあなた性欲モンスターだったわけ？」

「そんな扱いを受けるのはごめんだって俺も思ってたよ。だけどすっかり吹き飛んじまった。どうでも良くなった。お前はそれくらいの逸材だ、自信を持て！」

「直球のセクハラ⁉　豚みたいに鼻息荒くして何するつもりなの⁉」

「掃除に決まってんだろ！」

「だ、駄目だって……ほら、散らかってるし、心の準備もまだ……」

「やっぱり散らかってるんじゃねえかよー！」

ドア一枚挟んでの壮絶な押し問答は十分足らず。

電車酔いの影響もあり普段ほどのバイタリティが残されていなかった凛華《りんか》は、意外にもあっさり白旗を揚げてしまい。

「わかったわよ……もう好きにしなさいっての……この変態……うっぷす！」

悪態は吐き気に呑《の》まれる。かくして美少女の住まう聖域に足を踏み入れるという、ラブコメ漫画的にはドキドキのイベントを大した感慨もなく消化してしまった天馬《てんま》だが。

「ふむ……」

結論から言えば、中は想像していたほどひどい状態ではなかった。異臭の原因になる生ごみ類は玄関にまとめてあった分で全てらしく、鼻をもがれる心配はなし。

マンションとしては規格外、三十畳はあろうかというばかでかいリビング。お洒落《しゃれ》な模様が入った真っ白な壁紙や、高い天井から下がるガラスのシャンデリア、意匠を凝らしたインテリアの数々。どれを取っても麗良《れいら》の実家や別荘に匹敵するレベルで高尚なはずなのに、惜しむらくはそれらの価値が著しく損なわれてしまっている点。

案の定、散らかっていた。本人の言う通りに。いや、それ以上に。

ぱっと見では衣類が三割、本が二割、その他が五割——似たような形のバッグ、開封されてもいない段ボール、スプレー缶は殺虫剤だったり制汗剤だったり、どれかそのうち爆発してもおかしくない。雑誌や文庫本、ハードカバーはうず高く積まれて塔を作る。

私物という一言で括《くく》られるそれらが、侵入者を妨害するトラップのように散らばっていた。

個人的に哀愁を感じるのは、脱ぎ捨てられた服が重なり合って誰も座れなくなっている肘掛け付きのソファ。この一角だけ抜き出せば該当する居住者は間違いなく、

「自堕落なアラサー女の一人暮らし……」

今年で三十になる担任教師の顔を天馬《てんま》はなぜか思い浮かべてしまう。

この女には『出したらしまう』という発想がないのか、と思ったが。ことリビングについていえば、そもそも家具自体がやけに少ない。化粧雑貨に占領されたテーブルと、テレビ以外も色々と載っているテレビ台以外には、ラックの一つも存在しておらず。

「本棚くらいないのか」

「家具も家電も備え付けのしか使ってないもん」

「最初からあったってこと？」

「うん。他にもベッドでしょ、洗濯機に、冷蔵庫、オーブンレンジとか」

「すげえな……でも、買い足すのが駄目ってルールはないんだろ？」

「ないけど、まあ、今のところは間に合ってるし？」

「ほざくな！」

間に合っていたらこうはなるまい。収納スペースが圧倒的に足りていない。安いカラーボックスでも良《い》いからホームセンターで購入してくるのが吉。畳める服は畳んで他はハンガーにかければそれなりに見えるはず――と。気が付けば脳内で算段を立てている天馬《てんま》。完全にスイッチが入っていた。生きているという実感が湧いていた。

「そうか……そうだったんだな、俺って」

「何ぶつぶつ言ってんの？」

二泊三日の小旅行は、とても充実していた。

だけど一方で、何かが足りないような。満たされない欲求が天馬《てんま》にはあったのだ。

あえて命名するならば『家事欲求』――シンクをピカピカに磨き上げたとき。取り込んだ洗濯物を規則的に畳むとき。魚の煮つけが絶妙な味に仕上がったとき。勉強もスポーツもいまいちの天馬《てんま》は、家事作業によって達成感を得ていたのだ。

だとすれば、こいつは格好の獲物。

「へっへっへ……ノーベル賞もんだ。腕がなるじゃねぇか～、なぁ～？」

さながら怠惰の悪魔を前にしたデビルハンター。珍しく狩る側に回っている天馬《てんま》だが、

「あー、勝手にボルテージ上げてるところ申し訳ないけど」

対照的に白けた調子の凛華《りんか》は、行儀悪くキャリーバッグに腰を据えている。まともに座れる椅子すらこの場にはないことを象徴していた。

「私は別に今の生活に不満はありませんし、誰にも迷惑はかけていないんだから、外野にとやかく言われる筋合いはないでしょ」

「…………」

「さあ、わかったら帰った帰ったー。小さな親切、大きなお世話！」

稚拙の一言に尽きる。理論武装などではなく、反抗心から生まれた屁理屈《へりくつ》にすぎなかった。

そりゃ父親にも幼稚だって言われるよな、とか言葉にしようものならコークスクリューブローを鳩尾《みぞおち》にぶち込まれて廃人と化しそうなので、目には目を、歯には歯を。屁理屈《へりくつ》をこねる敵はそれを上回る屁理屈《へりくつ》で打ち負かすべし。勿怪《もっけ》の幸い、天馬《てんま》には強力なカードがある。

「椿木《つばき》、さん」

ぴくり、馬耳東風に思えた凛華《りんか》の片耳が、わずかに痙攣《けいれん》。

「椿木《つばき》さんは、どう思うかな？」

ぴくぴくぴく。今度は両方の耳たぶが、ウーパールーパーの側頭部についている謎のビラビラみたいに動く。無理からぬ反応だろう。

椿木《つばき》麗良《れいら》——皇《すめらぎ》凛華《りんか》が愛する幼なじみ、人生を捧《ささ》げるといっても過言ではない女性。そんな聖母の名前を出されてしまっては、さすがの偏屈王も無視はできず。

「……麗良《れいら》が、なんですって？」

「いや、なに。大した話じゃないんだが」

天馬《てんま》はおもむろに取り出したスマホでカメラを起動。自堕落なアラサー女の住処《すみか》と化している無残なソファにレンズを向け、
カシャカシャカシャカシャカシャカシャカシャカシャカシャー！

連写機能で嫌というほど撮影してやった。

「大きなお世話ついでに、この体たらくを彼女にも知ってもらおうかな、と」

「ハァ～ッ!?　ふざけたこと言ってんじゃ……」

キャリーバッグを跳ね飛ばした凜華《りんか》は怒髪天、天馬《てんま》に飛びかかろうとするのだが。

「動くな!!」

彼女の眼前、拳銃のようにスマホを突き付けたのが天馬《てんま》。麗良《れいら》とのトーク画面が表示されており写真も添付済み。あとは送信ボタンを押すだけで痴態が晒《さら》される。

「この距離なら俺の方が早いぜぇ～～？」

「ぐっ……な、なんて男なの!?」

歯噛《はが》みする凜華《りんか》は、プライドの高い女騎士が捕虜に落ちたような。

「さて、さて。学校ではあたかも隙のないクールビューティー……鉄仮面、サイボーグ、氷の女なんて呼ばれているお前が、だ。実はこ～んなだらしないありさまで退廃しきった生活を送っているんだと知ったら、果たしてあの娘《こ》はなんて言うかな？」

あくどい尋問官のように野卑な声音で、ぐるぐると凜華《りんか》の周囲を回る天馬《てんま》は、

「『こんな凛華《りんか》ちゃん見たくなかった』──と、失望するか？」

「っ⁉」

耳元で囁《ささや》くウィスパーボイス。凛華《りんか》のうなじがぞわりと粟立《あわだ》つのが黒髪の隙間から見えた。

「『しっかりしてくださいよ』──と、怒りを露《あら》わにするのか？」

「や、やめてよ、そんなの……お願いっ……」

「『私がもっとしっかりしていれば』──と、自分を責める？」

「あっ、あっ、あっ、あっ、あっ」

奥歯に力が入らなくなったのか、凛華《りんか》はだらしなく弛緩《しかん》した瞳で宙を見つめる。

「あるいは、『不潔です。私に一生近寄らないで──』」

「麗良《れいら》はそんなこと言わない！」

「たとえ言わなくても似たようなことは思うぞ」

それになにより、と語気を強める天馬《てんま》は殺し文句のように口ずさむ。

「そんな人間が本当に、椿木《つばき》さんの伴侶に相応《ふさわ》しいのか。いや、相応《ふさわ》しくないね」

「反語チックにするな！　黙って聞いてれば人を社会不適合者みたいに……」

「自覚が出てきたか」

「おあいにくさま。こっちはあんたのくだらない道楽に付き合う気はないの」

「道楽？」

「お節介焼きにかこつけて己の欲求を見たしたいだけでしょ」

道楽、か。その通りすぎて二の句が継げなかった。

こうして凛華《りんか》の世話を焼くようになって、もうどれくらいの月日が流れたのだろう。職歴の欄に『皇凛華《すめらぎりんか》』と書いても嘘《うそ》ではないし、趣味の欄に『皇凛華《すめらぎりんか》』と書いても許されるような。一言では表せない不思議な存在。ただ一つはっきりしているのは、人生を豊かにしてくれるということ。幸福に結びついているということ。

「そうだよ。これは百パーセント、俺のエゴなんだ」

嘘《うそ》から出た実《まこと》、なんて言ったら負けを認めるようで悔しいけれど。

「だから、協力してくれよ。お節介、焼かせてくれよ」

気が付けば、交渉材料となるはずのスマホの写真を全部消去していた天馬《てんま》。なんとなく、こうなる予感はしていた。彼女を相手にするといつもこうなる。まともに勝てた例《ためし》なんて一度もなかったから。

「……たっくぅ～……押して引けば落ちるもんだと思っちゃって、この男は」

悩ましげにまぶたを手のひらで覆った凛華《りんか》は、

「病気よ、あんた。自己敗北性パーソナリティ障害」

「ドMをアカデミックに言い換えるな！」

「だったら、私のこと構わないと死んじゃう病」

「構いたくなるお前にも原因はあるぞ。頼むから最低限の生活力は身に付けてくれ」

「具体的にはどの程度？」

「洗濯物を溜《た》めない、一日三食バランス良く食べる、掃除はこまめにする、ごみは分別してごみ捨て場に持っていく、電気やガスは無駄遣いしない、卵と牛乳は切らさない、冷凍庫に常備しておくのは、ご飯とチャーシューと油揚げとおろしたニンニクに生姜《しょうが》ときんぴら――」

「多い多い多い！」

「これくらいできないと椿《つばき》木さんに相応《ふさわ》しいとは言えん」

衣食住足りて礼節を知る――自分一人の生活すらままならない人間が、他の誰かを幸せにする余裕なんてあるはずないのだから。

「あのねぇ、そんな家政婦みたいな高校生がこの世にいるわけ…………いるわけ…………」

目が開いたように息を呑《の》む凛華《りんか》が釘《くぎ》付《づ》けになっているのは、特に見栄《みば》えも良くない男。

「まさか、あの娘《こ》に相応《ふさわ》しいのは俺以外にいないと、暗にマウントを取ってきている……？」

「取るかそんなマウント！」

「さすが、キスを知った男は違うわね」

「……その件はほじくり返すな」

冗談抜きに恥ずか死ぬ。身悶《みもだ》えする天馬《てんま》を知ってか知らずか、

「でも、考えてみたら、確かに……」

何かを閃《ひらめ》いたように首肯する凜華《りんか》。

「矢代天馬《やしろてんま》、一家に一台は欲しいわね、うん。というか他に何も必要ないんじゃ？」

「人を家電みたいに。大体………」

――いつまでも俺が面倒見てやるわけにはいかないんだぞ？

言葉にすると良からぬ運気を招きそうなため、呑《の》み込《こ》んでおく。

「と、に、か、く！　ここからは夏休みの合宿――めでたく延長戦に突入だ。お前のだらけきった私生活を徹底的に叩《たた》き直《なお》してやるから、覚悟しておけよ！」

「……どうしてそんな生き生きしてるわけ？」

なるほど彼女の言う通り、天馬《てんま》はいつになくテンションが上がっていた。

甲子園の名実況になぞらえるなら、『俺たちの夏はまだ終わらない』――いつか終わりが来るのはわかっていても、できるだけ長く続いてほしいと願う天馬《てんま》だった。


腹が減ると人間はカリカリして作業効率も落ちる。

別荘を出る前に食べた軽食はすっかり消化されていたため、まずもって昼食を取る流れになった。体力を温存するために出前で済まそうという意見で一致。天馬《てんま》は親子丼を、凜華《りんか》は冷たい蕎麦《そば》を、それぞれに平らげて時刻は午後一時四十分。

「とりあえず……まずは本から、だな」

千里の道も一歩から、特に目障《めざわ》りな大判の雑誌から手を付けることにした。

ファッション雑誌や音楽系の情報誌がほとんど——かと思いきや、漫画系のコミカルなイラストが大半を占めていた。コミック百合《ゆり》なんたらというタイトルで全てを理解。彼女の本性を知った今となってはギャップ萌《も》えもクソもないど真ん中の趣味である。

「これ、まとめて処分でいいよなー？」

軽い気持ちで問いかけた天馬《てんま》に「はあっ⁉」と、まなじりを吊《つ》り上《あ》げたのが凛華《りんか》。

「いいわけないでしょーが‼　あとで見返したりするのよ」

「いやいや、好きな作品があるならきちんと単行本を……」

「そ、う、じゃ、な、く、てぇ～……」

何を思ったのか床の上、漫画雑誌を発売順に並べた女は、

「ほら！　この表紙を見て何か察しないの？」

何かと言われても、素人《しろうと》の天馬《てんま》にはどれも似たような絵柄にしか見えない。

「……同じ作者さんの絵？」

「正解。他には？」

「……まあ、同じキャラもところどころいるよな」

一月号時点では少し距離があるように見えた二人が、次の号では仲良さそうに笑い合ってい

たり、かと思えば次の号には別の女子と手を繋《つな》いでいたりもして。

「なんか、これ自体に漫画みたいなストーリー性がありそうだな……なーんて、ははっ」

当てずっぽうに過ぎなかったが、ビギナーズラックは迷信ではなかったらしく。

「大・正・解！」

わかってるじゃない、と引《ひ》っ叩《ぱた》かれる。肩が外れるかと思った。憎らしい気分で見やるが、にやりと口角を上げている女には一切伝わっておらず。

「漫画雑誌っていったら大抵、その中で連載されている作品の登場人物が、まあ、流行《はや》りに合わせて描かれるじゃない？　ここの出版社さんはそうじゃなくって、一年を一人のイラストレーターさんに任せて、しかもオリジナルのキャラクターを登場させる、カレンダー方式を取っているわけ。どう、これを聞いただけでもなかなか画期的だと思わない？」

「あー……うん」

「すごいでしょ。ファビュラスでしょ。エモエモのエモくらいにはエモいでしょ」

早口で圧が凄《すさ》まじい。漫研の熱心なオタクがこれを言っていれば違和感はないのだが。

「装丁一つとっても購買者を楽しませようとする、編集部の粋な計らいが垣間《かいま》見《み》えるでしょ」

「まるで自分の手柄みたいに誇らしげじゃないか」

釈然としない一方、寛大な心も生まれていた。得意になるくらい許してやろう、と。

趣味についての知識や造詣《ぞうけい》をひけらかすことは根源的な欲求に属するのだろうが、彼女にはそれをする相手すら今まで一人もいなかったのだろうから。

「とにかく、捨てるわけにはいかないってことだけは理解してくれた？」

「だったら、いる雑誌といらない雑誌を分けろ」

と、なんだかんだで上手《うま》く言いくるめられてしまったような。一事が万事とはまさしくこれ。

その後も断捨離とは無縁——とんちきな言動を繰り返してくれた凛華《りんか》を、ほんの一部分だけ紹介するので反面教師にしてほしい。

ケース、その一。

サブスクやストリーミングが主流になった昨今、めっきり売れなくなったはずのＣＤ（コンパクトディスク！）をなぜか凛華《りんか》は大量に保有。そればかりか同じバンドの同じシングルを複数購入しているパターンが、一枚や二枚ではないことが判明したため、

「ボケてたのと誤発注したのと、どっちだ？」

「どっちも不正解。買う店舗や時期によって特典とかジャケットが違ってたりするのよ」

「まさかのコンプ勢」

「あとは同じ曲でもリマスター盤があったり、結成十周年でベスト盤が発売されたり」

「リマスター盤って？」

「ミキシングとかマスタリングで音質が向上してるらしいんだけど、言うほど劇的な違いはないかな。いくらビットレート上げても人間の聴力には限界があるし」

「……買った意味あるのか？」

「基本的にコレクション用で、まあ、たまに友達に布教するときにあげたりするくらい」

「なるほど。じゃあこれ、俺がもらってもいい？」

歩くブ○クオフ（金銭の授受は発生しないけど）になったつもりで申し出たのだが、「えぇ～……」と露骨に顔をしかめられてしまう。

「何が不服だよ」

「あんたがアジ○○聴くなんて生意気」

「布教するつもり、ある？」

ないに決まっていた。天馬《てんま》のカンフーがジェネレーションしたのでCD編は以上。

ケース、その二。

ブティックでも経営できそうなくらい充実した洋服たちは、これがなかなか厄介な相手であり、案の定一見無害そうに見えるシャツを引っ張り上げると、危ない形をした別の布がひらりと舞い落ち、「ちょおっ！」慌てた凛華《りんか》が神速の一手でそれを回収する。

健全な男子高校生ならおそらく「はわわわっ……」と赤面してシドロモドロになる——正しいリアクションだと思うし、いわばお約束の流れ。凛華《りんか》は凛華《りんか》で、「変態！」と主人公に理不尽な制裁を加えるラブコメヒロインよろしく鉄拳を握りしめているのだが、

「騒ぐな、鬱陶しい」

「え、あ。ハイ……」

あまりに冷静沈着な男を前に、完璧に肩透かしを食らっている女。

ゆめゆめ忘れないでほしいのは、天馬《てんま》が現在は不肖の姉と二人暮らしをしており、なおかつ家事全般を担《にな》っている点。なんでもかんでもそのまま洗濯機にぶち込もうとする横着者に代わりネットに分けて入れ、干すときも畳むときも形が崩れないよう細心の注意を払う。煽情的《せんじょうてき》なデザインのそれらと長らく接するうち、強力な免疫が備わってしまっていた。

納得のいかない凛華《りんか》は、挑発するように黒い逆三角形を天馬《てんま》の眼前にチラつかせてくるのだが能面は崩れず。

「人が着ていない下着は下着じゃない。下着の形をした布だ」

「……だからって、公園のごみ箱に捨てたりしないわよね？」

無論、そんなもったいないことはしない。まだ全ての回収は終わっていないが、とりあえず洗濯かごがいっぱいになってしまったので運んでおこう。

「おっ、ご立派じゃん」

天馬《てんま》が向かった先、脱衣所と洗面所を兼ねている広々とした空間には、それに見合った大型のドラム式洗濯機が鎮座していた。

「洗剤くらい買ってあるよな？」

「ああ、洗面台の下に……って、まさかこれ全部洗うつもりじゃないでしょーね？」

「色物は分けるから安心しろ」

「そういう問題じゃないんだっての！」

と、おもむろに洗濯かごに手を突っ込んだ凛華《りんか》は、そこから引っこ抜いた一枚のストッキングに鼻を埋《うず》めて、

「スー……フー……ス～～～～～……」

「あの、皇《すめらぎ》さん？」

はっきり音が聞こえるくらいの鼻呼吸を繰り返す。嗅ぐというよりは味を確かめているようにしか見えず、単純にヤバい絵面《えづら》だった。断っておくが盗んできた麗良《れいら》の私物などではない。

俺がこれをやったら即逮捕だよな、とか考えているうちにテイスティングは完了。

「……よし、セーフね」

「アウトだよ」

「柔軟剤の匂いしかしないわ。これは洗ったばかりだから、別にして……」

「その判定方法、俺には真似《まね》できないぞ」

「当たり前でしょ。やったら殺すからね!!」

用済みとばかりにストッキングをポイした凛華《りんか》は、別の衣類にも鼻を押し付けていく。右手にインナーシャツ、左手にハーフパンツ。交互に嗅ぎ分ける女を前に天馬《てんま》は愕然《がくぜん》。

「まさかこの量を全部？」

「もちろん。生地が傷んだら大変だもの」

「生地よりお前の将来が心配だ……」

怒る気力すら失ってしまった天馬《てんま》は、がっくり項垂《うなだ》れるしかない。

紆余曲折《うよきょくせつ》の粉骨砕身があり、洗濯と乾燥を二巡させることに成功していた頃。

「——ってわけで、たぶんもうしばらくしたら帰れると思うから」

ようやく一段落つき、ヘトヘトになりながらも天馬《てんま》は同居人に連絡する暇を許された。

もたれ掛かった窓の外にはすっかり夜の帳《とばり》が降りている。街灯や車のライトはもちろん、他の住宅からの光も届かない——高層階の闇は地上よりもずっと濃く感じられる。ともすれば孤独感、一人ぼっちで冷たい宇宙を彷徨《さまよ》っているような寂しさ。二十億光年とまではいかないので、例の詩みたいにくしゃみは出ないが。

強引に始めた合宿延長戦は、予想以上に体力の消耗が激しく。こと弟の生態について異様に詳しい姉は、やつれた声を聞いただけで全て察したのか笑い混じりに一言。

『楽しそうね』

「ご想像通り」

『なんだったら三日くらい泊まり込みでもいいのよ、お姉ちゃんは』

「俺が良くない。補導されそうな時間よりは早く戻るよ」

『えぇ～？　なによ今さら。送《おく》り狼《おおかみ》で押し入ったくせに根性なしね』

おかしい。そういうやましい目的はなかったと懇切丁寧に説明したはずなのだが。

『立ち合いは強く当たって、あとは流れでいけると思うけどな』

「八百長《やおちょう》できるくらいの親密さはないんだ」

『あるでしょーが。昨日も一昨日《おととい》も、すでに一つ屋根の下で寝泊まりした仲なんだから……ってまあ、同じ部屋ではなかったけどさ』

「…………」

同じ部屋でもあったとカミングアウトしたら、渚《なぎさ》はどんな反応をするのやら。

『にしても、一人暮らしかー。色々と大変なのね、凜華《りんか》ちゃんって』

「その大変なはずの色々をサボってたから、俺が今苦労してるんだよ……」

非難がましく呟《つぶや》く天馬《てんま》。てっきりまた笑われるかと思ったが、『あのさ、天馬《てんま》？』存外に真面目な声音が返ってきて背筋が伸びる。

『年頃の学生が親元を離れて暮らすのって、あなたが思っている以上に厳しいと思うわよ』

「理解した上での発言だけど……自分が同じ境遇だからって、偉そうにするなって話？」

『ノンノン。近いけど、同じじゃないわよね』

天馬《てんま》には私というスーパー賑《にぎ》やかしがいるから、と。

渚《なぎさ》の、やけに重く響いた言葉の意味を、少し真剣に考えてみる。

劣悪な環境とそれを省みない凛華《りんか》にばかり気を取られていたが、一人暮らしの負担はもちろん家事ばかりにあらず。心の重荷とでも呼べば良《い》いのだろうか。天馬《てんま》にとっては、ふしだらな姉に振り回されているうちはその重みを感じる暇もない。

考えてみれば、両親が家を空けている機会が多い麗良《れいら》ですら、沖田《おきた》や他の使用人——誰かと話したり、人の体温に触れる機会は少なからずあるはず。それすら欠如しているのはなかなかにハードモード。自由気ままと表現すれば聞こえは良《い》いのかもしれないが。

改めて凛華《りんか》との隔たりを思い知った。富裕層と中流階級の違いだけではない。普通でいられることの幸せを。目に入れようとしない、気にも留めない、公園のキジバトくらいにありふれた存在で普段は忘れているけれど。

人並みでいられるのは思いの外、楽だった。自分で考えないで済むから。なんとなくでも生きていけるのだから。

『どう、お姉ちゃんも少しは鋭いアドバイスをするもんでしょ、感謝しなさいね～？』

「……それを自分で言わなきゃ完璧なんだけど」

『うっふっふ。ま、私に対してはいつも通りで構わないから、代わりに凛華《りんか》ちゃんにたっぷり優しくしてあげなさい。甘やかしてあげなさい。さすれば自然とベッドイン——』

「はいはーい、さようなら」

潮時なので一方的に通話を切った。

ため息交じりに、一通り片付けを済ませたリビングを見渡す。整然とした三十畳は実寸よりもさらに広く感じてしまう。この寂しさを嫌った凛華《りんか》がわざと散らかしていた、なんてのはさすがに考えすぎだろうけど。

「ハァ……甘やかすっていってもな～」

——俺には料理くらいしか能がないし。

律儀《りちぎ》に姉の助言を実行しようとしている天馬《てんま》は、望みが薄いとは知りつつも冷蔵庫の中身をチェックするべく、ダイニングキッチンへ向かった。機能性よりも高級感を重視していそうな人工大理石のシンクでは、意外にも先客が手を洗っており。

「なにしてんだ？」

「え？　いや、お腹空《なかす》いたから」

水をたっぷり張った鍋が火にかかり、換気扇が回っていた。

「適当にパスタでも食べようかなーって」

そう言いながらフライパンもセットしている凛華《りんか》。ソースは出来合いの物ではなく自分で作るようだ。三つあるコンロを有効活用したマルチタスクには思わず「いいね！」と親指を立てそうになる天馬《てんま》だったが、素朴な疑問も一つ。

「材料あるのか」

「大してないけど、鷹《たか》の爪《つめ》とニンニクでペペロンチーノくらいは作れるでしょ」

「まあ、真理だな」

凛華《りんか》は煮立ったお湯にパスタをばらけるようにぶち込むと、薄めのまな板とペティナイフを取り出した。その慣れた様子に、今度は素朴ではない疑問が天馬《てんま》の中に生まれる。

「お前、料理とかするの？」

「たまにはね。キャベツ刻んでご飯にぶっかけたり」

「それは料理か微妙だけど」

キャベツを千切りしている凛華《りんか》はまるで想像できなかったが、目の前で唐辛子を刻み始めたので信じざるを得ない。ニンニクはナイフの腹で潰している。手際《てぎわ》が良《い》いじゃないか。

実は不思議に思っていた。リビングに比してキッチン周りは割と整理整頓されていること。加えて玄関にまとめてあった袋の中には結構な量の野菜くず。毎回コンビニ飯や外食で済ませていたらああはなるまい。

パスタの茹《ゆ》で上《あ》がりを待っている凛華《りんか》の後ろで、冷蔵庫の中身をチェックする天馬《てんま》。

「……ほう？」

ハム、ベーコン、サラダチキン、もやし、納豆、卵、オートミール、乾燥わかめ、塩昆布、チューブの生姜《しょうが》や梅肉、瓶詰の佃煮《つくだに》やラー油、パックの豆乳や野菜ジュースにトマト缶。

すっからかんを予想していただけに大きく裏切られる。冷蔵庫にしまう必要がない食材も含まれるのはご愛嬌《あいきょう》。どれもスーパーやコンビニで普通に売っている商品で親近感が湧く一方、彼女の日頃の食生活が手に取るようにわかる。簡潔に表すならば。

「給料日前を貧乏飯で乗り切るサラリーマン」

「倹約家って言いなさいよ、失敬ね」

「悪い。貶《けな》すつもりはなかったんだが……」

どうしても違和感、ちぐはぐさの方が勝ってしまう。

「高層マンションに住みながら節約生活って、縛りプレイの趣味でもあるのかお前」

「趣味じゃなくて意地。前に言ったでしょ。あいつのお金なんて一円も使いたくないって」

「……」

あいつとは、昼間に会った例の男を指す。彼から好きに使えと渡された通帳に、できれば手を付けたくないと話していたいつかの凛華《りんか》が思い出される。

「しかし、一円も使わないってのは物理的に無理だろ」

「食費くらいバイトすればなんとかなるもんよ」

「……バイトって、え、アルバイト？」

他に何があるのよと凛華《りんか》は呆《あき》れているが、天馬《てんま》は目をパチパチするしかない。

「言ってなかったっけ。これでも私、それなり以上に稼いでるのよ？」

自慢げにウインクする女。果たしてどこで働いているのやら。性格からしてスマイルゼロ円の接客業には不向きだし。他に女子高生が手っ取り早く大金を稼ぐ方法と言えば、一つしか思い浮かばず。完成された彼女のプロポーションをまじまじ見つめてしまった。

「まさか、お前……」

「言っとくけどパパじゃない方のパパとかはいないからね？」

「わかってるよ！」

天馬《てんま》が想像していたのは読者モデルだ。貧乏飯でこの美貌を維持しているのは奇跡。

そうこうしているうちにパスタはアルデンテに仕上がり（あとで火を通す場合は少し芯が残っているくらいがちょうど良《い》いのだ）、凜華《りんか》はフライパンにオリーブオイルとニンニクを投入。香ばしい匂いが漂ってきた。天馬《てんま》が口出しするまでもなく最適解の動き。

やれ人間失格だの社会不適合者だの散々こき下ろしてしまったが、食材を炒《いた》めている彼女の背中に刻まれたのは『自立』の二文字。天馬《てんま》のような一般人——部活もバイトもせず、ボーっと生きてんじゃねーよと叱られそうな男よりは、少なくともはるかに大人。

「なんか、すまん」

「急にどうしたの」

「見くびってたよ、お前のこと。頑張ってるんだなーと思って」

「……頑張ってる、つもりだったんだけどね」

「つもり？」

「今日の今日までは、というか。あの男の顔を見たらさ、腹が立ったんだ」

　喋《しゃべ》りながらも意識は手元に集中しているせいだろう。凛華《りんか》の言葉には抑揚がなく、インプットされた文字列を出力するように、淡々と語ってくれた。

「お母さんがいなくなってから、もうずっと口論ばっかりしている記憶しかないから……いつの話だったかは思い出せないんだけど。あるとき帰ってきたあいつと大喧嘩《おおげんか》になって、『あんたの顔なんて二度と見たくない』とか言ったかな。そしたら『好きにしろ』ってさ、用意されたのがこのマンション。あっちにとっても目障《めざわ》りだったはずだから、今思えばただ体の良《い》い厄介払いをされただけなのに。私はそれで自由になった気でいてさ、本当に馬鹿な女。狭い世界で生きてるんだ。こんなことしたってただの自己満足、繋《つな》がりも何も絶てるはずがないのはわかってたのに。それで、むかついた。一番、自分自身に」

　言い返せなかった理由はそれか。情けなくなったのだ。自由に見えていただけの不自由に気が付いて。与えられただけで他に選択肢はなかったのだから。

「ごめん、やっぱ今のナシ」

　彼女の中では半ば封印されていた、表に出さないようにしていた心情なのだろう。

「馬鹿なこと言ったわね、私も。聞かなかったことにしなさい」

　はぐらかすように言われたが、はぐらかされるわけにはいかない。人に弱みを見せることを極端に嫌う凛華《りんか》が、それでも隠し切れなかった傷心なのだから。掃除や洗濯のゴタゴタで普段のテンションを取り戻したようにも思えていたが、おそらく心の中では昼間の一件――予期せぬ父親との邂逅《かいこう》が延々、尾を引いていたのだろう。

「…………」

馬鹿なんかじゃない、と慰めるとか。けしからん親父《おやじ》だな、と憤《いきどお》ってみたり。傷付いた彼女のプライドが少しでも回復するのならそうすることもやぶさかではない天馬《てんま》だったが、もっと根本的な解決策がありそうな予感は漠然ながらもしていたため、

「今度は、さ」

手探りでもそれを言葉にするルートを選んだ。

「負けるなよ、簡単には」

「え？」

「安い挑発に乗って顔真っ赤にしてたら、向こうの思うつぼだぞ。しれっと上から目線で、冷たく突き放してやればいいんだよ、いつもみたいにさ。得意だろ？」

「……」

「お前のそういう要領の良さ、俺はこれでも買ってるんだぜ」

かくいう天馬《てんま》は要領が悪い。肝心な部分は何一つ伝わっていない気がしたが、

「矢代《やしろ》ってさ」

フライパンに視線を落とす凜華《りんか》の口元には、うっすら微笑《ほほえ》みが浮かんでいた。

「ホントたま〜〜に、ごく稀《まれ》に、普通預金の利率くらいに低いパーセントだけど、良《い》いこと言ったりするときもあるわよね」

「……褒めてる？」

「ベタ褒め。私らしくなかったわ。今度会ったらパンパンよ、あいつ」

「意味不明なのに怖いことされるのだけはわかる言い方やめろ」

「かかってこーい、ってね。はい、一丁上がり！」

コンコン、と菜箸を鳴らして火を止めた凛華《りんか》。フライパンからは湯気と共に美味《おい》しそうな香りが立ち上り食欲を刺激してくる。これで不味《まず》いはずはなかったが、

「足りるのか？」

「んー、もう一品くらいあるのが理想だけど、材料買いに行くのは面倒だし……」

「それには及ばん」

冷蔵庫には十分すぎるほどのストック。やっと俺の出番が来たな、と若干ではなく意気込んでいる天馬《てんま》だった。

「合宿の総仕上げだ。お前に貧乏飯のなんたるかを叩《たた》きこんでやるから覚悟しろよ」

「すごいやる気ね。麗良《れいら》に教えてるときとは別人……」

「当たり前だろ！　椿木《つばき》さんより百倍は教え甲斐《がい》あるぞ！」

「はーい問題発言が出ました」

「じょ、冗談、冗談…………料理教室のリベンジ回、またいつかやりてえな」

窓の向こうに広がる暗闇を見ても、今度は寂しくならずに済んだ。

その後、天馬《てんま》は時間が許す限り彼女に節約料理をレクチャー。

野菜くずを使ったスープや、皮や芯まで食べられる煮物や漬物の作り方も伝授したので、これからは生ごみの量も減って地球に優しくなるだろう。

部屋も綺麗《きれい》になり今なら誰が来ても恥ずかしくない。例の父親にも胸を張って言える。あなたの娘は駄々をこねているだけのガキじゃない、強くてかっこいいやつなんだぞ――と。

いつか本当に見せられる日が来るのを、天馬《てんま》は願うばかりだった。

△

あの海で過ごした合宿のひと時は、凛華《りんか》の父親と遭遇した延長戦も含め、天馬《てんま》にしてみれば未知の体験の連続。カルピスを原液で飲まされているような日々であり、その反動は間違いなく大きかったのだと思う。

丸々一か月は残されていたはずの長期休暇――八月は盛夏も晩夏も区別なく、長い瞬《まばた》きをしているうちに過ぎ去ってしまい。

訪れた九月一日、暑さが和らぐ気配は見えない晴天の朝。

暦の上では尋常一様なその日を迎えることが、日本の学生にとって多大な意味を有しているのは今さら語るまでもない。

「だりぃ〜溶ける〜」「今年の夏休みマジで一瞬だったわ」「お前それ去年も言ってたからな」「おっ、焼けたね」「その髪型どうした⁉」「アメリカの夏休みって三か月もあるんでしょ」

ある者は机に突っ伏して絶望。ある者は気の合う友人同士で肩をつつき合い、戯《たわむ》れる。

去年も一昨年《おととし》も繰り返されていた変わらない風景が教室中に広がっており、日本がいかに平和なのかを実感させられる。

まるで新学期が始まったことを確かめ合う儀式のような。ダルそうなのも嫌そうなのも単なるロールプレイにすぎず、内心では皆その倦怠感《けんたいかん》を楽しんでいる。

過去の天馬《てんま》ならばおそらく、いや、間違いなくこう思っていた場面だろう。

——だから苦手なんだよ、九月一日って。

夏休み明けは周りが急に大人びて見える例の現象によるもの。呼び名はないが原因だけは明瞭然としていた。自分がからっきし成長していないせいである。絶対評価も相対評価も関係なく、リア充という尺度で測れば等しく劣等生に分類されるのが天馬《てんま》だから。

もっとも、妬みや嫉《そね》みの類《たぐい》ではないと思う。単純に不安だっただけ。周りと足並みを揃《そろ》えられていないことが。彼らの輪の中で他愛もない会話に興じている自分の笑顔が、ぎこちないのではないか。嘘《うそ》くさいんだよと誰かに指摘されるのを恐れていたのだ。

「……俺ってホントに、ちっちゃい人間だよなー」

頬杖《ほおづえ》を突いた天馬《てんま》はぼそり。ステルス性能が高いその独り言に反応できるとすれば、好事家《こうずか》で知られる例の親友か、あるいは——

「『いいえ、大きいです！』と、私は声を大にして訴えたいですね」

甘く伸びやかなソプラノの声は、心にすっと染《し》み込《こ》んで隙間を満たしてくれる。彼女も間違いなく変わり者の一人。そろそろ慣れてきた天馬《てんま》は「よもや彼《か》の女神がわたくしめに話しかけるなど……」とか、下《した》っ端《ぱ》根性を拗《こじ》らせることもなく。

「どの方面に訴える気？」

「もちろん有権者の方々へ」

「生徒会長は君でしょーが」

「来年があります！」

ギャグなのかマジなのかわからない。陽気という表現がしっくりくる少女だった。

その天衣無縫な微笑《ほほえ》みも、楚々《そそ》とした輝きを放つ天然のブロンドも、日焼けとは無縁の真っ白な二の腕も、幻想的なターコイズブルーの瞳も、何もかもが眩《まぶ》しくって。思わず崇《あが》め奉《たてまつ》りたくなるほどに美しい。

「…………」

「急に両手を合わせて、どうなさいました⁉」

というか、拝んでいた。

「前々から思ってたんだけど、椿木《つばき》さんってご利益《りやく》ありそうだなーと」

「えぇ……大仏様、みたいな？　あんまり可愛《かわい》くないですね」

「お願いします、どうか日本の子供たちが笑って暮らせるように社会保障の充実を……」

「それを神頼みするようじゃ国の終わりですって」

仰《おっしゃ》る通りだった。現実離れした容姿にもかかわらず中身はリアリスト。

今日も今日とて天照大神《あまてらすおおみかみ》のごとく、世界を明るく照らし出しているのが椿木《つばき》麗良《れいら》。

世を忍ぶ仮の姿――他の生徒と変わらぬ夏服を着用しているためギリギリ同級生と認識できたが、概念的にはおそらく人間よりも神仏に近い。天馬《てんま》の漂わせる陰気なオーラなど鎧袖《がいしゅう》一《いっ》触《しょく》に吹き飛ばしてしまうのだから、本当にお日様のような人だった。

「いやー、とうとう始まりましたね、二学期が！」

天馬《てんま》からすれば『始まってしまった』という感想だが、ホクホク顔の麗良《れいら》は謹賀新年を告げるように祝福ムード。

「やけに嬉《うれ》しそうだね」

「それはもう。今日からまたこうして矢代《やしろ》くんと毎日お会いできるわけですから」

「……休み中も生徒会の仕事とかで何回か学校には来てたよね？」

「教室でお会いするのには、またまた格別の意味があるんです！」

「畏れ多いお言葉……デス」

「矢代《やしろ》くんは嬉《うれ》しくありませんか、私とこうやってお喋《しゃべ》りするの？」

「そりゃあ、嬉《うれ》しい、ヨ？　最高にハッピーだなー、わーい」

「良かったー。一緒ですね、私たち」

えへへ、と照れくさそうに、だけど心地好《ここちよ》さそうに破顔一笑の麗良《れいら》。対する天馬《てんま》は辛《かろ》うじて笑顔だけはキープしているものの胸中穏やかではない。

——公衆の面前で惚気《のろけ》るバカップルか、俺たち？

怖くて周りを見られない。頼むから今の会話を誰も聞いていませんように。

これも一種のミイラ取りがミイラ。忌《い》むべき相手に自分がなってしまった気分。彼女と同じクラスに配属されてから約五か月——今でこそ訝《いぶか》しんで見られる機会も減ったが、天馬《てんま》と麗良《れいら》の組み合わせは元来異色。美女と野獣の方がまだ納得できるだろう。

天馬《てんま》もその評価は弁《わきま》えており、この場面も以前なら「初心《うぶ》な男子を勘違いさせるのはやめようね？」とたしなめていたはず。華麗にスルーできた防衛機制が、残念ながら現在は尽《ことごと》く剝奪されている。なぜかって？

勘違いではないのを、知ってしまったからだ。

天馬《てんま》に好意を寄せているのだと、彼女は明確な行動で示してくれた。本来ならその気持ちには明確な答えを返すべきであるところ、彼女の気遣いによって留保を許されている現状なのだから。せめてもの誠意として、素知らぬふりだけは絶対にしない。彼女が振りまく情愛を余すところなく受け止めてやろうと、心に決めていたのだが。

「矢代《やしろ》くんって」

「ん？」

「意外とまつ毛、長いんですね」

「……」

君には負けるよ、なんて今さらすぎるので言葉にはせず。

気が付けば吐息を感じられる距離、机に両手を突いた麗良《れいら》の瞳が天馬《てんま》のそれを興味深そうに覗《のぞ》き込《こ》んでいた。鮮やかな青は母なる海の色。このままでは吸い取られる（何を？）と思った天馬《てんま》は反射的に視線を下げたのだが、奇《く》しくも二の矢の餌食《えじき》、前傾姿勢を取った麗良《れいら》の体――その豊満な一部分が視界をいっぱいに埋め尽くして逃げ場を失う。

おまけに鼻孔をくすぐる甘美な香り（一説では女性のフェロモンは谷間から最も多く放出されるらしい）に、意識が遠のきそうな天馬《てんま》は、

「ヒュー、ヒュー、ヒュ――――……」

「あの、大丈夫ですか？　口呼吸が荒いんですけど」

「ヒュ～～～……んああ、気にしないで。太もも、あるでしょ。ここを強くつねるとね……激しい痛みで意識がはっきりしてくるんだ。ほらっ」

「泣きそうな顔でほらとか言われましても⁉」

改めて思った。彼女の破壊力は凄《すさ》まじい。居飛車穴熊で引きこもったつもりでいたら端攻めで一気に瓦解《がかい》したときのような絶望感。

「囲っただけで安心するな……お前も攻めろ、駒たちを躍動させるんだッ‼」

「誰と戦ってるんです？」

強いて言うなら自分自身。彼女のアプローチから逃げずに立ち向かうと決めてから、割と頻繁に己の体を痛めつけるようになっていた天馬《てんま》。そうして奇行を見せつければ愛想《あいそ》を尽かしてくれるのではないかと淡い期待も抱いていたが、

「……やっぱり面白いですね、矢代《やしろ》くんは」

肩を揺らす笑い方は麗良《れいら》にしては俗っぽく、それゆえに純粋無垢《むく》にも感じられた。

彼女の感覚が常人とは少し異なるせいなのか、はたまた好きな人が対象なら汚点すらも愛《いと》おしく思えてしまうのか、今のところ戦力外通告を下される気配はなかった。

——馬鹿だな、俺も。

わかりきっているじゃないか。彼女がそんな風に単純な思考回路をしていたのなら、初めからきっと天馬《てんま》のような朴念仁を好きになったりはしない。あっさり諦めてくれるような性格だったのなら、とっくの昔に離れていってしまった。

恋を知らない男に恋を気付かせた女は、伊達《だて》じゃないのだ。

「完敗だな」

「私、最近になってわかったんですけど」

「なに？」

「矢代《やしろ》くん、脳内の方がお喋《しゃべ》りだったりします？」

「……どうしてお気付きに？」

「ときどき変な間があるし、そのあとは決まって変なこと言うし、視線の動きとか呼吸の仕方で何を考えているのか予想できてしまうパターンも……」

「丸裸にするのはやめて。死んでしまう」

「聞けたらいいのになぁ、矢代《やしろ》くんの心の声。あ、ちなみにさっきのアンニュイな独り言は、どういう経緯で口にしたんです？　ちっちゃい人間とかなんとか」

「アンニュイのつもりはなかったけど……まあ、なんつーか、クラスのみなさん楽しそうだから、さぞかし充実した夏休みを送ったんだろうなーって」

言葉にすると一層みっともなかったが、「あれ？」と首を傾《かし》げた麗良《れいら》は不思議そう。前髪の垂れ具合が絶妙にチャーミング。何しても可愛《かわい》いとか最強すぎる。

「矢代《やしろ》くんは、楽しくなかったんですか」

「え？」

「充実していなかったんですか」

「……」

そんなの考えるまでもなく。

「楽しかったよ」

自信を持って言えた。

「充実もしてたと思う。半分以上、椿木《つばき》さんのおかげかな」

「それは冥利《みょうり》に尽きますね」

去年や一昨年《おととし》とは明確に異なる。有意義な時間を過ごせたと胸を張れる。

断っておくが、海やお泊まりやバーベキューを経験して自分もウェ〜イ系の仲間入りを果たせたとか、痛い勘違いをしているわけではない。

夏休みに入る前——今になって思えば麗良《れいら》と天馬《てんま》のキス、そして凛華《りんか》がそれを目撃していたのが発端になっていたのだろう——あからさまにギクシャクしていた三人。ひょっとすれば崩壊しかけていた関係性を、少なくとも元《もと》の鞘《さや》に収めることができたのだから。

プラスマイナスで換算すればゼロかもしれないが、天馬《てんま》の中では大きな収穫。それだけでも小躍りして喜ぶレベルだったが、やはりと言うべきか、さすがと言うべきか、凡人より一歩も二歩も先へ、道なき道を切り開く砕氷船のように突き進むのが皇凛華《すめらぎりんか》という傑物。

ゆえにこれは彼女を象徴するエピソードの、ほんの一つに数えられるだけ——

七月の最終日だったと記憶している。例によってアポなしで押し掛けてきた凛華《りんか》から、

「思い立ったが吉日よ」

「はい？」

「あなた、証人になりなさい」

謎の台詞《せりふ》と共に無理やり制服を着させられた天馬《てんま》は、尻を叩《たた》かれ、登校日でもないのに学校まで強制連行。訪れたのは職員室だった。部活の指導や事務作業で休暇中も仕事があるのだろう、ちらほら姿が見える教員の中には音楽担当の大須賀《おおすか》先生もいらっしゃり。凛華《りんか》は彼女に向けてただ一言、

「コンクール、出ますから」

金剛不壊《こんごうふえ》の面構《つらがま》え。果たし状でも突き付けそうな勢いで宣言するのだった。

彼女が言及しているのは無論、星藍《せいらん》プロムナードコンサート、略して星プロのこと。

例年では十月の半ば、最寄りの劇場を貸し切って開催される我が校の伝統行事——というよりは、もはやちょっとした音楽イベントに近いのだろう。他校の合唱部や吹奏楽部に加えて、若者に人気のロックバンドや高名なプロオーケストラを招待。一般客も多く来場して大いに盛り上がる、らしい。天馬《てんま》は去年不参加なので完全にまた聞きだ。

その中でも特に注目を集める演目こそがピアノのコンクール。

選《え》りすぐりの実力者だけが出場を許されるハイレベルな舞台。そこに立ってみる気はないか、否、あなたこそが立つのに相応《ふさわ》しい、と。熱烈なラブコールを受けていた凛華《りんか》だったが、回答を保留にし続けており。打診する側も半ば諦めかけていたのだろう。

凛華《りんか》の申し出を聞いた瞬間、大須賀《おおすか》先生はいつものニコニコ顔を維持したままピタリと挙動を停止。一拍置いて言葉の意味を理解したのか、

「あらあら！　まあまあ！　うふふふ！　素晴らしいじゃないの〜！」

肌が陥没するんじゃないかと思うくらい自分の両頬を撫《な》で回《まわ》しながら、凛華《りんか》に何度もお礼を言うのだった。そんな風にストレートな感謝を向けられるのには、慣れていないのだろう。むすっとした凛華《りんか》は「べ、別に……」傲岸不遜な腕組みで撃退を試みるのだが、半分どころか百パーセントくらい優しさで出来ていそうな大須賀《おおすか》先生を止められるはずもなく。

――こいつを手っ取り早く困らせてやりたいときは、こうすれば良かったんだな。

また一つ賢くなった天馬《てんま》が愉悦に浸っていたら、

「あ、そうそう、忘れちゃいけないわ。矢代《やしろ》くんも、本当にありがとう」

なぜか先生から次のターゲットにされてしまい。

どうして俺に、とは真っ先に浮かぶ疑問だったが、凛華《りんか》の『証人になりなさい』という台詞《せりふ》が答えのような気もしたのでとやかく言わず。

以上、夏休み中にコンクール参加を正式に決めていたのが凛華《りんか》。後戻りする気はないという

気概の表れ、退路を断つ目的があったのだと思う。大須賀《おおすか》先生が無闇に触れ回るタイプではないにせよ、人の口に戸は立てられないのは自明の理であり。

一、凛華《りんか》が星プロのソロコンに（先輩や現役の吹奏楽部を差し置いて）出場すること。

二、中学までは主要な賞を総なめにして天才少女と謳《うた》われていたこと。

三、若くして非業《ひごう》の死を遂げたピアニストの一人娘であること。

四、怖そうに見えるけど実は人当たりがとても良くって驚かされたこと、などなど。

面白おかしく脚色されまくったニュースは、新学期が始まる頃にはすっかり学校中に広まっていた。一部、悪意を持って広められていたというのが正しいのか。

「良くも悪くも、世間様という人たちはいつも耳が早いですよね」

「本当に」

公正公平な麗良《れいら》の評には頷《うなず》かざるを得ない。

——有名税、か。

三分に満たない脳内回想を終えた結果、天馬《てんま》の脳裏をよぎったのはありきたりな単語。

問題はそれが往々にして誹謗《ひぼう》中傷を正当化するのに使われる点だった。

雑多な話題で溢《あふ》れかえっている教室内だったが、耳をそばだてると星プロについて語っている者は少なくない。万が一本人に聞かれれば殺されかねないため、露骨に凛華《りんか》の名前を出すような輩《やから》はいなかったが。

この状況、果たしてあいつはどう思っているのやら。凛華《りんか》を構わないと死んじゃう病（認証済みアカウント）の天馬《てんま》が、お節介と知りつつも慮《おもんぱか》っていたら、

「あ、来ましたよ、凛華《りんか》ちゃん」

満を持して登校してきた渦中《かちゅう》の人物。ギターケースを背負った黒髪ロングの女に、いちはやく気が付いた麗良《れいら》は小走りに近寄っていった。朗らかなおはようございますに返ってくるのはドライなおはよう。ある意味バランスが取れているのはいつも通りだったが、異なっているのは麗良《れいら》の顔色に若干の陰りが見受けられる点。

幼なじみの魅力を全宇宙に轟《とどろ》かせたいと豪語する、限界オタクが彼女だから。凛華《りんか》の星プロ出場は朗報を超えて福音。本音では誰よりも血がたぎっているが素直に喜べない。太陽の陰りは容易《たやす》く看破できたのか、荷物を席に下ろしたタイミングで凛華《りんか》が水を向ける。

「珍しいこともあるのね」

「はい？」

「あなたが浮かない顔するなんて」

「え、あ、いや！　う、浮いてますよ～、全然。ほら？」

と、何を思ったのか麗良《れいら》は大空を羽ばたくポーズ。どこへ飛んでいくのか定《さだ》かじゃないし、

半袖の隙間から腋《わき》が見えて目の毒だし。ツッコミ衝動にかられる天馬《てんま》とは異なり、

「だったらいいけど」

どこまでもボケ泣かせ。お得意の塩対応で流してしまうのが凜華《りんか》。ダイヤ乱れとは無縁の平常運転を前に、麗良《れいら》は取り繕うのも馬鹿らしくなってきたらしく。

「新学期早々、噂《うわさ》の的みたいで。大変そうですね……」

ばつが悪そうに指摘するのだが、「ぜーんぜん？」顎をわずかに高くして答える、凜華《りんか》の悠揚迫らざる態度やいかに。

普段以上に好奇の視線を集めまくっている女は、しかし、いちいち目くじらを立てることもなく。虎視《こし》眈々《たんたん》――本来の標的が現れるまで爪を研いでいるように見えたのは、天馬《てんま》の思い過ごしではなかった。

「あ、良かった、いるいる！」

「今日も美人すぎるでしょ～」

「うわっ、椿木《つばき》さんも一緒でなんかお得！」

元から騒々しかった空気をさらに上塗りするように、わいわいがやがや。興奮気味の声と共にぞろぞろ入ってきたのは、『イマドキ女子』とかで検索すれば大量にヒットするだろう、特徴がありそうでないルックスの団体客ご一行。彼女たちは真《ま》っ直《す》ぐに凜華《りんか》（＋麗良《れいら》）のところへ向かうと、囲み取材を始める記者のようにわらわら周りを固めてしまい。

「おっはよーう、皇《すめらぎ》さん！」

元気に挨拶、といえば聞こえは良《い》いのだろうが。

触らぬ神に祟《たた》りなし――一般人が暗黙の了解で踏み入らずにいる凛華《りんか》のテリトリーを、不遜にも侵犯している。モグリ以外の何者でもなく、「オイオイオイ」「死ぬ気かあいつら」どこからか顰蹙《ひんしゅく》の声が上がったのも必然、それすら意に介していない図太さは褒めるべきか。

前にもこういうケースはあったよな、と天馬《てんま》が思い返すのは一学期、中間テストが終わったあとの出来事。凛華《りんか》のピアノの腕前を知った合唱部員が大挙して押し寄せ、似たようなテンションであれこれ詮索していったのだ。顔は覚えていないが十中八九、同一人物。

「やっぱり星プロ、出ることにしたんでしょー？」

「ファンの期待にお応えいただいた感じー？」

「椿木《つばき》さんは理由をご存じだったりー？」

案の定、あのときと同じ。語尾を伸ばした鼻につく発音で質問攻め。マイクやカメラを持たせれば立派なパパラッチの誕生。愁眉《しゅうび》を禁じ得なかったのは天馬《てんま》だけにあらず。

「あー、みなさん？　お気持ちは察しますが、その辺にしていただけると……」

麗良《れいら》にしては珍しく苦笑いにはっきり非難をにじませていた。インタビューなら事務所を通してください、と。こういう場面では割と毅然《きぜん》に振る舞える彼女は、アイドルを守るマネージャーよろしく矢面に立つ構えを見せたのだが。

「へぇー……よく知ってるわね」

ずいっと、あえてフラッシュに晒《さら》される位置へ躍り出たのが凛華《りんか》。

手出しは無用だと言外に示した顔にはうっすら微笑が浮かんでいた。その意味を正しく理解できていたのは、もしかしたら天馬《てんま》だけかもしれない。皮肉や当てつけではなく、真の意味で喜んでいたのだ。ご馳走《ちそう》を前に舌なめずりしていると言い換えてもいい。

「私がコンクールに出るってこと。先生に聞いたのかしら?」

「いやいや、聞かなくてもわかっちゃうって、あんなの」

「うんうん。大須賀《おおすか》先生、最近はずっと楽しそうにしてたもん」

「私たちも嬉《うれ》しくなっちゃって。選ばれし人なんだもんね、皇《すめらぎ》さんは」

「せっかくなんだしドカーンと盛り上げてバズらせた方がいいっしょ、ね、ね」

——さては噂《うわさ》の元凶はお前らだな。

百歩譲ってコンクールに出場するというだけならまだしも、凛華《りんか》の過去や家庭の事情にまで触れているのだから質《たち》が悪い。大方ネットに転がっているだけの断片的な情報に、偏った主観を織り交ぜた上で。善意の押し売りを一足飛びに超え、無自覚な悪意になりかけている意識は本人たちにはないのだろう。

「あれ? もしかして、あんまり広めない方が良かったかな。ごめ〜ん」

中でも主犯格(?)らしい、それはもう派手派手な化粧の女子が、わざとらしい前屈《まえかが》みを作

っている。思考より先に口が動いていそうな軽い言葉にも、

「構わないわよ、別に」

凛華《りんか》は心を乱さず。取るに足りないことなのだと曇りなき眼《まなこ》が語っている。

「遅かれ早かれ、知られてしまうことだしね」

それは本心であると同時に、覚悟の表れだったのだと思う。

彼女は最初からわかっていたのだ。自分がコンクールに出場すれば噂《うわさ》の的になる、うるさい外野が寄ってくることも含め。理解した上で決めたのだから今さら揺らぐはずがない。

天馬《てんま》は改めて己の浅はかさを憎む。こうして安全な場所で眺めているだけのくせに、あいつらふざけんなよとか一丁前に腹を立てたり、我慢しなくていいから一思いにやっちまえ、とか人知れず煽《あお》っていたり、お前がやらなきゃ俺がやるぞとか粋がってみたり。

感情に任せてストレスを発散するのは簡単だが、今の凛華《りんか》はそういう次元にない。辰巳《たつみ》に殴りかかろうとしているのを止めようとした末にタイキックを食らった記憶が蘇《よみがえ》り、天馬《てんま》はケツがムズムズ。あの日の狂犬じみた凛華《りんか》は、もういないんだ。

――どこまでも予想通りには動かないやつ。

寂しさより喜びが勝った天馬《てんま》は精いっぱいニヒルな笑いを浮かべていたのだが、驚くなかれ、本当の予想外はここから。

「うんうん、皇《すめらぎ》さんなら絶対にわかってくれると思ってたよー」

「もう親友だよ、うちら。あとでインスタとライン交換しなきゃ」

「でも、ホント急に出場オッケーしたよねぇ？」

「夏休みの間に何か、心境が変化するイベントでもあった感じぃ？」

「も・し・か・し・て、大切な誰かと一夏の思い出、的な……キャ〜〜！」

「バカバカ、硬派な皇《すめらぎ》さんに限ってそんなのあり得ないっつーの、ねえ？」

懲りもせずウザさMAXハートな絡《から》み方を継続する張三李四《ちょうさんりし》。どうにかしてこいつらの鼻を明かしてやれないものか、という総意がクラス内に形成されつつあったところ、

「あら、よくわかったわね。その通りよ」

奇《く》しくも凛華《りんか》はその期待に応えたのだ。しかし、半ば無差別爆撃に等しく、

「え？」

瞬間、雑音が駆逐され誰もが息を呑《の》むのがわかった。

表面上は無関心を装《よそお》いつつ、実はどいつもこいつも凛華《りんか》に対して興味津々《きょうみしんしん》——品のない事実が露呈したわけだが、当人はその点を咎《とが》める素振りもなく。

「私としたことが、どこかの誰かさんに上手《うま》く乗せられちゃって……ま、早朝の海岸で二人きりっていう、無駄に感傷的なロケーションも良かったんでしょうけど。好き放題してくれるわよね、あの男も」

楽しげにペラペラ語る女は見るからに余裕があった。一方で、気が気じゃないのはおそらく

彼女以外の全員。早朝の海岸って、二人きりって、好き放題した男って、オイ？

一様に混迷の波に呑《の》まれる中、少し毛色の違う感情を露《あら》わにする者が二人。片方はぷっと吹き出した麗良《れいら》で、もう片方は額に脂汗を浮かべている天馬《てんま》だった。

——まさか、だよな？

やめろ、早まるな、お前には未来がある。飛び降り自殺を止める気分でいた天馬《てんま》は、一秒もかからずに悟る。死に瀕《ひん》しているのは彼女ではなく自分の方なのだと。

「気になるんなら、本人に聞いてみればいいんじゃない」

気持ち悪いくらい爽やかな微笑《ほほえ》みを湛《たた》えた女が、わざとらしく声を張る。それはまさしく死刑宣告に等しく。

「ね、矢代天馬《やしろてんま》くーん？」

誰それ、どこどこ。大方、高身長の超絶イケメンでも想像したのだろう、あらぬ方向に視線をやる彼女たち。半ば背景の一部と化している男の姿を、よそ者の目で見分けるにはいささか時間がかかり。初動の遅れが命取りとなった。

「てめえ矢代《やしろ》！」「どういうことだ！」「説明と謝罪を求める！」「キエエエエエイ！」

「ひいっ！」

怒号を浴びせてきた男子から一瞬で取り囲まれ逃げ場を失った天馬《てんま》。誰も彼も血走った目で見るからに理性を失っており。

「好き放題ってなんだよお前コラ？」

「女に手を出す甲斐性《かいしょう》もない終身名誉童貞だと思って黙認してたら……」

「やっぱりやることやってた系なのか⁉」

「この手か、この手だな⁉　人畜無害な顔してどんないかがわしいテクニックを……」

「お前ら、俺が相手ならどんな誹謗《ひぼう》中傷も許されると思ってるだろ‼」

水を得た魚のように、なんて美しい表現を使うのは躊躇《ためら》われる。凛華《りんか》が相手だったらこんな風に詰め寄ることなどできるはずもなく。強い者には平伏《ひれふ》し弱い者には容赦せず。ぶりぶ〇ざえもんみたいな思考には男女差がないらしく。

「矢代《やしろ》くん、皇《すめらぎ》さんに何したの……」

「控えめに言って最低だよ……」

「ちょっと引くかも……」

「出るとこ出よっか？」

「え……一度も会話したことない女の子たちから、蔑みの目を向けられているのはなぜ？」

疑問を呈しつつも心のどこかでは納得していた。男女問わず熱狂的なファンが多い、ひとえに凛華《りんか》のカリスマ性が為《な》せる業。一致団結したクラスメイトたちに哀れな男が吊《つ》るし上《あ》げられる中、完全に置いてけぼりを食らっている部外者たち。

「あ、あれれ～……？」

「どゆことかな、これ？」

「あのフツメンくんはいったい……」

説明を求められた凛華《りんか》は、「さあ？」とすげない返事をして、

「SNSのお友達にでも聞いてみたらいいんじゃない」

得意でしょ、と付け足す。感情の乗らない声音には暗に、いや、明らかに、お前たちなんか友達でもなんでもないというメッセージが込められており。

「得意ついでに、みんなに言っておいてもらえると助かるわ」

「え、何を……」

「陰であることないこと言いふらすのは結構だけど、もう少しセンスのあるストーリーにした方が良《い》いわよ。私、ずっと心配していたの。あまりに稚拙で下品な内容を垂れ流し続けるものだから、あなたたちの品性が疑われるんじゃないかって」

ぎくり、と。潜在的に罪の意識はあったのか、毒気に当てられた顔になる少女たち。その明確な隙を凛華《りんか》が見逃すはずもなく。

「ああ、ごめんなさい、間違えたわ。あなたたちがそんなくだらないことするわけない……こうして直接、会いにきてくれたお利口さんだものね」

「そ、そうだよ〜！」

「当たり前じゃん！」

「私たち、皇《すめらぎ》さんのことを思って……」

天馬《てんま》は確信する。彼女たちは本当に皇凛華《すめらぎりんか》を何一つ理解していない。上げて落とす罵りは彼女の十八番《おはこ》であること、今さら取り繕ったところで遅きに失することも。

「そうよね、良かったわ。もしもそんな品性の欠片《かけら》もない人間が、厚顔無恥にも目の前に現れたりしたら……私、たぶん殺してしまうから」

「「「……………………」」」

聞き違いかと思って首をちょこんと傾《かし》げているコピペ顔の一同に、

「訂正。殺しはしないけれど、同じくらいひどいことをしてしまうと思うの」

わざわざ怖い方に言い直す。ジョークや戯《たわむ》れでないのは、ここにいる全員が確信できたと思う。快楽を与えつつも命を蝕《むしば》む麻薬――声の一つだけでも、息吹《いぶき》の一片を浴びせられただけでも致死量を超えそうな危険性を今の凛華《りんか》は孕《はら》んでおり。誰もが信じられないで、誰もが惹《ひ》きつけられて、誰もが目を離せなくなっていた。

無知という名の大罪。そこでようやく彼女たちは理解したのだ。自分たちが誰の領域を侵してしまったのか。美しい薔薇《ばら》に生えた棘《とげ》の存在を、手のひらがずたずたに切り裂かれるまで気付けなかった。

氷の冷たさで麻痺《まひ》していた痛覚が、噴き出した鮮血の生温かさで一気に蘇《よみがえ》り、

「し、失礼しましたー!」

そこからは、速かった。

我先にと肩をぶつけ合いながら逃げ去っていく様は恐慌《きょうこう》を来しており、いつかの映画で観《み》た海に飛び込むレミングの群れを連想させたが。

不思議なほど後味の悪さはなかった。明日の今頃には「皇《すめらぎ》さんって怖そうに見えて、やっぱり怖い！」という、名誉なのか不名誉なのかわからないニュースが拡散されていそうだが、それでも構わない。これで良かったのだと言い切れる。なぜなら、

皇凛華《すめらぎりんか》は、怖い。だが、それが良《い》い！

出会った頃から何一つ変わらない法則だった。無論、天馬《てんま》の独りよがりではなく――

さすがの女帝だな。かっけえ～。キレキレじゃん。玉がひゅんってなったもん、俺。椅子になりたい。私、一生ついていきますから。分を弁《わきま》えなさいよね、あの小娘ども……云々《うんぬん》。

オオオオと地鳴りのように響いているのは称賛や畏敬の念。示し合わせたわけでもないのに誰もがカタルシスを得られていた。中には調子に乗って、

「よっ、撃墜王！」「今日も容赦ないね！」「僕、半殺しくらいならされても構いませんよ？」

頭の悪いかけ声を飛ばしているのだが。

「……何か言った？」

古いタイプのヤンキーよろしく顎をしゃくった凛華《りんか》から睨《にら》みを利《き》かされ、だんまり。

いつも通りすぎる光景なはずが、どこか懐《なつ》かしくも思えてしまう。実際、久しぶりだったの

だ。ジメジメした六月から本日に至るまで、凛華《りんか》を特異点とする不調和はクラス全体の消沈に繋《つな》がっており。失われていた活気がようやく戻ってきた。

——あるべき姿だよな、これが。

一部の男子から粘着質な追及は続いていたが、居心地の良さに自然と笑みがこぼれる。そんな天馬《てんま》以上に安堵《あんど》していたのは、

「ふ、ふふ、はっはっは……」

「なによ？」

「いえ、凛華《りんか》ちゃんは凛華《りんか》ちゃんだなぁ～って」

「当たり前でしょーが」

笑いながらもたれ掛かってくる金髪碧眼《へきがん》の少女を、まんざらでもない様子で受け止めている濡烏《ぬれがらす》の女。尊い、と誰かが呟《つぶや》いた。寿命が延びる～、とも。絵になるツーショットにシャッターを向けるような野暮はおらず、誰もがそれぞれの網膜に焼き付けて永久保存。

今年一番の当たりクラスと評される、我らが二年五組の風物詩が戻ってきた瞬間。もしかすれば以前よりも大きく成長して、帰ってきたのかもしれない。

九月一日って案外、悪くない。

人生で初めて抱いた感想に、また一歩大人に近付いた気分の天馬《てんま》だった。

二章　ベースと三つ編みと蒼《あお》い星空

「『来る十月十五日!!』……か」

ゴシック体で印字された文字を読み上げる声は、思いがけず感慨深い。

始業式と少し長めのホームルームが終わり、午前中で放課を迎えた学校にて。天馬《てんま》が訪れていたのは特別棟の三階——放課後に直帰していた頃がもう懐《なつ》かしいくらいには行きつけの生徒会室だった。

広げているのは星藍《せいらん》プロムナードコンサートの開催告知ポスター。参加者やプログラムが固まった最終版を、一般に先んじて拝めるのは生徒会執行部の特権。

「お、載ってるじゃん」

ポスターの下部、聞いたことがある楽団や著名人の名前が並ぶ中、『ピアノコンクール部門本校代表　皇凜華《すめらぎりんか》』なる表記を発見。米粒サイズの文字列が無性に誇らしい。感覚としては親ばかのそれで、おそらく天馬《てんま》は無意識にニヤついていたのだろう。

「随分と幸せそうだねぇ〜」

すかさず指摘する者が一人。フラスコ内の化学反応に好奇心を刺激されたような。級友かつ生徒会の同胞でもある速水《はやみ》颯太《そうた》は、相も変わらず科学者なのかラスボスなのかよくわからないスタンスで天馬《てんま》を見守っており。

「どうぞどうぞ。僕のことは気にせず、存分に喜びを噛《か》み締《し》めてよ」

「……そういうお前は現在進行形で喜びを噛《か》み締《し》めていそうだな」

「バレた？」

ふふふ、と温和な笑み。角がなく清涼感に溢《あふ》れていて、本当にパーフェクトな好青年に思える彼だが、惜しむらくは天馬《てんま》の観測という一風変わった趣味を持っている点。

「まあ、でも、君ほどじゃないにせよ、僕も皇《すめらぎ》さんの晴れ舞台が楽しみではあるよ」

「その言い方だと俺が特別浮かれポンチみたいに聞こえるが？」

「謙遜はナシナシ。これも全て君の功績なんだから、どーんと胸を張りなよ、ね！」

「何をもって『これも全て』なんだ」

「夏休み、横須賀《よこすか》にある椿木《つばき》さんの別荘に泊まりにいったんだよね。そこでなんやかんやあって皇《すめらぎ》さんを星プロに出場するよう説得して、ついでにちょいギスってた三人の関係性も修繕して、以前の平和な二年五組が帰ってきて、まるっとすっきり収まった……と」

「百点の解答するのやめろ」

凛華《りんか》が突如としてコンクール出場を決めた経緯について知りたがる生徒は多かったが、天馬《てんま》が黙秘を貫いたことにより真相は藪《やぶ》の中。それでもいい、いや、そうでないと困る。天馬《てんま》の役割はいわば黒子だが、その働きさえ見逃さないのが彼。

「合宿とか別荘とか横須賀《よこすか》とか、当然のごとく知ってるのな」

「それはもう。椿木《つばき》さんと渚《なぎさ》さんから詳しく聞いたからねー」

「おい、待て。椿木《つばき》さんはわかるが、渚《なぎさ》さんってのはいったいどちらの渚《なぎさ》さんだ？」

「血の繋《つな》がったお姉さんでしょ」

「……いつの間に連絡先を？」

「結構前に遊びにいったとき」

「お前って、本当に……」

コミュ力お化けを超えてもはや怪物。友達の姉（それも二十四歳の社会人）とラインを交換するような勇気、天馬《てんま》にはないというか、発想すら浮かばないのが大多数だろう。

「僕って意外と年上から好かれるみたい」

「意外じゃねえし。そもそも年齢や性別関係なく、誰からも愛されるキャラだろ、颯太《そうた》は」

「いやぁ、中には手強《てごわ》い相手もいるんだよ。ほら、皇《すめらぎ》さんがいい例だね」

「ああ……無駄に敵対視してくるもんな、あいつ」

「それは構わないんだけど……常に一歩引かれているというか、警戒されてる感じ？」

どうしてだろう、と首を捻《ひね》っている本人には悪いが天馬《てんま》は妙に納得。暖簾《のれん》に腕押し柳に風。

つかみどころのない颯太《そうた》が、凛華《りんか》にしてみれば一番やりにくいのだろう。

「だからこそ僕は一目も二目も置いてるわけさ。さすが矢代《やしろ》くん、僕たちにできないことを平然とやってのける——ってね」

「憧れはしないけどな」

「これからもその辣腕を遺憾なく発揮していただきたい」

「何を期待されているのか知らんが、俺の出番はもうなさそうだぞ」

舞台は整ったのだから、あとは主役に任せるだけ。天馬《てんま》はそう信じて疑わなかったが、

「君が本当に大変なのはこれからの予感がするけどなー、僕は」

あとになって振り返れば、凄《すさ》まじい颯太《そうた》の先見性だったわけだが。「変に含みを持たせやがって」と気にも留めなかった能天気さが、天馬《てんま》の天馬《てんま》たるゆえんなのだろう。

「いずれにせよ今は喜ぼう。矢代《やしろ》くんが一皮むけて大きくなったことを」

「着地点そこで合ってる？　つーか……」

壁掛けの丸時計をちらり。時間は間もなく正午、道理で腹の虫も騒ぎ出すはずだ。気が付けばすっかり井戸端会議に花が咲く生徒会室だったが、

「いつになったら来るんだよ、あの教師は」

「そういえば遅いね」

「自分から呼び出しておいてからに……なっとらん！」

元ヤン（あくまで噂《うわさ》）のアラサー教師――ダウナー系の相沢真琴《あいざわまこと》を思い出しながら、謎の義憤が湧き上がる。ホームルームが終了するや天馬《てんま》を名指しした彼女は「話があるから、生徒会室で待ってろ」との指令。物見遊山《ものみゆさん》の颯太《そうた》も同伴していたわけだが、

「放課後に女性から呼び出されるって、ドキドキのシチュエーションだよね」

「相手が一回り年上の教師じゃなかったらな」

「真面目に告白されちゃったり。『お前のことも生徒としては見られない』……的な」

「……俺と先生をどうしたいの？」

冷房が効きすぎているせいか軽く寒気。あるいは悪寒《おかん》なのか。体に毒なのであと五分経《た》っても来なかったら帰ろう。勝手にタイムリミットを設定したところで、

ガラ、ガラ、ガラ、ガラ。引き戸を開ける音からして明らかに元気がなく、

「う、ぃ〜っす………」

続いた声はそれ以上にくたびれていた。ようやく現れた真琴《まこと》の姿に、

「ったく、遅いですよ、せんせ――って、え⁉」

天馬《てんま》は驚愕《きょうがく》。空いているパイプ椅子ならばいくらでもあったし、なんなら真琴《まこと》のことだ、行儀悪くテーブルに腰を据えようとも不思議はなかったが、どういう風の吹き回しだろう。

よりにもよって彼女が腰を下ろしたのは、座布団《ざぶとん》も何も敷かれていない隅っこの床。

骨盤がしっかりしていそうなお尻をべったり付けて、薄いストッキングに包まれた両脚を大

事そうに抱える、いわゆる一つの体育座り。膝小僧に顔面を押し付けるおまけつきで、

「すごい悲愴感《ひそうかん》の漂う絵面《えづら》だね」

「言ってる場合か！」

呑気《のんき》すぎる颯太《そうた》を一喝、救急隊員がごとく駆け寄る天馬《てんま》だったが、

「ど、どうしたんですー？」

「…………」

反応なし。アッシュ系に染められたイケイケのセミショートからもわかる通り、どちらかといえばいじめっ子っぽい外見をしている彼女が、よもやいじめられっ子のように丸くなってしまうとは。しかし不幸中の幸い、ピチピチのタイトスカートを穿《は》いているため、

「パンツは見えてないな……ヨシッ！」

「最初に指差し確認するのがそれ？」

ギリギリで尊厳破壊は免《まぬが》れていたが、原因は、なんだ。鬱病を発症するような繊細なメンタルの持ち主には到底思えないし。考えられるのは燃料の不足。彼女にとってそれに該当するのは水でもガソリンでも濃縮ウランでもなく、

「タバコですか？　タバコが足りないんですね⁉　俺、今すぐ買ってきます！」

「矢代《やしろ》くん、落ち着いて。高校生には買えないし、たぶんニコチン不足は関係ないから」

「あるって！　この人たちはとっくの昔に脳細胞が破壊されてるんだから！」

「……お前が喫煙者をどう思っているのか、よーく理解したぞ」

死霊《しりょう》のような怨嗟《えんさ》が低い位置から這《は》い上《あ》がってきて、天馬《てんま》は慄《おのの》く。

依然として膝を抱えたままじっとり見上げてくる真琴《まこと》。恨めしそうな瞳の下には生半可なメイクでは隠し切れない、くっきりとしたクマが浮かんでいる。せっかくの美人が台無し。典型的な不眠のサインに、「う～ん」どこか残念そうに唸《うな》ったのが颯太《そうた》。

「これは告白イベントって雰囲気じゃなさそうだ」

「そのネタいつまで引っ張る気だよ」

「無難に人生相談でも始まるのかなぁ」

「教師が生徒相手に？　まさかだろ」

「なあ、矢代《やしろ》…………私はこれからいったい、どうやって生きていけばいい？」

「まさかだったよ！　ちょ、ええ、なに……」

おもむろに天馬《てんま》の脚にすがりついてきた真琴《まこと》。人のズボンで涙を拭うようにして。

夜も更《ふ》けた駅構内――「行かないで、トシく～ん！」「離せよクソ女！」と、酔っ払ったカップルがこんな構図で大喧嘩《おおげんか》しているのを前に見かけたが、よもや自分が当事者になろうとは。

いや、喧嘩《けんか》しているわけではないけど。トシくんでもクソ女でもないけど。

「うぅ～……そう遠くない未来、先生は先生でいられなくなりそうだ」

「何があったんです？」

「とぼけるな。お前にも責任はあるんだぞ、ぐすん」

「リアルにぐすんって言う人初めて見た」

「どうしてあのとき止めてくれなかったんだよ〜。私が人の道を踏み外す前に〜！」

「えー、何をしたのさ、矢代《やしろ》くん。一気にインモラルな臭いだよ」

「知るか！」

要領を得ない責任転嫁《てんか》が始まり、どうやら本当に脳細胞が死んでるみたいだな、と。天馬《てんま》は対話を諦めたのだが、

「人の道を踏み外す、か。たとえば、だけどね。十八歳未満に手を出した淫行条例違反で、先生はお仕事をクビになりかけていらっしゃる……とか？」

「お前マジで先生をどうしたいの？」

「さすが速水《はやみ》……当たらずとも遠からず、だ」

「嘘《うそ》だろ⁉」

違う、違うんだ。うわ言のようにこぼす真琴《まこと》。

「私はただ純粋に、フジを、ソニックを、夏フェスを楽しんでいただけなのに……」

「フェスぅ？」

天馬《てんま》が思い出したのは夏休みに入る直前の出来事。

チケット落選に打ちひしがれていた真琴《まこと》は、辰巳《たつみ》竜司《りゅうじ》──訳アリの年上を愛してやまない

イケメンバスケ部員の甘言に、まんまとほだされ。結んだのは悪魔の契約。念願のフェスに参加する代償として、天敵である辰巳《たつみ》とのアベック（死語）を余儀なくされたのだ。

　意地なのかプライドなのか、辰巳《たつみ》から送られてきた写真を見る限り、当日は約束通り恋人っぽく振る舞っていたらしい。

「先生も律儀っすよね。本気で嫌ならすっぽかせば良かったのに」

「フフ……馬鹿言うな。貴重なＶＩＰ席、ふいにしたらもったいないお化けに祟《たた》られるぞ」

　つまり覚悟の上。リスクは甘受してリターンを取ったのだ。

「そうさ、後悔はなかったんだ。たとえペアルックを強要されようとも、キャバクラにありそうなソファで肩を並べようとも、写真を撮ってもらった見知らぬギャルから『ってかお姉さんの彼ピ、チョ～爆イケじゃんコレ！』とか言われても。ぴっぴっぴっぴっぴっぴっ……」

「ギャルに悪気はなかったと思いますよ」

「アゲアゲの気分上々↑↑だったんだ、本当に。あの男のウザさが霞《かす》んでしまうくらい盛り上がって、まるでピチピチのＪＫに戻ったような……見るもの全てがキラキラに輝いてさえいたのに……そう、あのときまでは！」

　絶望に突き落とされた瞬間がフラッシュバックしたのか、頭を抱える真琴《まこと》。

「物販コーナーに並んだ私たちに、『相沢《あいざわ》先生と辰巳《たつみ》先輩、ですよね？』って、人畜無害そうに声をかけてきた女子が……なあ、信じられるか、まさかうちの生徒だったなんて。部活の後輩だかマネージャーだかで、辰巳《たつみ》とも顔見知りだったなんて、なあ、おい‼」

「そ、それは……」

「しかもよくよく聞いたらそいつ、ちょっと前に辰巳《たつみ》に告って振られた経験がある、傷心ガールの一人だったとか……どういう星のもとに生まれたらこうなる、オイ！」

想像しただけでも天馬《てんま》は血の気が引いてしまうのだから、当時の状況——真琴《まこと》の狼狽《ろうばい》たるや推して知るべし。

一教師と一生徒が休日に二人で外出、仲睦《なかむつ》まじくお揃《そろ》いのTシャツを着て、場所は音楽フェスというパリピ勢の巣窟《そうくつ》。偶然を装《よそお》うのは不可能だし、社会科見学と言い張るのにも無理があるし。ただでさえ言い訳も言い分も思いつかないところ、相手がその一生徒に思いを寄せている少女となれば——ロジックでは片付けられないのが男女の仲。

「控えめに言って修羅場でしたね。教え子をたぶらかしているなんて思われたら大問題だ」

颯太《そうた》から忌憚《きたん》のない感想をぶつけられ「うっ！」餅を詰まらせたようにえずく担任。

「こういう場合って職員会議にかけられるんですよね。いわゆる一つの懲戒処分。性的な行為にまで及んだ証拠はありませんから、いきなり免職ってことはないでしょうけど。先生は日頃の勤務態度もあって疎《うと》まれ気味ですから、戒告や厳重注意で済むとは思えません」

「あー……颯太《そうた》？」

「よしんば多少の酌量が望めるとしても三か月程度の減給、厳しければ短期間の停職に処されるのではないかと。どちらにせよ職場にはいづらくなりますよね。出勤するたびに後ろ指ですから。鋼のメンタルを持たない限りは精神を病むのが必至」

「的確な評論だとは、俺も思うけど……」

「昇給にも間違いなく影響するし、転職するのが得策かなぁ。まあそもそも論として、想定しうる最悪のケース——不祥事が日本中に報道されて、どこぞの闇ルートで実名と顔写真もリークされて、再就職どころか平穏な生活すら危うくなるパターンも……」

「その辺にしておいてやれ‼」

遮るのが一歩遅かった。

「あばばばばばっ……」

すでに精神が崩壊したのだろう、仰向けにひっくり返って手足をジタバタさせていた真琴《まこと》。死にかけのセミではない。前途ある二十九歳の成人女性だ。お嫁に行く前である。

「ね、年二回のボーナスがぁ……勤続四十年の末にもらえる莫大《ばくだい》な退職金がぁ……赤マルが一箱千円になっても死ぬまで吸い続けるために必要な貯蓄ウン千万円がぁー‼」

「真っ先に心配するのがそこって」

やはり脳を侵されている。ある意味パンチラよりもひどい尊厳破壊に天馬《てんま》はなす術《すべ》なく。

「……どうすんだよ、これ？」

「ま、大丈夫。先生、綺麗《きれい》ですから。最終的には玉《たま》の輿《こし》で一発逆転ですって」

無責任の極みな颯太《そうた》の発言に、しかし「その手があったか！」と食いつくしかなかったのが哀れな二十九歳。息を吹き返した彼女はなぜか天馬《てんま》の半身に抱きついてきて。

「矢代《やしろ》、私を養ってくれ！」

「頼む相手を選べ！」

「毎朝お前の味噌汁《みそしる》が飲みたぁい♡」

「可愛《かわい》らしく言ってるけど、あんたは作らんのかい！」

「うん、家事は一切やらないし働かないしギャンブルはするし空き缶を灰皿代わりにするし酒が入るとちょっぴり暴力的になって絡《から》むかもしれないけど、お願いだ、結婚してくれ！」

「お断りだよ！　完全に事故物件じゃねえか！」

「よーし、わかった、こうなったら既成事実を一発……」

「ちょ、やめろ、俺も生徒だろ、前科一犯じゃ済まなくなるぞ！」

貞操の危機に迫真の叫びで抗する天馬《てんま》。不毛なせめぎ合いは体感一時間近くにも感じられたが、実際はその後、真琴《まこと》の発作（？）は五分程度であっさり収まってくれた。

淫行条例に抵触する現場を目撃されたのは夏休みの前半。美人教師と学校一のモテ男が禁断の恋に落ちるなんてゴシップネタ、今頃は学校中を席巻《せっけん》していてもおかしくない。

そうなっていないのはつまり、この件が表沙汰になっていない証拠。女子生徒が空気を読んでくれたのか、あるいは辰巳《たつみ》による説得が何かしらあったのか、詳細は不明だが少なくとも穏便に済んでいるのだろう、と。

もっともすぎる颯太《そうた》の推察を聞かされた真琴《まこと》は、

「あー、良かった。これで心置きなく夏のボーナスをスプリンターズSに全ツッパできる」

手のひらを返したように元気を取り戻してしまい、服を脱がされかけた天馬《てんま》は釈然としなかった。実はこの話にはもう少しだけ続き（というか裏）があるのだが、少なくとも真琴《まこと》の人生が終わるような心配がないことだけは明言しておこう。

△

色々な人にとって色々なことがあったはずの夏休みだが、その余波が残されていたのは一週間ほど。どんなに鮮やかな思い出も口頭で聞かされる分には味気ないモノクローム、世間話のネタにすぎないのだと気が付くのには半日もかからず。

課題の提出に追われているうちに、特別感という名のまやかしは消失。土日を挟んだ頃には「一か月前に戻りたい」なんて非現実的な愚痴を垂れる者はいなくなり、シルバーウィークの予定がどうのこうの即物的な話題で満たされていた、ある日の学校にて。

「矢代《やしろ》くーん、ちょ〜っとだけいい〜？」

放課後の教室、帰り支度をしていた天馬《てんま》にお呼びがかかる。ボリュームのある巻き髪とおっとりした口調がフランス貴族を彷彿《ほうふつ》とさせる女性。最近は何かとお世話になっている大須賀《おおすか》先生である。天馬《てんま》は芸術科目で書道を選択しているため、音楽担当の彼女が接触を図るにはこうして授業外を狙うしかないわけだが、

「どうしたんです？」

「ごめんなさいね、突然。少し相談……時間があればで構わないんだけど、平気かしら？」

「俺なんかで良かったら」

生徒相手にも物腰柔らか。いつも問答無用で呼び出してくるどこかの誰かさん（二十九歳、独身）と比較して常識人に感じられたため、天馬《てんま》は二つ返事で職員室についていった。

「相談っていうのは、星プロの……というか皇《すめらぎ》さんについてなんだけどね。その前にまずは一言、謝らせてちょうだい」

「謝る？」

「本人からは『気にしてません』ってきっぱり言われちゃったんだけど……皇《すめらぎ》さんのソロコン出場、あまり良くない広まり方をしちゃったみたいで」

「別に先生の責任じゃないでしょう」

「ううん、監督不行き届きよ。合唱部の子たちにはキツ〜くお灸《きゅう》を据えておいたから」

「ハハハ……」

苦笑いの理由は、にっこり目尻を下げた先生の瞳に不相応な光——揺らめく炎を垣間見《かいまみ》た気

がしたから。地蔵菩薩《じぞうぼさつ》と閻魔大王《えんまだいおう》が起源を同じくするように、仏の顔を持つ人に限って怒らせたら怖いと相場は決まっているのだ。

「まあ、大丈夫ですよ。少なくとも皇《すめらぎ》はそういう野次に惑わされるタイプじゃない……むしろ反骨心でメラメラ燃え上がる天邪鬼《あまのじゃく》なんで」

「かっこいいわ〜。でも、だったらなおのこと私にはどうしようもなさそう……」

曇り模様の心を体現するように腕を擦《さす》ってみせる先生。

「心配事でも?」

「ああ、うん。ソロコンの代表者も決まって、例年ならここからが大忙し——本番当日までみっちり個人レッスンをつけたりもザラなんだけど、今年に限ってはそうでもなくってね。皇《すめらぎ》さんの実力が折り紙付きなのは、先生が一番よ〜くわかってるつもりだから」

自ら推薦までしていたのだから、その発言は頷《うなず》ける。

「おまけに彼女、とんでもなくストイックでね。夏休みの間に、課題曲についてもしっかり理解を深めて、自分なりのイメージを膨らませた上で、徹底的に弾き込んで。彼女なりの演奏プランを確立してきてくれたみたい。高校生離れした意識の高さよね」

「理解に、プラン……イメージ」

音楽IQとでも呼べば良《い》いのだろうか。どうやら上位のコンクールともなればマニュアル通りの演奏だけでは足りず、思考力や創作力まで試されるらしい。

「その言い方だと、あいつの演奏はもうお聴きになったんですね」

「ええ。ちょうど昨日、予行演習代わりにね。ただ……」

と、言《い》い淀《よど》む先生。音大出身でピアニスト志望だったという輝かしい経歴に加えて、こと音楽については妥協を許さない性格だと聞かされていた天馬《てんま》は、

「まさか、今さら『私の目にくるいがあった』とか言い出すんじゃ……この場合は耳？」

「とんでもない！　むしろ自分の直観は正しかったって再認識させられたわ。単純な技術の面……表現力も含めてたぶん、私が彼女に教えられることはなさそう」

「そこまで言いますか……なら、良かったんじゃ？」

「うん、いいの。いいはずなのよ。でもね……」

ここだけの話、と前置きした先生は少しだけ声のトーンを落とす。

「コンサートを主催する都合で、最近はいろんな人たちと会う機会が多いんだけど。その中にジュニアコンクールの審査員を長年務めている方がいらっしゃって、皇《すめらぎ》さんの名前もご存じだった……というか、強烈な印象が残っていたみたいね。『天才だと思った』って、公式の記録用に撮影してあった映像を見せてくれたのよ」

「昔の皇《すめらぎ》、ですか」

「四年前の夏だから、まだ中学一年生の頃ね」

見なくても想像できた。子供のくせにあどけなさとは無縁、冷めた視線で周りを見て、他者

を寄せ付けないオーラを放っている。手を伸ばした瞬間に切り裂かれそうな接触厳禁の美しさは、現在と変わらず——いや、もしかしたらそれ以上。

——できて当たり前じゃない。馬鹿みたいに一日中弾いてたんだから。

天馬《てんま》が思い出したのは彼女自身の述懐。

最愛の母親を十歳の頃に亡《な》くし、何をすれば良《い》いのかもわからず、ただがむしゃらにピアノを弾き続けていたのだと。悲しみに暮れることすら拒否していたその時期が、中学生の小さな凛華《りんか》と重なって思えたのは、天馬《てんま》の考えすぎではなかったらしく。

「すごかったわ、本当に」

ため息も出ない、という風に先生の呼吸が一瞬止まる。

「生で聴いたわけでもないのに、思わず圧倒されてしまったもの。中学生の演奏とはとても思えない。洗練された中に荒々しさもあって、聴いていると全身がヒリヒリ……鬼気迫るとでもいうのかしらね、内臓を食い破ってきそうなあの感じは、恐ろしいほどだったわ」

内臓、食い破る、恐ろしい——果たしてそれらの表現が、プラスの意味で使われるケースはあるのだろうか。天馬《てんま》の顔に浮かぶ疑問に答えるように、

「もちろん褒め言葉」

これ以上ないくらいのね、と先生は微笑《ほほえ》む。

「ピアニストって、アーティストだから。喜怒哀楽のどの方向でも構わない、とにかく誰かの

感情を揺さぶれる人間が勝ちなの。優劣を競い合う場では特にね」

「ゆえに当時の皇《すめらぎ》は強かった、と？」

静かに頷《うなず》いた先生。今の凛華《りんか》よりも——というのは、言葉にせずとも伝わってきた。彼女がモヤモヤしているのはその部分。競争の世界でバリバリ揉《も》まれていた全盛期に比べたら、多少は腕が鈍っているのかな、とか。安直な原因に飛びつこうとする天馬《てんま》に対して、

「誤解してほしくないのは、純粋に技巧面だけで評価するなら今の皇《すめらぎ》さんの方が上ってこと」

「えぇ？」

「上手《うま》いのは、今の彼女。すごいのは、昔の彼女」

「なるほど……………すみません、要するに？」

「うふふ。どういうことなんでしょうねー、先生にもわかりませーん！」

「なぞなぞなら解答くらい用意してもらえます？」

反射的なツッコミで教師と生徒の垣根を越えそうになる天馬《てんま》だったが、楽しそうに笑っている大須賀《おおすか》先生は妙案を思いついたようにぱちんと両手を合わせる。

「だからね、矢代《やしろ》くん。その答えはあなた自身の手で探し出してほしいの」

「…………」

現代の若者は誰一人として知らないだろう、それは天馬《てんま》が生まれるより太古の昔。

『この先は君の目で確かめてくれ！』で締めくくられるクソの役にも立たない攻略本が量産さ

れていたのだが、あれは一種の読み物であり本気で攻略を目的に購入する者はいなかったのに加え、ネットが普及しておらず情報が限られていたからこそ楽しめたわけだが、一方で魔大陸のシャドウが助けられるのを教えてくれたファミ通だけは今でも信頼している――

「どういうことです？」

「皇《すめらぎ》さんが最高のパフォーマンスを発揮できるよう、手伝ってあげてほしいの」

「いやいや、音大卒の先生にすらわからないのに、パンピーの俺じゃなおさら不可能――」

「関係ないわよ。私が『すごい』って思ったのも、なんとなく『すごい』って思っただけなんだから。音感が良《い》いとか楽譜が読めるとか、そういう話をしているわけじゃない」

「……裏を返せば、手掛かりはゼロってことじゃないですか」

無理ゲーにもほどがある。ファミ通さん、助けて。実は電プレ派だったのを棚上げした天馬《てんま》(どうして廃刊したの……？)が、肩を落としていると。

「だからね、ここからは音大卒だとかピアノ専攻だとかは別――四十年超の人生経験からくる教訓みたいなものなので、話半分に聞いてほしいんだけど」

と、長い髪を手のひらで撫《な》でる先生。ロールヘアがふわりと揺れた。

「年を取って、結婚して、子供を産んで、一丁前に育てられる側から育てる側になって……改めて思ったのは、本気で集中したときの子供って大人のそれをはるかに凌駕《りょうが》するな～って。皇《すめらぎ》さんのピアノもきっと血のにじむような努力に裏付けされているはず」

「……でしょうね」

「努力できるって一番の才能よね」

もっとも本人は絶対に否定する。努力や苦労を決して人に見せないのが凛華《りんか》。つらいときも苦しいときも涼しい顔を崩さないでいるのは、周囲の人間が形成した理想像を守るため。そのためなら人を愛する欲求さえも封じてしまえるのが彼女だった。

「けどね、それを私は『天才だから』って言葉一つで片付けるつもりもなくって。だって子供は普通、飽きっぽいし泣き虫だし直情的だし、まだまだ未完成な存在なんだから。小学生とか中学生なら特に、ね。にもかかわらず、一つの何かに没頭できる。あそこまで必死になれるのだとしたら、それだけの動機づけがあるんじゃないのかしら」

「……」

当時の彼女を突き動かした原動力。本当に認めてほしい相手はもうこの世にいないのに、それでも弾くのをやめなかった凛華《りんか》。

――悲しい現実から目を背けるため？

――父親に対する憎しみや反発心から？

真相は不明だがあまりにネガティブで、「そんなものは捨てていい」と天馬《てんま》は断言できる。

「別に、時計の針を巻き戻せってわけじゃなくて」

混乱している天馬《てんま》の思考をなぞるように先生は続ける。

「過去のそれに匹敵する何かが見つかれば、皇《すめらぎ》さんの演奏はもっと良くなるはず。上手《うま》い彼女とすごい彼女が合わさるんだから。それはもう……」

「最強ですね」

「ふふふっ、ね、想像するだけでワクワクするでしょ？　若人《わこうど》の未来はいつだってキラキラ輝いてるんだから、眉間にしわを寄せて暗くなるのだけはやめましょう」

美男美女は笑顔から、と自らの口角を人差し指で押し上げる先生。良妻賢母感が半端《はんぱ》ない。

「どう、やれそう？」

「やってみなくちゃわからない……ですので、過度な期待はしないように」

「するに決まってるじゃな〜い。ま、あまり深く考え込まないで……たとえばほら、『優勝したら俺がたっぷり甘やかしてやるぜ』とか約束すれば、一発で解決かもよ？」

「前々からお聞きしたかったんですが、あなたの中では俺って皇《すめらぎ》のなんなんです？」

「彼氏じゃないの？」

「じゃないんです」

「あらあら、まあまあ、だったら早く告白しないと〜……女心と秋の空、よ？」

「心配ご無用」

色濃くなることさえあれども、移ろうことは一生あり得ない。彼女の心は今も昔もずっと、たった一人の少女で染め上げられているのだから。

淑《しと》やかに手を振る大須賀《おおすか》先生に見送られながら職員室をあとにした天馬《てんま》。

拘束時間に反比例して消費カロリーが多いのは、ひとえに密度の高さ——コンビニのサンドイッチも見習ってほしいよな、とか考えながら歩くのだが五歩もかからず停止。

「モチベーション、か」

英訳してみたが案の定トートロジー、解決の糸口は見えそうになく。動機づけってそんなに大事なのか。ありがたい先生の講義を未《いま》だに理解できていない落第生だった。

「……正直、専門外だ」

一人ではあまりに無謀。「私の声が聞こえますか……?」と、脳に直接呼びかけてくる系の女神様か、都合良くレベルMAXの状態で加入してくれる仲間でもいてくれれば楽なのになーとか、タイパ重視ヌルゲー万歳の天馬《てんま》が考えていたら。

「ふっふっふっふ……そこの少年、何やらお困りのようだねぇ~?」

「……」

「今ならお姉さんがお安くサービスしちゃうよ?」

絶妙に中途半端《ちゅうとはんぱ》でどちらにも該当しない。エロに釣られたプレイヤーの身ぐるみを根こそぎ剝いできそうな台詞《せりふ》に、賢明な勇者は回避ルートを選んだのだが、

「ちょいちょいちょーい、無視はないでしょーが、一番傷付いちゃうやつだってそれ！」

「ううっ！」

強制イベント発生、子泣き爺《じじい》がごとく天馬《てんま》の背中におぶさってきた彼女。期せずしてぱふぱふした感触が伝わってくるのだが、不可抗力でも料金は発生するのだろうか。

「……逃げも隠れもしないからとりあえず下りてもらえるかな、まやまやさん？」

「おおう！　よもや声だけで見破ろうとは。成長したじゃないか、やしろん」

傾向と対策にすぎなかった。こんな風に過剰なスキンシップを試みる女性が二人も三人もいたら、天馬《てんま》の貞潔はとっくの昔に崩壊している。

「褒めて遣わす、苦しゅうない……ちこう寄れ〜、面を上げろ、侘助《わびすけ》」

「浅薄に斬魄刀《ざんぱくとう》を解放しないで」

独特な台詞回《せりふまわ》しで天馬《てんま》を翻弄してくるのは、白塗りのお殿様でも護廷十三隊の副隊長でもなく、身軽そうにカスタムされた制服を着こなす少女。

癖のない栗色《くりいろ》のボブヘアは、活発さに可愛《かわい》さと大人の色気まで兼ね備えた欲張りセット。小さな顔に収まるぱっちりお目目も、笑うたびにこぼれる白い歯も、適度に隙のある身だしなみも、全てが全て奇跡的にマッチして親しみやすさを醸《かも》し出《だ》す。

いつ見ても『陽』のオーラに溢《あふ》れる小山摩耶《こやままや》を前に、天馬《てんま》が抱いたのは一つの疑問。

「俺以外の男子にもよくこういうボディタッチをしていたり？」

「こーゆー？　どーゆー？」

「ライガーさんのダイビング・ボディプレスみたいな」

「ノンノン！　やしろんがいてくれてこそのコンビ芸だよね～」

「良かった」

傷付くのは嫌なので防御力に極振り（恋愛面）した天馬《てんま》ならいざしらず、人並みに青春を求める男子が彼女の無意識な誘惑に晒《さら》されたのなら、結果は火を見るよりも明らか。勘違いの末に特攻して玉砕、トラウマを抱える者が一人や二人では済まない。

「俺以外とコンビ組むのは禁止だからね」

「なになに、独占欲ですか？　嫌いじゃないぜ、そういうの」

摩耶《まや》は天馬《てんま》の腹筋を肘でグリグリ。加減をわかっていないあたり素なんだと思った。

「鳩尾《みぞおち》はやめて」

「お、失礼。でもね、せっかくの申し出をスルーしたやしろんにも責任はあるよ」

「……ああ、さっきの目潰しお竜みたいなやつか。やけにタイミングよく現れたよね？」

「バレちゃいました？　いや～、実は私、提出期限が過ぎてる課題を三つ、四つ、五つくらい抱えてまして。どうにか引き延ばしてもらえるように先生方と交渉してたわけ」

「羨ましいなぁ。君の夏休みはまだ終わってないんだ」

「そんな折、頭を下げ下げしながら横目でチラリと確認したら、なんとなんと、やしろんがあのオスカルと密談をかわしているじゃ、あーりませんか！」

　念のため補足すれば、オスカルとは彼女が独自のセンスに基づいて命名したニックネームであり、大須賀《おおすか》先生のミドルネームとかではない。アンドレも出てこない。

「これは交渉してる場合じゃねえって思い、デスクの陰に潜んで聞き耳を立ててたんだよね」

「全然気付かなかった」

「スパイの才覚ありっしょ。女スパイ。エッチな響きだぁ……」

「交渉術はからっきしだけどね」

「で、聞くところによれば、かーなーりー重要なミッションを授かったみたいじゃん？　微力ながらうちにもお手伝いできるんじゃないかって、馳《は》せ参《さん》じたわけよ〜」

「それは助かるけど……」

「今なら出血大サービス、私を仲間にすれば漏れなく世界の半分をプレゼント！」

「いらない。レベル１にされそうだし」

「毎回思うんだけどあれ、『てめぇをぶっ殺して世界もいただくぜ！』が模範解答だよね」

「勇者が魔王だったたってオチ？」

「ウゴゴゴゴ……光と闇が両方備わり最強に見えるぞ。なんだったら他にも、頼れる助《すけ》っ人《と》をしこたま呼べちゃうからねぇ。ヒロイン枠にレイラ姫はもちろん、イケメン枠にドラオとかも召喚して大人げないパーティを結成しちゃう？」

レイラ姫とはもちろん麗良《れいら》を指すのだろうが、

「ドラオって、性転換したド〇ミちゃん？」

「猫じゃなくて竜さ！　ドラゴン＝ドラゴン！　二つの伝説をその名に冠する男！」

「……………ああ、辰巳《たつみ》のこと？」

下の名前は竜司《りゅうじ》だったか。小説の主人公みたいで無駄にかっこいい上、名前負けもしていないのだから憎らしくなるが、摩耶《まや》のセンスにかかれば等しく無力。

「良《い》いあだ名だね」

「でしょ？　最初はドラドラって呼んでたんだけど、麻雀《マージャン》用語みたいで物騒だから変えたの」

「麻雀《マージャン》が物騒？」

「血液賭けるんだぜ。輸血してから打たないと……」

「闇に降り立った天才をスタンダードにしないで」

「よーし、何はともあれ、決まりだ」

ビシッ！　一号リスペクトっぽい腕の角度で今にも変身しそうな摩耶《まや》は、

「いざ、うちらでおりんのバックアップ体制を整えよう……っしゃあ!!」

ぎゅっと両方の拳を握って気合を入れる。『戦わなければ生き残れない!!』の方だったらしい。夏休みに一挙配信を観《み》て天馬《てんま》は泣いた。

ともすればギャグっぽい、どこまで本気か読めない彼女ではあるものの、

「心強い味方ができた」

おりんこと凛華《りんか》とは同じ軽音部に所属しており、ドラム担当——ステージ上の一番近いポジションで長らく、彼女のパフォーマンスに触れてきたのが摩耶《まや》。

「何を隠そうあの娘《こ》を今のバンドにスカウトしたのは、このまやまや様なんだよ」

「初耳だけど……苦労したのでは？」

「ご想像の通り。『興味ないわ』ってあんたはどっかのソルジャーかっちゅうくらい連発されちゃって。ぴえんだったけどそこで挫《くじ》けずに二回、三回……しつこすぎるんじゃないか、嫌われるんじゃないかって思うくらい話しかけてさ。朝に校門で待ち伏せしたり下校時間にひっそり後をつけて行動パターンを把握したり……う～ん、今となっては良《い》い思い出だ」

「ストーキングを思い出補正で誤魔化したね」

「で、最終的に首を縦に振らせたわけ。三顧の礼は一日にしてならず、的な？」

「君が三国志を知らないのは理解できたとして……確かに」

摩耶《まや》が自慢げに鼻先を擦《こす》っているのは、伊達《だて》や酔狂ではなく。

「俺の知らない皇《すめらぎ》を知ってはいそうだね」

「おうとも。スリーサイズはもちろん、身長、体重に至るまで。他にも血液型でしょ、誕生日に～、足のサイズ、視力左右、得意科目、お小遣いの使用例、行きたいデートスポット、よく訪れる学校内スポット、今一番欲しいもの、好きな言葉は——」

「下剋上《げこくじょう》？」

「ぶっぶ〜。ドイツ語で『Adel sitzt im Gemüt, nicht im Geblüt.』でした」

「何部様だよ」

高貴さは血筋にあらず心にあり——という訳を天馬《てんま》はなぜか暗唱できる。

思えば、凛華《りんか》の血液型や誕生日などの基本的なプロフィールすら天馬《てんま》はろくに知らず。ちなみに麗良《れいら》についてなら両方とも知っていた。とある女の口から呪文のように何度も聞かされるうち、海馬に刻み込まれてしまったというのが正しいか。

「そうそう。俺、あいつがバイトしてることすら最近まで知らなくて……意外だったなぁ」

「そーお？　うちの学校って許可もいらないし、バリバリ働いてる人もザラっしょ」

「いや、けど、あの、皇《すめらぎ》が、だよ？」

「読点でやけに強調してくるもの〜」

「適性が狭そうじゃん。接客業はほぼ壊滅……定食屋でお冷やもらえますかって頼んでも『自分でやれば？』とか平気で言ってきそうだし。セルフじゃないのに、だよ？」

それはそれで一部のコンセプトカフェなら需要がありそうだし、なんなら一番の稼ぎ頭になりそうだが、あの女がわざわざアキバにまで遠征するとは思えず。

「なるほどねぇ。おりんの職場がどこか、やしろんはご存じないと……フゥーッフッフッフ」

不敵な笑みには摩耶《まや》らしからぬ企《たくら》みの色がにじむ。

「さすれば、これから我々がいずこへ向かうべきか――目的地は定まったね」

「張り切るのは結構だけど……え、今から？　どこへ行く気なの？」

「着いてからのお楽しみ～」

「未《いま》だかつてその台詞《せりふ》で喜べた例がないんだ、俺」

「だったら初体験になるね。あ、パスポート持ってきてる？」

「頼むからスイカで行ける範囲にして」

定期券の区間内だったらなお助かる。

△

女の尻を追っかけるより、ジャングルに行ってジャガーの尻を追っかけろ（合掌）。

隊長のありがたいお言葉はさておき、その後、天馬《てんま》たち取材班は未確認生物の謎を解明するべくアマゾンの奥地へ向かった――ということはさすがになく。

しかし、未開の地という意味ではあながち間違ってもいないのだろう。

「生地は薄めカリカリ三枚重ね、具材はバナイチキウイにチョコチップとクッキーをトッピングで、クリームは生抜きホイップ増し増しのはちみつ入り、お願いしまーす！」

「かしこまりましたー」

難解な詠唱呪文にも女性店員が狼狽《うろた》える素振りもなく。なんとなく友人に連れられて食べにいった家系ラーメンを思い出すが、漂ってきたのは出汁《だし》と背脂の香りではなく、砂糖入りの生地が鉄板で焼かれる甘い香り。

路上に停《と》まったキッチンカーのクレープ屋は、どうやら最近のトレンド——特に若者から支持を受けているらしく、スマホをいじっている客のほとんどは学校帰りの女子高生だった。例外なくスカートの丈が短く、派手な髪型や化粧で個性を演出するのに余念がない。

摩耶《まや》に連れられるがまま電車に乗った先、降車したのは幸いにも定期券の区間に収まったとある駅。通学中に何度も通り過ぎていたが、降りたことは一度もなかった。

「お、来た来た……うひょ～、今日もいい仕事してんねぇ、女将《おかみ》！」

ほどなくしてトーテムポールみたいなボリュームのクレープ二人分（軽々しく同じのなんて注文するんじゃなかった）が出来上がり、一般的なラーメン屋だったらチャーシュー麺に餃子《ギョーザ》と半ライスも付きそうな値段をお互いに支払った。インスタ映えも込みの料金なのだろう。摩《ま》耶《や》は案の定すぐさまスマホを取り出す。

「はーい、笑って笑って、ピースピース！」

「俺も映るのか……ぴ、ぴーす？」

「おけおけ、パシャー……っと。よ～し、歩きながら食べよっか」

「それは難易度が高い」

「もう撮ったし、上の部分だけかじっちゃいな。一気に重心取りやすくなるから」

クレープって重心とか気にする食べ物だったたっけ。やはり何もかもが未知の領域。

現在二人が歩くのは大勢で賑《にぎ》わうメインストリート、この街の顔とも言えるわけだが。

立ち並ぶ店はコスメショップだったりネイルサロンだったりスイーツ専門店だったり。ジャンルからして男子禁制の匂いが強い上に、フランス語なのかイタリア語なのか、どこもかしこもお洒落《しゃれ》な筆記体で書かれた看板を構えており、天馬《てんま》に入るのを躊躇《ちゅうちょ》させる。

そのうち巡回している警察官から職務質問されて「こいつリア充免許証を携帯していないぞ！」とか謎の罪状でしょっ引かれるのでは。キョロキョロにびくびくも加わって挙動不審の一言に尽きる男とは対照的に、

「順路はこちらになりますよ〜っと」

あっけらかんとしている摩耶《まや》は食べ終わったクレープの包み紙をくしゃり、ロイホとミスドの間に伸びていた薄暗い小道に迷いなく入っていった。

そこからさらに一本、二本、三本ほど横道に外れた末に路地を抜ける。この時点で俯瞰《ふかん》能力に乏しい天馬《てんま》が帰り道を見失う程度には目抜き通りから離れており、周りの風景からは商業関係の店舗が減少、代わりにマンションやアパートが軒を連ねていた。

「さーてさてさて……お待ちかね、ここが目的のハウスでーす！」

摩耶《まや》が足を止めたのは、コンクリート打ちっぱなしの無機質な建物の前。パッと見では住宅

なのかヤクザの事務所なのかも判別できない。看板や表札を探す天馬《てんま》だったが、どうやら用があるのは地上部分ではなかったらしく。

「ほら、こっち」

と、手招きしている摩耶《まや》の姿がパントマイムみたいにスライドして見えなくなる。消えたのは斜め下方向。それの意味するところは一つしかなく。

回り込んだ天馬《てんま》の視界に現れたのは案の定、地下へ誘う階段。勾配がきつく、見下ろしているると無性に吸い込まれそう。妙な引力を感じてしまう。両サイドの壁を埋め尽くすように貼られた、知らないバンドのポスターも、昼間から光が灯《とも》ったＯＰＥＮのネオンも、重そうな扉の前で振り返る摩耶《まや》も、何もかもが奇跡的にマッチして、

——ここだけ日本じゃないみたいだな。

「ハウスって……誰の家かと思ったら、ライブハウスってことか」

「おーい、どったの～？」

「ああ、ごめん」

転がり落ちれば全身打撲は免《まぬが》れない急勾配ゆえ、手すりをつかんだ天馬《てんま》は老体を労《いた》わるように慎重な一歩を踏み出すのだが。

「坊主《ぼうず》、この店は初めてかい」

「ん？」

「ナイアガラみたいな階段ですまんね。ま、若いんだからちっとは我慢してくれ」

渋い重低音――任侠《にんきょう》映画に出演している極道役の強面《こわもて》俳優みたいだなー、と。首だけで振り向いた天馬《てんま》が見たもの。

立っていたのは筋骨隆々な大男だった。不透明なサングラスに間抜け面《づら》が映っている。磨き上げられたスキンヘッドに無精ひげ、耳には両方合わせて十個はピアスが開いていた。時代錯誤な咥《くわ》えタバコ（実は禁煙パイポなのだがこのときは気付かず）で、襟に和柄の入った紫色の作務衣《さむえ》も相まって、本職の方だと確信した天馬《てんま》は、

「んぎゃあああああー‼」

直後にわかりやすく絶叫。転がり落ちるのも覚悟でナイアガラを一気に駆け下り、自分よりも小さな摩耶《まや》の体に身を隠していた。

「あっはっはっは！　すっごいスピード！」

「笑ってる場合じゃないでしょ！　え……ここってもしかしてそういうお店だったの？　違法なキャバレーでも経営して街を裏で牛耳ってるわけ、あちらの方⁉」

「ない、ない。ＣＶが付くとしたら玄〇哲章さんだから、悪役はあり得ないでしょ？」

「戸愚呂《とぐろ》弟っつーデカすぎる反例を俺は知ってんだよ‼　た、助けて沖田《おきた》さーん！」

救援を求めたのは居場所も知れないブラジリアン柔術の使い手。『バケモンにはバケモンをぶつけんだよ』というホラー映画のキャッチコピーが浮かんだのはどうでもよく。ついには念

仏を唱え始めた天馬《てんま》に、呆《あき》れ気味の摩耶《まや》は肩をすくめる。

「ほらほら～、テンチョーの顔が怖いせいでまた新規のお客さんが逃げていく～」

「四十肩のおっさんにも傷付く心があるということを、お前らは学ぶべきだな」

心なしか肩を落として見える海坊主《うみぼうず》が、のそのそ階段を下りてくる。

「て、テンチョーとはつまり、店長……偉い人？」

「おう、偉いとも。支配人にオーナーも兼ねているから、かっこいいと思うので呼んでくれ」

「ハハハハハ……」

「脅かしたお詫《わ》びに、ドリンクの一杯くらいサービスしてやらんでもないが……どうする？」

口角を上げた男は存外に紳士的。カタギには優しいタイプの人らしい。最低限の安全は保障されたので摩耶《まや》の背中を離れ、代わりに先導する大きな背中に続いた。

一歩入った瞬間にミラーボールのバブリーな光が降り注ぐ、なんてことはなく。

「へぇ～……意外にも」

警戒心が一気に薄れた。異国情緒すら感じていた入り口（＋いかつい店長）に反して、内装は普通——とか言ったら建築主に失礼だが、良《い》い意味で初見様お断りの雰囲気がない。

椅子やテーブルの置かれた小綺麗《こぎれい》なラウンジスペースにて、ドリンク片手にくつろいでいる数組のグループ。いずれも大学生くらいで、ライブハウスに好んで来る客＝柄の悪いヤンキーという天馬《てんま》の偏見を払拭《ふっしょく》するように折り目正しい顔ぶれ。

受付カウンターにはドリンクサーバーが設置されているため、あそこで色々注文できるのだろう。映画館のチケット売り場と似たような構造で、通路の奥に見える番号を振られた部屋がライブ会場や楽屋になっていると思われる。

今は思い思いに上演開始までの暇を楽しんでいる雰囲気だった。

「ようこそ『ＢＩＧＦＯＯＴ』へ」

と、腕組みした店長が口にしたのはアメリカで目撃情報が相次ぐＵＭＡ……ではなく、おそらくこの店の名前。由来がなんとなく予想できる。

「……本当にただのライブハウスだったんですねー」

「人を見かけで判断しちゃいかんだろ」

「し、失礼ぶっこきました！」

「気にするな。電車に乗ると隣に誰も座ってこないタイプの男だから」

あっさり水に流してくれた店長は、体のサイズに比例した器のデカさ。優しさが身に染《し》みた男が自責の念に苛《さいな》まれていたところ、

「そおそお、これでいて特技は裁縫、趣味はメダカの飼育、ご夫人はアパレル会社の専務。軽音部一同がお世話になりまくっている、ＢＩＧなテンチョーさんなんで以後お見知りおきを。で……こっちはうちの同級生、やしろんこと矢代天馬《やしろてんま》くん、仲良くしてね」

ひょっこり現れた摩耶《まや》は、「おー、相変わらずツルツルー」目いっぱいに腕を伸ばして店長

の後頭部を撫《な》で回《まわ》していた。微動だにしないあたり日常茶飯事。

「まあ、適当な席に座ってくれや」

「お、お言葉に甘えまして……」

「うむ、約束のサービスとやらを早めに提供してもらえると助かるぞい？」

「お前は通常料金だバカめ」

「えぇ～、ケチ～……つーかテンチョー！　今日は珍しく社長出勤でいらっしゃるのね。そろそろ夜の部に出るバンド、集まってくる時間帯っしょ？」

「優秀なスタッフがいるから問題ない……とはいっても、これから機材の最終チェックがあるんでな、他のもんに任せよう」

去り際《さぎわ》に「じゃ、楽しんでいってくれたまえ」と、白い歯を見せて言い置くのは忘れず。

店長はカウンターテーブルに向かうと、そこでグラスを磨いていた女性店員に何事かを言い付けていた。目に見える範囲だと従業員らしき人物は彼女だけ。この客入りでワンオペは厳しいし、他はバックヤードに控えているのだろうが、なんにせよみなさん忙しそう。

「あーっ、あーっ、失敬千万」

と、荷物だけ椅子に下ろした摩耶《まや》はそこに腰掛けることはなく。

「ちょっくらお花を摘みにドロンだわ」

「ああ、うん。わざわざ言わなくても……」

「コーラでいいから、注文しておいてねー」

返事も聞かずに猛ダッシュ。よっぽど我慢していたのだろうか（セクハラだからやめろ）。

「ハァ……俺って本当に、主体性ないよな」

人生で何度目かわからない劣等感に天馬《てんま》は項垂《うなだ》れる。大分前から目的を見失っていないか。発端は大須賀《おおすか》先生のお願い——凛華《りんか》が星プロ当日に最高のパフォーマンスを発揮できるようサポートしてやるはずが、どう転んだらこうなる。桶屋《おけや》が儲《もう》かる理論にしてもいささか迂遠《うえん》がすぎる。やるせなさを訴えるようにテーブルに突っ伏していたら、

「いらっしゃいませ」

抑揚がない割にはよく通って聞こえやすい、不思議な声だった。

顔を上げれば、恭《うやうや》しく両手を前にして頭を下げていたのはすらっとした女性。上は白いコックシャツにクロスタイで、下はチノパンに腰巻のショートエプロン。喫茶店などではありふれた制服姿に、しかし、ありふれていない魅力を感じてしまったのが天馬《てんま》。

「メニューです、どうぞ」

と、テーブルに置かれたメニュー（レザー製のしっかりした物）を開くこともせず、それを伏し目がちに差し出してきた彼女の方に思わず見入ってしまう。古き良き時代の文学少女みたいな黒縁の大きな眼鏡で、頭の後ろには三つ編みのおさげが二本垂れている。恐るべきは野暮ったいそれらのアイテムをもってしても隠し切れていない素材の良さ。

——絶対に美人だよ、この人。

黒髪はキューティクルが艶々に光っているし、モデル並みに背が高いし、化粧っ気がないせいで逆に肌の綺麗《きれい》さが際立《きわだ》っている。少しお洒落《しゃれ》に気を遣うだけで間違いなく化ける。トップアイドルも夢じゃないと天馬《てんま》に確信させるほど。愛想《あいそ》がなさそうな表情すらも、儚《はかな》げという言葉で賛美したくなってくる。

とんでもないダイヤの原石を見つけた気がして、軽く呆《ほう》けている客には構わず。

「ああ、ご心配なく。お支払いは結構だと承っておりますので——」

マニュアル通りに対応する彼女の目が、そこで初めて天馬《てんま》の姿を捉えた。

瞬間、まるで怪異との遭遇——見てはいけない何かを見てしまったかのような。レンズ越しに彼女の瞳が大きく見開かれていく様を、天馬《てんま》は確かに目撃してしまい。

「え、あの……俺の顔に何かついてます？」

漫画以外で聞かない台詞《せりふ》をリアルで言ってしまった。さてはジロジロ見ていたから気持ち悪がられたのかな。生来の内罰さで自責の念にかられていたら、

「いっひっひっひぃ————！」

「⁉」

儚《はかな》げとはなんだったのか。奇声と共にアイキャンフライしそうな海老反《えびぞ》りポーズの店員さんは、踵《かかと》を軸にしてぴったり九十度の横回転。ズレてもいない眼鏡を激しくカチャカチャ鳴らし

たかと思えば、ひったくりみたいな速度でテーブルのメニューブックをかっさらって顔の横に立てる。天馬《てんま》の視線を完全に遮断する防御の構えだった。

「そこまでして俺とは目を合わせたくありませんか⁉」

未《いま》だかつて受けたことがない辱《はずかし》めに、さすがの天馬《てんま》も突っ込まざるを得なかった。

「め、滅相もございません。非礼をお許しください」

「非礼とわかっているならこっち向きましょう！」

「当店では全てのお客様に対してこのように応対するよう、指導を受けておりますので……」

「随分と攻めた経営方針ですけど……理由を聞いても？」

「人間が声を発する際にはマイクロ飛沫《ひまつ》と呼ばれる目には見えない粘液の集合体が飛び散り、知らず知らずのうちにウイルス感染症を他者にうつしてしまう可能性があるため、本来は適切な距離を保つべきでそれが不可能なら会話自体を控えるか、ベストなのは刑務所の面会室のように透明なアクリル板などを間に挟んで空気の移動をシャットアウトすることです」

「そんなことになったら世も末だな⁉」

専門家ではありませんので詳しくは自己責任で、と最後に巧妙な逃げ道を作った彼女。

感染防止対策を名目に「お前から汚い唾を飛ばされたくない」と侮辱された気もするが、世知辛い世の中をこれ以上嘆いても仕方ない。

「……わかったよ、もお。じゃ、注文したいんですけど……いいっすか？」

「はい、お好きなものをどうぞ」

「いや、だから、メニュー返せって意味です。見せてくださいよ、ほら」

少々のイラつきを覚えた天馬《てんま》は力業、衝立《ついたて》代わりに使われるメニューブックを奪いにかかるのだが、頑《かたく》なに抵抗され引っ張り合いが発生。しまいには、

「あー、お客様、困ります！　当店はそういったサービスのお店では……」

「カスハラしたみたいに言うな！　真っ当な権利だろ！」

「ち、ちなみにアイスコーヒーなら大変お安くなっておりますが？」

「お好きなもの選ばす気ゼロ⁉　つーか、金は取らないってさっき言ったじゃん！」

「おやめなさい、おやめなさい……タダなんだから目いっぱいに高価な品を注文してやろうだなんて、浅ましい心の表れです。人の厚意に甘える際も最低限の礼節がございます」

「道徳の授業を注文した覚えはねえんだよ！」

「…………チッ。いいからさっさと帰りなさいよ、グズ」

「おい、小声でもしっかり聞こえてるからな！」

ウイルスよりもよっぽど凶悪な毒をまき散らしてくるこの女。

ダイヤの原石とか、一分前に感じた胸の高鳴りを着払いでも良《い》いから返してほしい。ついに敬語すらかなぐり捨てた天馬《てんま》が、海外からも称賛されるレベルの高い日本の接客がなんたるかをたっぷり叩《たた》きこんでやろうと、鼻息を荒くしていたとき。

「ひ、ひっひっひ…………ひひひ、ひっひっひ……ひひひっ」

耳に届いた奇妙な音。激情が雨漏りのようにポタポタ滴《したた》るような。

発生源は、床にうずくまって背中を震わす一人の少女。牡蠣《かき》にあたった人がこんなポーズを取るよな、という連想はあながち間違っておらず。

やばい、お腹《なか》痛い、死ぬ～、と。口の隙間から喘《あえ》ぎ声のようなものを漏らしているのは、お花を摘みにいったはずの摩耶《まや》だった。真っ赤な顔で目尻には涙さえ浮かべているのだから、天《てん》馬《ま》は真面目に心配したのだが。

「オラァーッ!!」

動くこと雷霆《らいてい》の如《ごと》し——名も知らぬ女性店員は、メニューブックの特に殺傷能力が高そうな角の補強された部分（金属製）で摩耶《まや》の頭頂部を思い切り殴りつけた。

事件である。正真正銘の。

「ギニャア————！」

さながら白亜紀の巨大生物が轟《とどろ》かす断末魔。女子高生が発するとはおよそ思えない咆哮《ほうこう》を上げた摩耶《まや》が、もんどりうって頭を押さえたのもやむなし。天馬《てんま》が真に驚いたとすればその後の展開だろうか。

総合格闘技の熟練された動きで、立ち技の打撃からグラウンドポジションへ流れるように移行した長躯《ちょうく》の女は、すでに戦意喪失していそうな対戦相手の首に迷うことなく腕を回しての裸絞め。背後から組み付く基本型のリア・ネイキッド・チョークである。

レフェリーが止めに入るまでは試合を続行するという鋼の意志を感じたが、この場合は誰が勝敗を判断するのやら。突如として巻き起こったキャットファイトに場内は騒然——かと思いきや、「おお、ヒョードル？」「負けるな、ノゲイラ」観客は冷静に見守っていた。ライブハウスに来るような輩《やから》はやっぱり少し変なのだ。

「ぐ、ぐぐぐぐ、ぐぐ、ギブ～～～～……！」

と、顔を青くした摩耶《まや》が弱々しくタップするのを確認したため、

「やめぇぇ!!」

この場における唯一の真人間である天馬《てんま》は試合を止めに入った。

「ハイハイ、勝負あり、これ以上はお茶の間に映せないから、スポンサーが離れるからー！」

「……ふんっ」

最後に不服そうな吐息を一発、内心ではまだまだ絞め足りなそうではあったが拘束を解除した女。大人しそうな見た目のくせして中身はとんだ荒くれ者。どこかの狂犬とも良い《い》勝負ができそうだな、と天馬《てんま》がよく知る女の顔を思い浮かべていたら。

「ぜぇ、ぜぇ、ぜぇ………へへへへ、まやまやさん、危うくヘブンに旅立っちゃうとこだったよ………相変わらず容赦がないねぇ、おりんは」

土下座なのか下手こいたのか、這《は》いつくばっている女が口にした名前はまさしくその狂犬。

仁王立ちで勝利の余韻に浸っている店員のシルエットは、細さも高さも胸の薄さも、にじみ出る物々しさ含め、言われてみれば確かに凛華《りんか》そっくり。

「おま、まさかっ！」

「……酔っ払いよりも迷惑な客が来たもんね」

この世に二つとない威圧的な瞳で睨《にら》みつけられ、確信するしかない天馬《てんま》だった。


「お待たせしましたー。ご注文の品でーす」

「あ、どうも。えーっと……」

「何か？」

「頼んだのはメロンソーダなんだけど、随分色が薄いね、これ。シュワシュワもしてない」

「はい。蛇口を捻《ひね》ると出てくる透明な液体ですので」

「水道水を回りくどく言っただけだろ！」

「お客様にはミネラルウォーターですらもったいないと判断しました」

ひどい扱いだった。ツンデレ喫茶ならぬツンツン喫茶を図らずも初体験。

オプションで蔑みのジト目までサービスしてくれる店員の鑑《かがみ》——三つ編み眼鏡の文学少女な凛華《りんか》に、どう接すれば良《い》いのか天馬《てんま》はわからない。本音では「なんのコスプレだよ」と散々

いじり倒したいところだが、壮絶なチョークスリーパーを見せられたあとだ。どうしても命が惜しくなりツッコミが鈍っていたら、

「思うに！　なぜそんな格好しているのかと、やしろんはお聞きしたいようですぞ～？」

助け船を出すというにはマッチポンプ甚だしい。仕掛け人の摩耶《まや》は面白がるようにストローでコーラをすすっている。

「決まってるでしょ。バイト先、誰かにバレたりするのダルいから……」

なるほど、学校からアクセスが良好で若者に人気の街だ。今日のように意図的な訪問を除くとしても、知り合い、あるいは自分を一方的に知る人間が訪れる可能性は十分あり得る。身バレを警戒して先手を打った、というのだろうが。

「……いや、別にバレても良くないか？　ここ、感じの良い《い》店だし。お前がライブハウスで働いてるとかイメージにぴったりで好感触……」

「あーあーあーあー、これだから脳味噌《のうみそ》お花畑のアホは困るのよねー……それっ！」

「ううっ！」

ばちん、と天馬《てんま》の顔面を黒い物体が襲撃。凛華《りんか》が首を振り回したことによって遠心力を得た三つ編みの先端部分だった。清楚《せいそ》の代名詞も彼女の手にかかれば凶器と化す。授業が終わってからわざわざ自分でこれを編み編みしたと考えたら甲斐甲斐《かいがい》しい。

「いてえな……なんだよ、水道水がこぼれるだろ」

「これでも私、仕事には妥協を許さない女なんだから。知り合いが来たってマニュアル通り丁寧な接客をするに決まってる、しないと気が済まないの！」

目の前の男を客どころか人間扱いしていないのはさておき、確かに、バレるまでは天馬《てんま》相手にすら敬語で通そうとしたあたりプロ意識は窺《うかが》えるのだが。

「え、だから？　すればいいじゃん、丁寧な接客」

「アホンダラ！　ですます調でへこへこしている皇凛華《すめらぎりんか》とか、学校での唯我独尊キャラとギャップがありすぎて世間様のイメージを壊しちゃうでしょーが！」

「…………」

もしかしなくてもこいつ、とんでもない自意識過剰なのでは。

しかし、本人の言う通り案外、真面目で妥協を許さないやつ——少なくとも天馬《てんま》を天馬《てんま》と認識するまでは、凛華《りんか》の仕事ぶりは理想的な店員のそれであり。

「驚いたぞ。お前、いらっしゃいませとか言えたんだなー。グラス磨いたり、メニュー持ってきたり。あ、制服も似合ってるっつーか、それはそれで普段とは違った味がある……」

「そういう生温《なまぬる》い目で見られるのが一番不愉快だってこと、伝わってないのかしら？」

「ス、スミマセン！」

「ほっほっほ、イイネ、イイネ、ナイスですねぇ～」

と、生温かい視線を送る者がもう一人。某セクシー監督の語録を使っているのは偶然だろうが、大物演出家特有の胡散臭《うさんくさ》さを摩耶《まや》は醸《かも》し出《だ》しており。

「ここにやしろんを連れてくれば必ず、おりんの新たな一面を引き出せると踏んでたけど……予想を上回る成果だね。やっぱりマンネリの打破にコスチュームプレイはもってこい。うちとしては店員と客っていう力関係の差にもエロスを感じちゃう……クククク」

「ねえ、何か変な物でも食べたんじゃない、この娘《こ》？」

「いや、クレープしか食ってない。普通に美味《うま》かったぞ」

「へぇ～……そう、二人でイチャイチャ食べ歩きってわけ。デートみたいで楽しそうね？」

「……沈黙は金ってマジだな」

断じてデートではないのだが。こっちは仕事中なのよ、と凛華《りんか》はうんざりのご様子。

バイト中の友人を意味もなく冷やかしに来た馬鹿二人の構図になっていて、彼女は聞くまでもなくそう判断したのだろう。半分は当たっているが、意味もなくという部分には明確な反論があった。一方でそれを口にするべきか否《いな》か。

——昔のお前の方がすごかったって、大須賀《おおすか》先生は言ってたぞ。

——ピアノとの向き合い方に何か、心境の変化でもあったのか？

そんなど真ん中ストレートを投じれば、朗らかなムードは針のむしろと化すこと必至。最低限タイミングくらいは見極める必要があるぞ、と天馬《てんま》が石橋を叩《たた》いていたら。

「ねえねえ。おりんって最近、お悩み事とかあったりする？」

隣をスキップで追い越していく女が一人。

「何よ、藪《やぶ》から棒に」

「いやね、今のおりんにはまるで覇気を感じられない、中学生以下だってオスカルが――」

「オブラートォッ!!」

思わず首筋に恐ろしく速い手刀を見舞ってやりたくなったが、すんでのところで踏みとどまった天馬《てんま》は代わりに摩耶《まや》へ肉薄。察しは悪いがノリは良《い》い彼女と共に姿勢を低く、テーブルの下で顔を付き合わせる。

「おおう、何を包むって?」

「己の本心をだよ。日本文化の美徳でしょ?」

「えぇー、回りくどいのは性に合わないも～ん」

「あー、うん。何をこそこそ話しているのかは知らないし、どーでもいーんだけど……」

内緒話にすらなっていない体たらくに憐憫《れんびん》の情を抱いたのか、深く突っ込まないでくれる凛《りん》華《か》だったが、同時によくわからない導火線に火を点《つ》けてしまったらしく。

「お二人が、と～～～ってもも仲良しでいらっしゃるのだけは、理解できたわ。ありがと」

空々しい営業スマイル。二人と言いつつ明らかに天馬《てんま》単独を非難する目。

「……後学のために、どこら辺でお怒りを買った?」

「怒ってなんかないわよ。お客様は神様だもの、少なくとも店内での安全は保障してあげる」

「おこじゃん、激おこじゃん、店を出た瞬間にファイヤーじゃん！」

「まさか水一杯で帰ったりしないわよね？　おかわりは自由だから……ごゆっくり」

私が定時を迎えるまで逃げるんじゃないわよ、と暗に釘《くぎ》を刺してきた。いっそのこと豪放磊落《ごうほうらいらく》に財布の中身を使い果たしてやろうか。天国へのカウントダウンが始まった天馬《てんま》が余生の過ごし方を一考していたとき。

「おう、随分と盛り上がってるなー。若いもん同士ってのはいいねえ、ハッハッハッハ！」

巨漢に見合った豪快な笑いで再登場したグラサン店長。凛華《りんか》にとっては立派な雇用主で、

「申し訳ありません、早急に業務に戻りますので」

瞬《まばた》きを挟んだ一瞬でツンツン喫茶の店員は消失、儚《はかな》げな文学少女が頭を下げていた。

「いやいや、構わんよ、あっちは他の連中で間に合ってるから。ただ、それとは別にアクシデント発生というか……毎度毎度、手間をかけさせて忍びないんだが」

店長は心なしか腰が低い。立場がまるっきり逆転して見えるのは、凛華《りんか》の抑えきれないオーラが為《な》せる業——というわけではなく、

「これぱっかりは、お前にしか頼めん仕事だからな」

それ相応に頭が上がらない理由があるから。彼の後ろからどこか申し訳なさそうに登場したのは、垢抜《あかぬ》けた雰囲気の女の子三人組。お揃《そろ》いのセーラー服。天馬《てんま》たちと同じく学校帰りの高校生だろうが、観客側ではなかったらしい。

「この娘《こ》ら、夜の部のトップバッター。名前は……」

店長の言葉の途中で、「あ、大丈夫です、自分で説明しますから！」見るからにリーダー格っぽいベリーショートの女の子が前に出る。手短に自己紹介を済ませた彼女は、

「初めましてのくせに突然で、ホント無茶は承知なんだけど！　実は──」

自分たちは本来、四人組のガールズバンドで見ての通り一人欠けていること。ベース担当が不慮の事故により骨折、入院を余儀なくされたのが昨日。本日はやむなく三人で出演するつもりで来たが、主催者・ファンの両方に心苦しく思っていたこと。

そんな折に凛華《りんか》の存在を知ったのが数分前で、相談にやってきたのが現在だと。

以上を簡潔に説明したセカンドギター兼ボーカルの少女は、最後に両手を合わせる神頼みのポーズ。気が付けば他のメンバーも彼女に倣《なら》っており、

「聞いたぜ、あんた滅茶苦茶《めちゃくちゃ》ベース上手《うま》いんだろ？　お願いだ！　こんな大事なときに怪我《けが》するような間の悪い馬鹿だけど……チケット売り、あいつが一番頑張ってたんだ。楽しみにしてたんだよ、だから……成仏《じょうぶつ》させてやるためにも、代わりに弾いてくれないか!?」

「亡《な》くなったみたいに言うのね。縁起でもないからやめてほしいんだけど……」

お涙頂戴にもほだされず、冷静なツッコミを入れた凛華《りんか》。

「ちなみに、やる曲はコピー？」

「いや、四つともオリジナル」

譜面はこれだ、と差し出された楽譜は結構な枚数。四曲もあれば当たり前か。無理なお願いだとは自覚しているのか、一様に固唾《かたず》を呑《の》んでいる彼女たちを見ていると緊張感がヒシヒシ伝わってくる。無関係な天馬《てんま》でさえもなぜか生唾を呑《の》み込《こ》んでしまい、

「……ライブの開始っていつ？」

隣の摩耶《まや》に小声で尋ねたところ「トップなら七時ジャストだねー」今は五時過ぎなので二時間も残されていなかった。その短時間で初見の曲を四つも頭に入れて、それなりのレベルで弾けるようにするだなんて。聞くまでもなく不可能に思えたが、そんな天馬《てんま》の想定なんてあっさり超えてくるのがこの女。

まあ、これならいけそう——速読で楽譜に目を通した凛華《りんか》は小さく呟《つぶや》き。

「音源はあったりする？」

「ああ、持ってきてる」

「一回だけ聴かせて。終わったらすぐに合わせるから、準備よろしく」

「え、え、え？　あの……や、やってくれるってこと？」

半ばダメもと、断られるのを覚悟していたのだろう。狼狽《うろた》えながら問いかけた彼女に対して、頼んできたのはそっちでしょと鬱陶しそうに返した凛華《りんか》は、

「嫌ならやめてあげてもいいけど……どうするの？」

「嫌じゃない、嫌じゃない、お願いします！」

やったー、ありがとー、恩に着るぜー。地獄に仏、救世主の登場で一気に湧き上がる少女たちを、「時間がないでしょ、さっさとしなさいよ!!」紛《まが》うことなき恫喝《どうかつ》で黙らせる凛華《りんか》。初対面の相手にはただただ恐怖の対象にしか映らないだろうが、

──人から感謝されるのが本当に苦手なんだな。

我知らず天馬《てんま》が微笑《ほほえ》む中、新たなリーダーに君臨したかのような凛華《りんか》を先頭に四人は奥へ引っ込んでいった。大変そうだけど、上手《うま》くいってほしい。同年代の彼女たちに勝手なシンパシーを感じた天馬《てんま》が内心でエールを送っていたら、

「ふふっ、こいつは面白い展開になってきたねぇ。怪我《けが》の功名、灰吹きからスネーク……」

嬉《うれ》しい誤算とばかりにほくそ笑むのが摩耶《まや》。ハプニングこそ人生を豊かにするスパイスなのだと喧伝《けんでん》するように。その気概や良し、だったが。

「ごめん。水道水も堪能《たんのう》したし、俺はそろそろお暇《いとま》しようかなって……」

凛華《りんか》の定時を待っていたら命が危うい。鬼のいぬ間に帰り支度を進める天馬《てんま》に、

「バッカモーンッ!!」

と、全盛期（?）の波平に匹敵する特大の雷を落としたのが摩耶《まや》。その手には空になったグラスが握られており、選手宣誓するように高く掲げる。

「いいか、ここはライブハウスだ！　しみったれた泥水一杯飲むために五百円なんてぼったくり料金払ってるわけじゃねえ！　誰もが熱いビートを刻みに来てるんだＹＯ!!」

「……なんでちょっと偉そうなのさ？」

天馬《てんま》の素朴な疑問に続き、「悪かったな。しみったれた上に泥水のぼったくりで」店長が悲しげにツッコミを入れたのは言うまでもない。

△

「こ、これが熱いビートォ……」

ライブ会場に足を踏み入れた天馬《てんま》は、初めての経験に文字通り圧倒されていた。

オールスタンディングのフロアは学校の教室二個分くらいの広さ。開演を五分前にしてキャパシティの二百人は満員——とまではいかず適度に間隔は保たれているものの、それでも百人は超えているだろう。出不精の天馬《てんま》を酔わせるには十分な熱気だった。

最前列で「ウェ〜イ」の音頭《おんど》に参加するのはさすがに難易度が高かったため、初心者らしく一番後方の壁際《かべぎわ》に陣取る。それでも出演者の顔は十分に確認できる距離。

ライブハウスが『箱』と形容される訳を実感した。

何よりすごいのはやはりこの一体感。

徐々にボルテージを上げるざわめきが、確固たる意志を持って波打っている。百人強もの群衆が同じ目的を共有している証《あかし》。これから始まるショーを誰もが待ちわびているのだ。

「……ここにいる全員、さっきの娘《こ》たちのファンという理解でＯＫ？」

天馬《てんま》が知らないだけでＳＮＳでは有名人だったり。にわかがバレたら爪弾《つまはじ》きにされそうなので、隣の摩耶《まや》には耳打ちするように尋ねた。

「ん〜、全員ってことはないかな。あとに控えてるバンドもあるわけだし」

「ああ、単独ライブではないもんな」

「ま、それでも高校生でこの人数はエクセレントっしょぉー！　うちは初めて観《み》るけど、他の箱でブイブイ言わせてる超新星の可能性はあり。羨ましいなぁ〜！」

「……羨ましい、か」

天馬《てんま》にはない感覚だった。この場では摩耶《まや》はプレイヤー寄り、小刻みに踏むリズムには羨望《せんぼう》や焦燥も含まれるのだろう。ステージに立つのはそれだけ名誉なのだ。

「お、始まるっぽいね」

と、わかる人にはわかる合図があったのか、摩耶《まや》の言葉のあとに周囲が暗くなる。足元の間接照明を残して観客側の明かりが落とされていた。狙いはもちろん今日の主役にスポットを当てるため。

セッティングが完了したステージで煌々《こうこう》とライトに照らされているのは四人の女の子。

センターでマイクの前に立っているのが先ほどのリーダーさん。その向かって左側——白を基調としたベースを提げているのが凛華《りんか》だった。オリジナルの衣装を借りたのだろう、いかにもロックな感じのロゴが入った黒いTシャツを他のメンバー同様に着用。

なお、身バレ防止は継続中らしく三つ編みと眼鏡はそのまま。それでも四人の中で一番様になって見えるのは、身内の贔屓目《ひいきめ》だけが理由ではないはず。

無知な天馬《てんま》は、てっきり「盛り上がっていこうぜ！」とか「一曲目、○○！」みたいな掛け声から始まるものとばかり思っていたが、
カン、カン、カン――ドラマーの鳴らしたスティックがスタートのシグナル。暴力的にまで弾かれたギターがアンプを通して爆音を生み出す。イントロから激しい入りで低音が腹の底にずっしり来る感じ。ロックの中でも特にハードな部類だとすぐにわかった。

――これが生の音なんだ。

テレビでライブ映像なんかは観《み》たことあるが、あまりに違いすぎる。

体が揺れる。内臓の奥に音が入ってくるのが感じられた。この甘美な体験に魅力を感じてサイケデリックになる人間が世界規模で何千万人といるのも頷《うなず》ける。

しかし、やはり音楽についてはずぶの素人《しろうと》が天馬《てんま》。ここまでが限界なのだ。

主張が強いリードギターの音色だったり、あるいはボーカルの人、地声と違って歌声はハスキーボイスだなー、とか。歌詞が全部英語なのは大変そうだなー、とか。小学生でもわかりそうな要素に耳を持っていかれてしまった結果、

「……スマン、皇《すめらぎ》」

思わず謝罪。懺悔《ざんげ》に近かった。今こそ白状しよう。

かねてより天馬《てんま》はベースを『影の薄い楽器』呼ばわりしていた。だって、フレ◯ドパークの曲名を当てるクイズのときだってベース音はデフォルトで流れていたし。主旋律とは関係ないだろ。他のパートの個性が前面に押し出るハードロックだとなおさら。

ゆえに、気になる。

果たして凛華《りんか》のベースは、普通なのか、上手《うま》いのか、すごく上手《うま》いのか。一縷《いちる》の望みをかけた天馬《てんま》は、「あ、あの―……」傍《かたわ》らの少女におずおず声をかけるのだが、

「イエイ、イエイ、イエイ、イエイ、イエ～～～～～イ！」

ノリノリでダンシング・トゥナイトしている耳には届かない。彼女に限らず、盛り上がっている観客たちが遠くに感じた。一体感なんて言葉、軽々しく使うもんじゃない。

大体、こんな後方の離れた位置に陣取っている時点で半ば蚊帳《かや》の外――いや、よくよく見れば天馬《てんま》の他にも好んで輪から外れている人間がチラホラ。心なしか年齢層は高めで、いずれも似たような腕組みポーズを取っていた。

あとから聞いた話だが、ライブ会場の後方は全体の音をゆっくり聴くのに適しており、通な玄人《くろうと》（あるいは通ぶりたいパンピー）が好むポジションなのだとか。その統計通り、間奏の最中に聞こえてきた彼らの会話に耳を傾ければ――

「ベースが良《い》いよね」「うん、頭一つ抜けてる」「あの娘《こ》って確か例の……」「ああ、道理でな」

多くは語らず、ゆえに核心を突いていた。

——おお、褒められてる。

凛華《りんか》の演奏はつまり、耳が肥えた彼らのお眼鏡に適《かな》ったのだ。良かったな、と凛華《りんか》を見やった天馬《てんま》はそこであることに気が付く。

曲がラスサビに入りオーディエンスの盛り上がりは最高潮。それは演者についても同様で、ボーカルもギターもドラムも見るからにヒートアップしている中、ただ一人クールを保っているのが凛華《りんか》。されども協調性がないとか自己中心的な雰囲気はない。冷静にしっかり周りが見えており、己の為《な》すべき責務を全うしている。即興だろうと飛び入りだろうと任されたからにはベストを尽くす。妥協を許さない真剣さが伝わってきた。

もしかしたらベースという楽器はそうやって、ボトムから全体を支える役割を担《にな》っているのかもしれない、と。天馬《てんま》は予想した。予想しかできない自分に気が付き、今まで感じたことがないモヤモヤが胸の内に生まれる。

その正体は後悔であり、憂いであり、きっと不甲斐《ふがい》なさでもあった。

訳知り顔で頷《うなず》く周囲の玄人《くろうと》たちは、凛華《りんか》のすごさを正しく理解している。

家族でも友達でも恋人でも、ましてや知り合いですらないはずなのに。今この瞬間だけは、天馬《てんま》の知らない彼女を確かに知っているのだから、

「……悔しがる権利すらない、か」

初めてかもしれない。凡人に甘んじている自分を憎んだのは。

周りの世界に無関心で、興味を持たず、必死にならず、ぼんやり生きてきた人生を。

だから同時に、こんなことを思うのも初めて。意欲と呼ばれる熱いエネルギーが胸の奥から湧き上がってくる。知らない世界を知りたいと思った。少しはわかるようになりたい。

だって、せっかく興味を持った相手なのだから。熱中できる対象が見つかったのだから。

「ありがとな」

曲の終わりと共に拍手が巻き起こる最中、誰にも悟られずに呟《つぶや》いた天馬《てんま》は、もしかしたらこの場で誰よりも玄人《くろうと》ぶっているのかもしれない。

神は天にいまし、世は全てこともなし。人間を変えるのはいつだって同じ人間。神様を超える光になってくれた凛華《りんか》には、感謝しかなかった。


その後、縦ノリの二曲目にラップ調の三曲目、ラストはバラードで締めくくる巧妙さ。

合間のMCではメンバー不在を謝罪すると共に適度なイジリ——骨折の理由が体育のフットサルな上にポジションはキーパーだったことを暴露して笑いを誘った。一方で助《すけ》っ人《と》の凛華《りんか》についで特に触れなかったのは、本人があらかじめ固辞したためと想像する。

一曲目から観客の心をつかんでいた彼女たちのステージは滞りなく終了。遠くない未来に全国を席巻《せっけん》する可能性もあり得るので、そのときは「インディーズ時代、ライブ聴きにいったんだぜ？」と自慢できるよう、名前だけでも覚えて帰ろうと誓う天馬《てんま》だった。

会場の明かりが点《つ》き、ステージ上は次の出演者のセッティングが進められる中。

「おーう、楽しんでるかい？」

バスドラムの重低音で天馬《てんま》たちに話しかけてきたのはこの店の主《あるじ》。「おっすおっす、テンチョー」と挨拶代わりにスキンヘッドをタッチした摩耶《まや》は、

「楽しいに決まってるっしょ。ねー、やしろん」

「あ、はい。俺、こういうところに来るのは初めてなんで、ぶっちゃけ楽しめる自信なかったんですけど……良かったです、すごく」

「そうかい。ありがとよ」

会場の空気を肌で感じるのもきっと彼の仕事なのだろう。玄人《くろうと》好みの位置から見渡せる観客たちは、誰もがライブ後の心地好《ここちよ》い余韻に浸っていた。一組目の彼女たちは大成功。取り分けピンチヒッターの功績は大きかったらしく。

「やれやれ……本当に優秀なスタッフで困っちまうねぇ、あいつは。今月もまたとびっきりボーナスを弾まにゃいかんなぁ」

と、名前こそ出さなかったが凛華《りんか》を指しているのは明白。黒いレンズの下に瞳を隠しているせいで店長の感情は読み取りにくい——なんてことは全然なく、ひげをいじる手の動きからし

てあからさまに嬉《うれ》しそう。まんま近所の子供にお年玉をあげる好々爺《こうこうや》だった。

「今月もまた……ってことは、前にもあったんですか、皇《すめらぎ》が代わりに出演するケース？」

「ああ、さすがにここまで急なパターンは少ないがね。バンドグループっつったってアマチュアの集まりだろ。本業が他にある連中がほとんどだから欠員のトラブルはつきもの、特に駆け出しの学生なんかは代弾き探すのに一苦労なんだが」

一年くらい前だったかな、と振り返る店長は懐《ふところ》から取り出した禁煙パイポを咥《くわ》える。

「今日みたいに『どうしよう店長！』『演目に穴開けてごめんなさい！』とかパニクッてる女子高生に囲まれちゃって。正直おじさんの方がパニックになってたら、働き始めのあいつがスタスタ歩いてきて『私が弾きましょうか』だもんな。かっこいいのなんのって」

「おおー。JKに囲まれてあたふたするテンチョー、めちゃんこ可愛《かわい》いね」

話の腰を折る摩耶《まや》に「変な想像せんでいい」と諫《いさ》めつつ。

「それ以来、臨時給与ありで何かとお世話になってるんだが……いや〜、大助かり。いざとなったら俺が直々に代役を務めるってことも、可能っちゃ可能なんだが……いかんせん向き不向きってもんがあるんでな。さっきの娘《こ》らには手を貸せん」

ライブハウスを経営しているだけあり、店長もロックやパンクには一家言あるタイプ。察するに昔はバンドマンだったのだろう。

「ベースは専門外ってことですか？」

「いや、ドンピシャ。メタリカのクリフに憧れてツーフィンガー練習した口だぞ」

なるほど、バンド名の方は天馬《てんま》ですら知っているほど有名だが。

「え？　だったら、あの娘《こ》たちの手伝いもできたんじゃ……」

「ほーう。じゃあ聞くが、あんなピチピチの女子高生の中にこの図体《ずうたい》の男が一人だけ交じっていたとして、お前さんは最後まで曲に集中できるか？」

「……スンマセン」

答える代わりに謝ってしまった。ベーシストだったのか、この人。なんとなくドラムセットを破壊している姿を思い浮かべていたのだが、人を見かけで判断するなと注意されたばかりなので口には出さず、そもそも天馬《てんま》が指摘するまでもなく。

「この顔でベースって！　クリフが憧れって！　なのにスキンヘッドってー！」

三重苦（？）の大笑い。立ち見用の小さなテーブルをバンバン叩《たた》いている摩耶《まや》に「顔は関係ねえだろ、顔は……」もっともな反論をする店長は哀愁が漂っていた。

「ゴホン！　とにかく、あいつみたいなマルチプレイヤーは貴重だ。間違いなくどこの世界でも重宝されるぜ」

今まで漠然と抱いていただけのすごさが、店長の言葉ではっきり形を成した。単に弾けるのではなく弾きこなす。凛華《りんか》のそれは他の追随を許さないのだろう。

「ま、育った環境も大きいか。生まれが生まれ、物心つく前から音楽に触れてきたんだ」

凛華《りんか》の母親がピアニストであることはおそらくこの界隈《かいわい》でも有名で、彼がそれを指しているのだと思った天馬《てんま》は「ああ、はい」となんとなく相槌《あいづち》を打ったのだが。

「お袋さんはもちろんだが、親父《おやじ》の方も。あれはあれで、作曲とか編曲には思い切り口を出してくるタイプのうるさい批評家……って、今は大会社のプロデューサー様だったか。えらく遠くへ行っちまったもんだなぁ」

意外にも父親の方にスポットが当てられる。おまけによく知る悪友のような口振りで、

「もしや店長さん、皇《すめらぎ》のお父さんとは懇意になさっていたり？」

天馬《てんま》は聞かずにはいられなかったわけだが、

「……懇意、だと？」

聞かなきゃ良かったと後悔。今までどんな無礼を（主に摩耶《まや》が）働いても怒らなかった仏の店長が、途端にぶっとい青筋をツルツルの頭に立てたのだから。殺《や》られると本能で察知した天《てん》馬《ま》が泡を吹きそうになっている一方、「え、知らなかった～」とお気楽に手を叩《たた》いた摩耶《まや》は、自分がまだ死なないとでも思っていそうな顔で、

「テンチョーっておりんのお父さん――パパりんと仲良かったんだね」

もはや怖いものなしに突貫するのだが、幸いにも店長が筋肉モリモリで別の生き物と化した百パーセント店長に変貌するようなことはなく。

「良くなんかねえよ。普通だ、今も昔もずっと……」

どこか疲れた雰囲気で訂正。ハァ〜〜、と。吐き出したため息にはいったい何年分の思いが詰まっているのだろう。

「高校が同じで、たまたま同じ大学に進学して、そこで映像研だか映画研だったかな、名前は忘れたが一緒のサークルに入った、その程度の仲だ」

「それで今もなお親交があるとしたら、十分に『懇意』なのでは？」

「…………」

「俺は客観的な事実を言ったまで……」

「いや、一理ある。いわゆる同級生の腐れ縁ってやつだな、うん」

「へえ、同級生……同、級、生？」

と、天馬《てんま》が首を傾《かし》げざるを得なかった理由は、強烈な印象で刻まれていた凛華《りんか》の父親の姿を脳内で呼び起こし、同時にそれを目の前のビッグフットと重ね合わせ、丁寧に比較検証を行った結果——どう見ても計算が合わない。

「唐突で申し訳ないんですが……店長さんって今、おいくつ？」

「四十六」

「はあ、なるほど…………もしかして、学生時代は素行が悪かったり、あるいは……」

「これでも皆勤賞の優等生だから、留年はしたくてもできなかったろうねぇ」

「そ、そんなつもり……」

なかったというのは大嘘《おおうそ》。完全に見透かしている店長は気を悪くした気配もなくニヤリ、

「さては、あの野郎に会ったことでも？」

「はい、一度だけ………ただ、どう見ても四十六歳には見えなかったもので」

だろうな、と店長が同意した通り、そんじょそこらの芸能人よりもよっぽど芸能人。プロデューサーだという話だが、キャストとして映画に出演していても全く違和感がない。

「俺の周りでは間違いなく断トツにモテたな。といっても、告白されるたびに本人は毎回『時間の無駄だ』の一点張りで断っちまうんだから、とんでもない女泣かせ……『その冷徹さが好き！』、今風に言えば推せるってファンも一定数以上いたから、世の中わからんもんだが」

「……どっかで聞いた話ですね」

「ぶはっ！　男版のおりんじゃん」

「そんなビジネスライクの合理主義者が、三十路《みそじ》手前で急に美人の嫁さんもらってガキも一人もうけたんだから、驚く暇もない……ま、一番のびっくりはその娘が今は俺んとこで働いてるってことか。いつの間にか一丁前に大きくなりやがって」

幼い頃の凛華《りんか》とも面識があるのだろう。店長の口吻《こうふん》はまんま姪《めい》っ子を可愛《かわい》がるオジオバのそれ。彼女がここで働いているのも偶然ではなく、

「よく知る店長の店だからこそ、皇《すめらぎ》はここをバイト先に選んだ……と」

「かもな。ちゃんと面接はした上で雇ったから、コネ採用のつもりはないんだが……」

当時を思い出したのか、店長は親戚のオジサンらしく気の良い微笑《ほほえ》み。

「あの履歴書をそのまま持っていったんじゃ、他所《よそ》では敬遠されちまったかもなぁ」

「え、何かヤバいこと書いてあったんですか？」

「別にヤバくはねえんだけどさ。応募動機が『親に頼らず一人で生きていけるようになりたいから』だもんな。頑固親父《おやじ》に勘当されて家を飛び出した跳ね返り娘かっての」

「……」

実際、境遇としてはそれに近かったのだと思う。あのマンションで一人暮らしをしていることも含めて、店長は凛華《りんか》の家庭事情について承知の上なのだろう。

「要するに、俺は人様の家の親子喧嘩《げんか》に巻き込まれちまったわけだが……そうそう、あの野郎に会ったってのはお前、最近の話かい？」

「皇《すめらぎ》のお父さん、ですか？　えーっと……七月の終わり頃でしたね。あいつの住んでるマンションの前で、ばったり親子の対面だったんですけど……」

「嫌味の一つでも飛ばしてきたか」

「一つどころじゃありません。俺じゃなくて主に皇《すめらぎ》が標的でしたけど。言うだけ言ったらさっさと帰っていっちゃうし、いったい何をしに来たんだか」

あのときの凍える空気を思い出しただけで天馬《てんま》は身震いするのだが、

「なるほどねぇ」

カッカカッカカッカ——と、今までそんなキャラじゃなかったくせに、いきなり漫画チックな笑い方をぶっこんできた店長。

「一人娘の彼氏と初めて遭遇して、さすがの鉄仮面も心に余裕がなかったと見える」

「……いや、余裕綽々《よゆうしゃくしゃく》でしたよ。素知らぬ顔でこれからもよろしくですもん」

前半部分を否定しなかったのは、外見上そう取られても仕方ないと思ったからだが。

「これも何かの縁だ、矢代《やしろ》くん」

何やら思いついたような店長は、横綱サイズの手を天馬《てんま》の肩に乗せてきた。

「男と見込んで一つ、お願いしてもいいかい」

謹んで辞退したくなる口上だったが、生物学的には否定もできない。

「露骨に不安そうな顔をせんでいい。一言、あいつに伝えてほしいだけだ」

「皇《すめらぎ》に、ですよね。なんでしょう？」

「たまには実家にも顔を出してやれ——ってな」

本当に短い一言で「な、カンタンだろ？」と続けたのも頷《うなず》けるが、だからこそ。

「ご自身で言うのは駄目なんですか？」

天馬《てんま》の疑問に「ああ、駄目だね」の即答で返した大男は、

「だって、俺がそんなこと言おうものならあいつ、十中八九とんでもねえ不機嫌面で睨《にら》みつけてきやがるぜ。成人した娘の反抗期を思い出して泣いちゃうぞ」

意外にもセンシティブパーソン。いや、おそらくそれは子を持つ親にしかわからない痛み。彼のトラウマを呼び起こさないためにも協力は惜しまない天馬《てんま》だが、

「……お父さんの住んでいる家に、あいつが踏み込むってことですよね。それはなかなか、天下分け目の関ヶ原《せきがはら》になる予感……」

「なーに、冷たい戦争が続くよりはマシだ。好きなだけ撃ち合えばいいんだよ」

「その意見については俺も近い立場ですが……あのお父さん、とんでもない曲者《くせもの》でしょ。まだまだ俺の知らない特殊能力とか、第二、第三形態が出てきそうで、つけ入る隙がない……」

「Ｏｈ！　おりんのパパりんってそんなラスボスみたいな人なわけー？」

摩耶《まや》の疑問に「うん」と全肯定できてしまうのだから恐ろしい。警戒レベルを正しく設定したつもりだったが、彼をよく知る店長は「ないない、そんなもん」と首を振っており。

「お前の思っているよりはるかに単純だよ、あの野郎は」

「だといいんですが……」

「考えてもみろ。分刻みのスケジュールで海外を飛び回っている多忙な男が、わざわざ嫌味を言うために娘のところへ足を運ぶと思うかい。相応に理由があるのさ」

「それは、そうなんでしょうけど。いったい何をしに来たって言うんです？」

「俺にも詳しくはわからん。だからまあ、察してやれってことだ。あのマンションだって凛華《りんか》のために色々………」

「色々？」

「いや、なんでもない。とにかく言っておいてくれや。お前、実家に何かでっかい忘れもんがあるんじゃねえかってな。頼んだぞ。あいつの恋人として、一つ……」

天馬《てんま》の肩を揉《も》むように力をこめたあと、大きな手が離れていく。

「でないと一生、前に進めねえ。それが凛華《りんか》のためなんだから」

最後は独り言のように呟《つぶや》き。次の出演者の準備が整ったのか再び照明が落とされ、他にも仕事がありそうな店長は去っていった。

恋人ではないと否定する暇すらなかったのが悔やまれる他にも、悩ましい点があり。

「でっかい忘れもん、って……」

伝言の内容、一回目と変わっているのでは。真意を確かめる術《すべ》はなかった。

△

「いやはや、最高だったねー、本日のライブは！」

もろ手を上げて伸びをする摩耶《まや》に、「うん、最高だった」お世辞抜きに賛同する天馬《てんま》。

数時間ぶりに吸った地上の空気は残暑を忘れる涼しさ。入るときにはまだ日が高かったライブハウスの外は今やすっかり夜の帳《とばり》が下ろされ、少し不思議な気分になる。

結局、凛華《りんか》のバイトが終わるまでたっぷり演目を満喫してしまった天馬《てんま》たち。閉店自体はまだ先でむしろこれからが本番のようにも感じられたが、子供の時間はそろそろおしまいということで大人しく帰路についた。

時刻は十時過ぎ。今どき小学生でも起きていそうな時間帯ではあったが、こうして繁華街の近くを練り歩いているだけで、インドア派の天馬《てんま》はワルに染まってしまった気分。嬉《うれ》しいのではない。本物の不良に絡《から》まれそうで怖いだけ。一応三人だし、人通りの多い道を選んでいるので危険は低そうだが。

「お前、毎回こんな時間まで働いてんの？」

「んー、まあ、そうね」

と、前を歩く二人の片方——星空よりも濃い黒髪をストレートに流した女が答える。定時と共に文学少女モードを解除した凛華《りんか》なわけだが、こうして見ると本当に別人。嫌らしい意味ではなく変身シーンを見せてほしいな、とか天馬《てんま》は思っていたりする。

「時間はいつも大体これくらいになるかな」

「ご苦労なこった……」

「別に負担ではないわよ。週二回しかシフト入ってないし、何より時給が美味《おい》しいのよねー」

「……」

そういう意味の心配ではなかったのだが。聞き方によっては彼女の身を案じているみたいで

気持ち悪いし（実際、案じているのだろうが）、どうしたものかと思っていたら、

「でもでも、ライブハウスって変なお客さんもたまにいるんじゃないの〜？」

狙ったのかはわからないが摩耶《まや》のナイスアシスト。

「ウイスキーボンボン入っちゃうとほら、『へっへっへ、お嬢ちゃん、そんな短いスカートヒラヒラさせやがって、誘ってんのかい？』みたいなセクハラおじさん登場しそうよね」

「セクハラおじさんのイメージが古いし、制服はスカートでもないんだけど……そこら辺は平気かな。あそこの客層、マナーが悪い馬鹿はすぐ出禁にされるみたいで割かし民度は高いっていうか、店長の見た目が見た目だから抑止力になってるんでしょうね」

「説得力あんな」

出禁どころか社会的に抹殺されそう。

「ちゅーか、今日はうちらが一緒だけど、帰り道も普段は一人なわけっしょ〜。いきなり羽交い絞めにして路地裏に連れ込んでくる系のヤバい暴漢に襲われたらどうするん？」

「そりゃ問答無用で蹴っ飛ばすんだろうよ、な？」

「経験者は語るみたいに言わないで。ま、最悪これで一発」

と、いつでも使えるように仕込んであったのか凛華《りんか》は胸ポケットに指を入れる。取り出したのは一見すると何の変哲もないボールペンだったが、ノックすると現れたのは5ミリや7ミリの芯ではなく金属製の突起物。

「太もも辺りグサっと刺してひるんでる間に逃走ね。他にも催涙スプレーでしょー、電気ビリビリのやつに、防犯ブザーもあったかな」

「……意外にも防犯意識が高いのな、お前」

「私じゃなくって全部店長に持たされたやつね。まったく心配性なんだから」

凜華《りんか》は煙たがっている様子だが、至極真っ当な配慮だろう。

本当に人格者だな、と思いながら天馬《てんま》がポケットから出したのは、帰り際《かえぎわ》「今後ともご贔屓《ひいき》に」と店長から渡されていた一枚の名刺。電話番号や住所と共に書かれているのは、

『BIGFOOT　店長　西園寺《さいおんじ》駿介《しゅんすけ》』

歴《れっき》とした本名らしい。バンド時代の名義はSHUN。病院の待合室でこの名前が呼ばれてあの巨漢が立ち上がったら二度見じゃ済まない自信がある。

「外見があれなんで初めはビビったけど、普通に良《い》い人だったなー、店長」

「お人好《ひとよ》しってのが正しいんじゃない。人生損するタイプだわ」

「言い方をもうちょっと考えろ、言い方を」

「感謝はしてる。未経験なのに雇ってくれたし、待遇も色々良くしてもらってる……いえ、されすぎで怖いくらいね。特に給料以外の現物支給は、気が引けるから控えてほしいわ」

「現物？」

「あー、服とか靴とかバッグとか化粧品っしょ？　テンチョーの奥さんがアパレル関係の人み

たいでさ、お値段以上のお高いグッズをタダでポンポンゲットできるのだ！」

「……本格的にパパじゃない方のパパじゃん」

凛華《りんか》の部屋がブランド物で溢《あふ》れていた裏には、健全な援助者の存在があったわけだ。

「役得だなー、お前。足を向けて寝られんぞ？」

「賄賂みたいで正直気持ち悪いわよ。脱税的な犯罪に利用されている可能性も……」

「だから言い方ァ！」

一見すると恩知らずの人非人に映ってしまうが、

「私、誠意は行動で示すタイプなの」

可愛《かわい》がられていることを自覚しているからこそ、彼女なりに日々の仕事をきっちりこなすことで応えているのだろう。

「期待に見合った以上の活躍はしていると自負するわ」

「否定できないから困る……あんな完璧な演奏を見せられたあとじゃ、な」

今日のお前すごかったぞ——純粋な称賛で言ったのだが、

「あら～、意外！」

そこに内在する欺瞞《ぎまん》を看破した凛華《りんか》は半笑い。

「あなたの貧相な耳でベースの上手《うま》い下手が聞き分けられるのね～？　てっきり影が薄い楽器だとか聞こえない音だとか、ジャンケンで負けたやつが仕方なく担当しそうな不人気パートだとか、よく知りもしないで貶《おとし》めている最低な人間だとばかり思ってたわ～」

「大当たりだよチクショーめ！」

知ったかぶりするんじゃなかった。夜空にシャウトする天馬《てんま》に、

「うっはっはっは！　ドンマイ、ドンマイ……ふふふっ！」

摩耶《まや》はフォローを入れながらも見るからに腹がよじれていた。

「あ～、おかしい……けど、真面目な話さ。おりんの多才っぷりには毎度のことおったまげるっていうか。ほら、ドラムだってうちなんかよりはるかにテクニシャンじゃん？　YOUが三人か四人に分身してバンドを組めれば、それがドリームチームなんだろうね」

凡人の入り込む余地などない。摩耶《まや》の考えるそれは最大級の褒め言葉に思えたのだが、

「あり得ないわね」

間髪入れずに否定されたのだから、「え？」摩耶《まや》と天馬《てんま》の驚きが重なった。

「駄目なん？　おりん三銃士とかおりん四天王みたいなさ、かっこよくない？」

「かっこいいかは別にして、つまらないでしょそんなの」

「えぇ～、チートすぎて？」

「じゃなくってさ」

オホン、わざとらしく咳払《せきばら》いをした凛華《りんか》は、

「いろんな人間が集まって同じ一つの曲を演奏するからこそ、バンドって面白いんでしょ。楽

しいんでしょ。生まれも育ちも違う——時には人種も思想も信条も性別だって飛び越えて、何もかも混ざり合うからこそ、最高にクールな音楽が生まれる……って、いやいや、なんかちょっとポエミーになっちゃったけど」

若干の気恥ずかしさはありつつ、そこに誤魔化しや偽りは一切ない。真実の言葉なのだと伝わってきた。単純な技術ではなく、個性とか、味とか、情熱とか、漠然としてつかみどころのない概念。意外だった。天才肌で何事もロジックで考えていそうな凛華《りんか》が、それらの不確定な要素を重視していることが。誰よりも技術を磨いているはずの彼女が言うからこそ、その言葉は安っぽくない、確かな重みを持って胸に落ちる。

「摩耶《まや》のドラムだってそう」

と、天馬《てんま》の目の前で二人の視線が交差する。

「うちのドラムが？」

「確かに、私が叩《たた》くのと比べたら正確さに欠ける……というか速い＝上手《うま》い＝かっこいいと勘違いしている節があるから、頻繁に走って他のパート置き去りにするし、スティック投げるパフォーマンスばっかり練習しててよく私のつむじに突き刺してくるし、その手癖が抜けてないのかしら、この前なんて大事なドラムソロの場面ですっぽ抜けて大恥かいたわよね？」

「す、すいませぬ……」

駄目出しのオンパレードに摩耶《まや》は体を縮めるのだが、

「だけど、私は大好きよ。熱のこもったあなたのドラムに、いつも元気をもらってる」

「…………」

「だから、ありがとね。あの日、私を軽音部に誘ってくれて」

信じられない、という思いが摩耶《まや》の中でじわじわ広がっていくのが天馬《てんま》はわかった。

気持ちはわかる。凛華《りんか》の性格上こんな風にストレートに感謝を伝えるのは珍しいはずで、ともすれば空前絶後にも等しいのだから。

最終的に、公平な第三者にジャッジを委ねることにしたのか、摩耶《まや》がおずおず見やったのは後ろを歩いている男。懐疑的な視線に対して天馬《てんま》が返したのはただ一言、

「良かったね」

それは短いながらも確かな勝利宣告にほかならず。

「うわあ～～～～～～～～～～～～～ん!!」

瞬間、声を上げて泣いたのが摩耶《まや》。

号泣だった。たとえるなら、弱小チームを全国優勝にまで導き長年の責務から解き放たれた剣道部の主将――それまで決して弱音を吐かなかった強く気高き男が、人生に一度だけ許される涙を今まさに流しているかのような。激情の奔流に女々しさなどは一欠片《かけら》もなく、ただひたすらに美しいとさえ天馬《てんま》は感じたが、

「ちょ、はぁ、えぇ……？」

凛華《りんか》は若干、引いていた。当然である。

目の前で泣いている女は別に剣道部でもないしチームを全国制覇に導いてもいないし普段から弱音を吐かない性格でもないし強くも気高くもなければましてや男でもない。

ついでにここは日本武道館ではなくただの道端であり、

「うぅ！　ひっぐ！　えっぐ！」

「大丈夫？　ほら、通行人の目が痛いから嗚咽《おえつ》は抑えて」

「あ、あたし、あたし……ホントはずっと、不安だったんだ。いつまで経《た》ってもドラム、上達しないし。前に立ってるおりんにスティックぶち当ててばっかだし。その度に尋常じゃないくらいキレられて、げんこつで頭にたんこぶできるし……この先の戦いにはついていけそうにないからって置いていかれるエンドも、覚悟していたんだけど……」

「落ち着きなさい。人造人間とは戦わないから」

「嬉《うれ》しいよ〜！　今日からうちもZ戦士、心置きなくおりんの後頭部に気功砲だよ〜！」

「それは絶対にやめて。フリじゃなくてやめて」

「レッツ、フュージョン！」

感極まって抱きついた摩耶《まや》。戦闘力5にも満たなそうな少女のため、その気になれば撃退もできたのだろうが、諦めたのかまんざらでもないのか凛華《りんか》はされるがまま。どうして女の子同士っていつもこう距離が近いのだろう。永遠のテーマは学者かＡＩにでも譲るとして、天馬《てんま》の中ではこの瞬間、一つの疑問に明確な答えが導き出されていた。

「……感情を揺さぶれる人間が勝ち、か」

反芻《はんすう》するのは大須賀《おおすか》先生の台詞《せりふ》。そのための動機づけが凛華《りんか》には必要なのだと。

スポーツ漫画によくある、最後は気持ちの差が勝敗を分けた、みたいな。天馬《てんま》はそういった根性論や精神論を信用しておらず。

技術面で完成されている凛華《りんか》のために、自分ができることなんて何もない――ないのでは、という不信に視界を曇らせていたが。霧はすっかり晴れた。摩耶《まや》という存在は確かに凛華《りんか》の脳を揺らしている。影響を受けていると彼女自身が明言しているのだから。

天馬《てんま》にも必ず、できることはある。言い訳できなくなってしまった。

逃げ道を失ったのになぜか嬉《うれ》しくて仕方ない。

「馬鹿、やめなさい、鼻水拭くんじゃないわよ、人の服でぇー」

「ふひぃ～～ん、今日は記念日だよ～～、帰ったらママに頼んでお赤飯だよ～～！」

「うん、本当に大きな収穫だった」

「揃《そろ》いも揃《そろ》って愉快そうに……あんたらマジで二度と来るんじゃないわよー！」

人間を変えるのはいつだって同じ人間。権利が平等なら逆だってあり得る。

彼女の心に少しでも近付けたのなら――天馬《てんま》でも、あるいは。

三章　似た者親子のディスタンス

「昨日は、ライブハウスに行かれたそうですね？」

「え？」

人生はどうにもままならない。

齢《よわい》十六にしてロマンスグレーに染まりそうな達観に、この日の天馬《てんま》は苦悩していた。苦悩する時点で一つも達観できていない矛盾だが、とにかく考える。

──俺の人生、どこで歯車が狂った？

五時限目の英語で長文翻訳を担当しているのをすっかり忘れており、あまつさえその失念に気が付いたのが四時限目の終了時点。昼休みを返上してリカバリーするつもりの天馬《てんま》が、弁当の代わりに電子辞書を引っ張り出していた、そんな折。

「矢代《やしろ》くーん、うふふー、すこーし、よろしいですかー？」

にこやかに話しかけてきたのが麗良《れいら》。今振り返れば彼女らしくないやけに間延びした口調だった上、笑顔もそこはかとなく白々しかった気はするのだが、すでに言語野の半分をアルファペットに支配されていた天馬《てんま》は「例によってご飯のお誘いかな」と不審にも思わず。

ごめん、さすがに今日は無理そう……断りを入れようとした刹那、

――待てよ？

天馬《てんま》は閃《ひらめ》く。学年一位の成績を誇る彼女にかかれば、教科書レベルの英文を訳すなんて児戯にも等しい。それこそランチの片手間にも済ませられるはず、と。浅知恵が働いてしまったのがおそらく最大の敗因にして破滅へのプレリュード。

「少しどころか沢山よろしいです」

ウキウキで立ち上がった男は弁当箱と一緒に教科書ノートを携帯。辞書については生き字引がいるので不要と判断して、教室を抜け出したのだが。そもそも昼食を取るだけなら教室でも事足りるし、道中は逃がさんぞとばかりに腕を取られていたし、いくら話しかけても麗良《れいら》からは「はい、良《い》い天気ですね」しか返ってこなかったし。

あれー、おかしいなー、変だなー、怖いなー。

稲川〇二の怪談が脳内で流れる中、麗良《れいら》の口から飛び出したのが冒頭の台詞《せりふ》。ホラーな展開にようやく気付いたわけだが、すでに伏魔殿の敷居を跨《また》いだあと。

そもそも、ここはいったいどこだ。カーテンが開いているのに薄暗い手狭なスペース、木製の本棚が壁際《かべぎわ》に並んでいる。昔の高等遊民が私室にでも使いそうな古めかしさ。

さしずめ校舎の隅っこに存在する、何の用途もなくて誰にも興味を持たれない、人目を忍ん

だカツアゲや密会には最適なロケーションといった具合か。

現在の状況がどちらに近いのかといえば、恐るべきことに前者だった。もっとも短ランリーゼントの不良にメンチを切られるようなステレオタイプにはあらず、だからこそ真に迫る恐怖を天馬《てんま》に感じさせてくるのは、

「ああ、申し訳ありません。一方的に詰問《きつもん》みたいな真似《まね》を……どうぞ、おかけください」

「いや、別にこのままでも……」

「長くなりそう、いえ、確実に長くなるので。ほら、座ってください、早く」

「……はい」

辛《かろ》うじて口角は上がっている少女、なのだが。目の奥は一切笑っていない。完全にインテリヤクザのそれ。美しさの皮を鬼の角が今にも突き破ってきそう。

生きた心地がしないのには物理的な圧迫感も寄与する。天馬《てんま》が追いやられたのは窓を背にした行き止まり。一つしかない出入り口（施錠《せじょう》済み）から最も遠い。意図的に配置されたとしか思えない椅子に半ば強制的に座らされ、

「楽しかったですか」

「ぬっ？」

尋問の続きが始まった。紛《まが》うことなき尋問だ、これは。

「ライブ、摩耶《まや》さんと一緒に行かれたんですよね？」

「えーっと………」

行きましたけど何かというのが本音だったが、湿度の高い麗良《れいら》の下目遣いが「言葉は慎重に選べよ?」と天馬《てんま》に囁《ささや》いてくる。

「行ったと言えば、行ったかもしれないし。行かなかったと言えば、行かなかった気もするような……オフホワイト、なんつって」

「な、る、ほ、ど。そういうスタンスで来るんですねー、よーくわかりました」

瞳を閉じた麗良《れいら》がため息を吐き出す。天馬《てんま》の前髪を揺らしたそれはツンドラに吹く風よりも冷え切っており、彼女が怒りを凌駕《りょうが》する悲嘆に暮れているのが伝わってきた。さりとて涙を流すか弱さはない。信じた私が馬鹿でした、と失望を内燃させるような。

「あの、椿木《つばき》さん?　俺、何か気に障《さわ》ることでも……」

「自覚がないのなら私の口から説明しましょう。犯行時刻は昨日の四時過ぎ――」

「犯行って言わなかった今」

「放課後、そのままの足で電車に乗ったあなたたち二人は、若者に人気のスポットとして知られる某駅にて途中下車。映えるスイーツとして話題を集めるクレープ屋にて同じ品――生地は薄めカリカリ三枚重ね、具材はバナナイチキウイにチョコチップとクッキーをトッピングで、クリームは生抜きホイップ増し増しのはちみつ入り――を注文」

「合ってるかわかんないけど合ってるんだろうね」

「証拠はこちらです」

と、麗良《れいら》が天馬《てんま》の眼前に突き付けてきたスマホには、モリモリのクレープ片手にブイサインを作る摩耶《まや》が映っていた。背後に小さく天馬《てんま》も見切れており、そういやこんなの撮っていたっけと思い返すのだが。

「どうして君がその写真を？」

「SNSに上がっておりましたので。彼女のアカウントはフォロー済みです」

「わざわざ保存したんだ」

「イイネも忘れてはおりません。そして次にあなたたちが向かったのは、凛華《りんか》ちゃんのアルバイト先であるライブハウス――店名は『BIGFOOT』、店長の名前は西園寺《さいおんじ》駿介《しゅんすけ》、年齢四十六歳、キャラクターボイスは玄〇哲章さん」

「キャラ言わないで。生身の人間だから」

どう考えても情報の提供者は摩耶《まや》なため、『なぜそんなことまで!?』とか大げさにリアクションはせず。気になるのは取り調べをするような麗良《れいら》の弁舌。ツレは早々にゲロッたせ、もうネタは上がってんだ、お前もさっさと吐いて楽になっちまいな、とでも言うような。カツ丼はいつ出てくるんだ。

「店内であなたは水道水を、摩耶《まや》さんはコーラを注文しました。間違いありませんか？」

「ありませんけどね。俺は否認も何もしてないんだからこの問答は無意味……」

「証拠はこちらに。料金を支払った際のレシートです」

「……なんでそんなもん持ってんの？」

「その後、間接照明の薄暗いライブ会場にて年頃の男女二人が仲睦《なかむつ》まじく肩を寄せ合いながら一晩の宴《うたげ》を楽しんだ……と、以上で間違いありませんね？」

「大ありだよ！　急に主観を交えてきたじゃん！」

「証拠はこちらに。入場した際の半券です」

「だからなんでそんなもん持ってんのさ!?」

「摩耶《まや》さんが任意の聴取に応じてくださいましたので」

「ホントに任意なのだろうか、それは……」

すでに摩耶《まや》はこの世にいなかったり。いや、四時限目の古典で居眠りして怒られてたな。

「っていうか、もしかして……」

薄々ながらも見えてきた。これが何を弾劾するための異端審問なのか。

「昨日の放課後、遅くまで遊び歩いていた件を俺は今咎《とが》められている……のかな？」

「だとしたら？」

「イエスかノーか半分かで答えてよ」

「……部分的には肯定、です」

答えはしたが、元より貴様に質問する権利は与えられていない、とでも言いたげに不遜な腕組みを披露する麗良《れいら》。心理学的には防御の意味合いの強いボディランゲージだが、彼女がそれをすると圧倒的なボリュームを誇る一部のパーツが殊更に強調。思春期の男子にとっては誘惑を超えた挑発にしか映らないので自重してほしい、という希望は胸に留め置き。

「らしくないって、椿木《つばき》さん」

天馬《てんま》は冷静に諭す。罪を憎んで人を憎まずが麗良《れいら》。己を律する一方で他人にそれを強要しないのが長所だったはずなのに、魔女狩りじみた吊《つ》るし上《あ》げに手を染めるなんて。

そもそも罪状はなんだ。校外でも常に責任ある行動をなんたらかんたら、抽象的な規則が生徒手帳に記載されているのは天馬《てんま》も認識しているが。

「たかだか帰りがけにクレープ食べてライブハウスに行っただけで、そんな大騒ぎする？」

極めて健全な交遊録。酒もセックスもドラッグもありはしないのだから、取り締まるとしたらそれらに現《うつつ》を抜かしている非行青年共が先ではないか。ともすれば、スピード違反の切符を切られたドライバーが「前走ってる車の方が速かったじゃん、あっち追いかけろよ!!」と白バイ隊員に逆ギレするような、天馬《てんま》のその態度が、

「たか、だか……!?　だけぇ……!?　だ、け、え〜〜〜!?」

「強調されるとなんかアレなんだけども」

新たな地雷を踏んでしまった。なまじ地声が美しいばかりに叫喚すらも聖歌のよう。天を仰いだ麗良《れいら》は両手で顔面を覆っていた。異国の血も相まって「オーマイゴッド！」の煽《あお》り文がし

つくりくるわけだが、

「我ながら健全な遊びだったと思うよ」

「……だったら、なおさらです。矢代《やしろ》くんという人は……どうして……どうしてっ！」

嗚呼《ああ》、あなたはいつだってそうね——ボンクラ亭主に愛想《あいそ》を尽かした賢夫人。いささか熟れすぎた悲愴感《ひそうかん》を漂わせる麗良《れいら》は、「どうして」を何度も繰り返した末にようやく、

「——私も一緒に、連れていってくださらなかったんですか⁉」

憤死寸前の思いをぶちまける。空気の揺れどころか焦げる臭いすら感じたような。かくして謎という謎は氷解、彼女の怒りの所在は明らかになったわけだが。

「……」

天馬《てんま》が膝を叩《たた》くことはなかった。まさかな、という思いを抑え切れず。

「クレープとか、アイスとか、肉まんとか、たい焼きとか、焼き鳥とかぁ～？　学校帰りに友達と買い食いするのは青春の定番……ちょっぴりワルに染まった感じで、かっこいいじゃないですか、一度はやってみたいじゃないですか、全私の憧れじゃないですか！」

麗良《れいら》が続けざまに放った未成年の主張。憧れるほどではないだろ、とか。じゃないですかって言われても初めて聞いたしな、とか、ツッコミは枚挙に暇《いとま》がなかったが、とにかく天馬《てんま》の抱いた「まさか」は「まさか」でなかったことが証明される。

「大体、凛華《りんか》ちゃんのバイト先とか私も行ったことなかったのに……私も行ってみたかったの

に。絶対に楽しいやつなのに。どうして声をかけてくれなかったんですか……？」

「いや、俺もどこに行くのかは聞かされてなかったし」

「へぇー、そうですか。行き先もわからない旅に出るくらい摩耶《まや》さんとは仲が良《い》いんですね。羨ましい限りですね。クレープ美味《おい》しかったんでしょうねー」

「皇《すめらぎ》と似たようなこと言うもんな……」

彼女を突き動かすのは正義心などという高尚なものではない。もっとシンプルでエゴイスティック、それゆえに子供じみたアレ。

「自分が遊びに誘われなかったから、拗《す》ねちゃってる感じ？」

「す、拗《す》ね……！」

「事実でしょ」

事実ならなんでも言って良いという道理はないのだが、言わずにはいられなかった天馬《てんま》の気持ちは汲《く》んでほしい。むしろ「その程度で鬼の首取ったみたいな詰め方されても」と追い打ちをかけずにやっただけ、自分では情けをかけたつもりでいたのだが。

「『その程度で鬼の首取ったみたいな詰め方されても』――ですか？」

「………いや、まあ、うん」

あっけなく思考を読まれてしまい。鬼は鬼でも首魁《しゅかい》クラスだったが、次のコマで顔中に血管が浮かび上がった麗良《れいら》から無残に食い殺されることなく。ただ涙目で「ぐぬぬぬっ……」と歯《は》噛《が》みしている彼女を見ていると、本人には悪いがたまらなく愛《いと》おしい。

「揚げ足取りみたいになっちゃったね、ごめん」

「……取られる私が悪いので」

「今度は椿《つばき》木さんも誘うから」

「本当ですか？」

「ホントのホント」

「じゃあ、指切りです。破ったらハリセンボン飲ませますからね、覚悟してください」

「発音が完全に魚の方なのが気になるけど……」

要望通りに指切り。不貞腐《ふてくさ》れモードを解除した麗良《れいら》が天馬《てんま》に焦点を合わせる。理性を取り戻した瞳はどこまでも澄んでおり。

「矢代《やしろ》くん、忘れていたりはしません……よね？」

彼女の真骨頂はここから。

「私の告白、一応……今は保留にしている最中だってこと」

心臓を鷲《わし》づかみにされる感触。その一撃はまさしく天馬《てんま》の急所を突いていた。忘れるはずはなかったが、ないがしろにしているのではないか、彼女の優しさに甘えすぎているのではないか。そういう危惧とは常に隣り合わせだったから。

「もちろん矢代《やしろ》くんは信用しておりますが、たまに引っ掛かるんです。だってこんなの、私たちが勝手に結んだ口約束……秘密協定みたいなものですから、透明で形もありません」

当然すぎる懸念《けねん》。彼女を責められる人間はいない。

「少し……いや、かなり軽率だったね、俺」

「あ、誤解しないでくださいね。自由にしてくださって良《い》いんです。良《い》いはず、なんですけど……良くないんじゃないかと問いかけてくる困った自分が、心の隅にいたりもして」

子供じみていて当たり前だった。精神的に成熟していても麗良《れいら》はまだ高校生。天馬《てんま》のような馬鹿——本物のガキを相手にしているせいで、気苦労は絶えないのだろう。

「そんな、ちょっぴり面倒くさい女の子が一人だけいるってこと……ときどきで構いませんので、思い出していただければ幸いです」

「面倒くさくないし、ときどきじゃなくて絶対に忘れないようにするから、安心して」

「ありがとうございます。凛華《りんか》ちゃんだけならいざ知らず、他の女の子がポンポン現れると、私もなかなか冷静ではいられないもので……ここは一つ牽制《けんせい》の意味もこめて、矢代《やしろ》くんの体にしっかりマーキングしておいた方が良《い》いのかなーって思ったりもして」

「さらりと言ったけど、何するつもり？」

「あ、いえいえ、この案は費用対効果の面からボツになりましたので」

「そ、そう。良かった……」

「代替案として自分の体にこっそりマークでも刻んでおこうかなーと」

「もっと何するつもり!?」

親からもらった体は大切にしようね、という思いで麗良《れいら》の両肩をつかむ。

「思春期って怖いですね、えへへ」

笑っているが、怖いのは果たして思春期なのか。

「……椿木《つばき》さんって実は結構、重い方の人？」

「とんでもない！　私、これでも寛容な放任主義ですから。結婚相手のスマホを盗み見たりはもちろんしませんし、一時間おきに連絡しろとか命令もしませんし、職場での交友関係を把握する気もありませんし、バレンタインの日にチョコをいくつもらったかも聞きませんし、同窓会に行くのを嫌がったりもしませんし、帰宅したらファ◯リーズする前にスーツの匂いを一通り嗅いで浮気《うわき》チェックするだとか、そういう重い女では決してありませんので、ハイ」

「しないって言うんなら、いいんだけどさ……」

正直、付き合う前から結婚したあとのプランをそこまで詳細に考えている時点で、十分に重いと感じたのだが、麗良《れいら》の瞳に暗い影が落ちそうなので触れず。意外にもヤンデレの素養がありそうな彼女。開花させる必要はない。

自分が連れ込まれたのが『準備室A』なる部屋だったことを、遅ればせながら天馬《てんま》は聞かさ

れた。何の準備をするのかは不明瞭だったが、自学自習にはもってこいの場所であり。

英語の予習を忘れてきたことを天馬《てんま》が打ち明けたところ、「お任せください！」と麗良《れいら》は胸を叩《たた》き。単語からイディオム、基本五文型の分類に至るまで、英文読解の極意をみっちり叩《たた》きこまれた。教育者の才能まで備えているのだからどこまでも完璧超人。

「なんだかものすごい賢くなった気分……ありがとね」

「いえいえ、教えるのは得意分野ですので。お困りでしたらなんでもご相談を」

「なんでも、か」

他人本意な性分は脱却したいが、実際のところ困っていた。

「どうしました？」

「いや、実は……」

と、天馬《てんま》が打ち明けたのは、大須賀《おおすか》先生から出されていた課題について。

その名も『凛華《りんか》、最強への道』である。今の彼女には何が足りないのか。彼女がピアノを弾く理由とはいったい何か。ついでに凛華《りんか》の父親と出くわした例の事件――娘に負けず劣らずの堅物であり、竜虎相搏《りゅうこあいう》つ様相を呈していたことも含め、いい加減に一人では抱え込めなくなっていた天馬《てんま》が一通り説明し終えたところで。

「……驚きましたね」

麗良《れいら》は神妙な面持ちで頷《うなず》いた。

「まさか矢代《やしろ》くんがあの合宿の帰り、しれっと凛華《りんか》ちゃんのお宅にお邪魔していたなんて」

「気になったのそこ？」

「初耳だったもので」

「……話すタイミングがなかっただけだからね？」

言い訳がましくなってしまったが、麗良《れいら》がその点を掘り下げてくることはなく。

「なるほど、凛華《りんか》ちゃんのバックアップ態勢を整える……なかなかのマテリアリティ」

「マテリア……ＦＦ７？」

「最優先で取り組むべき重要課題です」

小難しいビジネス用語が登場するのも必然か。凛華《りんか》とは固い絆《きずな》で結ばれた幼なじみ——名実共に唯一無二の親友として君臨する麗良《れいら》にとっては、その業界（？）において他者から後れを取るのは、あってはならない不手際《ふてぎわ》なのだろう。

「矢代《やしろ》くんは、どうお考えですか？」

「え？」

「凛華《りんか》ちゃんがピアノを弾く理由。どうやったら足りない何かを補えるのか」

それは君の方がよくわかっているのでは、と思いつつ。実は天馬《てんま》にも予想くらいは立てられていたし、麗良《れいら》もそれをわかっている上で質問してきたのが伝わってきたので、

「こんな大それたことを言うと、笑われるかもしれないんだけど」

恥ずかしがらず吐露することに。

「あいつにとって、亡《な》くなったお母さんはすごく大きな存在なんじゃないかって。まあ、母親なんだから当たり前だけど」

ピアノに限った話ではない。人格形成や生き方にも影響を与えている、人生のルーツ。

「だからこそ、その人を失った反動は大きくって……それを埋めようとしていたときの演奏は先生の言う通り、聴いた人の心に訴えかける魔力があったんだと思う」

「本当に、そうですね」

麗良《れいら》の肯定には重みがあった。一番つらい時期を共にした、彼女だけは傍《そば》にいてくれたという凛華《りんか》の述懐が思い出される。

「でも、今の凛華《りんか》ちゃんは……」

「変わったんだよね」

当時ほどの殺伐さはない、と先生は評していたが。

「時間が経《た》って、良くも悪くも隠すのが上手《うま》くなったんだと思う」

悲しみの底にいた凛華《りんか》は今よりもっと直情的に、激情的に、自分を表現していたのだろう。

「会ったときからずっとそうなんだ。どんなに苦しくても悲しくても涼しい顔をしていて、誰の手も借りないし、涙も見せないし、一人で生きていこうとしがち」

器用なのに不器用。だからこそ放っておけないと天馬《てんま》は思った。

「傷になりそうな部分を隠そうとする。母親とか、父親とか、そういう部分に自分では触れないし、他人からも触れられたくない……頑《かたく》なに忘れようとしている感じがあってさ」

天馬《てんま》にはわからない感覚。家に帰れば誰かがいて、食卓を囲み、意識せずとも生活を共にしている。当たり前に存在しているのが家族という概念だったから。それが普通でいられることの幸せなのだと、今はなんとなく思う。

「だから、心の成長……俺が言うのも偉そうだけど、良《い》い意味で変わろうとするんなら、向き合う必要がある。過去とか思い出とか、捨てないで拾い集めるべきじゃないかって」

我ながらおかしな話だ。出会って数か月の男がこんな風に、一人の女が歩んできた人生について知ったような口を利《き》くなんて。的外れだと一刀両断されるのも覚悟していたが、

「なんだか、憎らしくなってきますね」

全てを聞き終えた麗良《れいら》の第一声は、柔らかだった。

「私、これでも凛華《りんか》ちゃんについては、それなりに正しく理解している自負がありまして。軽音部のみなさんにだって負けない自信がありましたが……」

「重々、知ってる」

彼女を差し置いて凛華《りんか》の隣に立てる人間はこの世におらず。

「矢代《やしろ》くんには、素直に脱帽なんです」

ゆえに、だ。

「凛華《りんか》ちゃんの心に、そこまで親身に寄り添えるんですから」

麗良《れいら》の台詞《せりふ》には価値がある。お前は間違っていない、と言ってもらえたのだから。

「も、もったいなき、お言葉」

「どうぞ受け取ってください……とは言いつつ！　やっぱり多少は悔しくもありますので、ここからは軽く幼なじみマウントを取らせていただきましょう」

人差し指を立てた麗良《れいら》は、人類史上最高に微笑《ほほえ》ましいマウントの取り方を試みる。

「私と凛華《りんか》ちゃん、合算すれば十三年以上の付き合いになるんですが」

「いきなり誰も間に入れないレベルのマウントを繰り出したね」

「いえいえ、これは少し卑怯《ひきょう》な計算方法……一緒の幼稚園に通ってはいましたが、お互い名前を知っている程度の仲で。本格的に会話したのは小学生になってからですね」

いずれにせよ『十年来の付き合い』という看板には偽りなし。

「お恥ずかしい話、その頃の私は結構周りから浮いておりまして」

「……前に聞いたやつ、かな？」

「あ、違います。髪とか目の色は関係なくって、純粋な性格の問題ですね。元々、引っ込み思案というか、人の輪に入っていくのが不得手だったもので」

「ごめん、全く想像できない。逆に輪から外れている子を迎え入れてそうだけど……」

「当時はからっきしでしたねー。むしろその立場にいたのが凛華《りんか》ちゃんでして」

「皇《すめらぎ》が？」

外向的な委員長キャラの凜華《りんか》。こちらも同じくらい想像できなかったが。

「一言で形容するなら『ボス』がしっくりきますね。全生徒を牛耳っている感じ」

「あ、そっち系……」

納得の表現だった。凜華《りんか》のカリスマ性は小学生の頃から変わらず。

「ボスの中でも取り分け頼りになるタイプで、私みたいな人間が仲間外れにならないよう、面倒を見てくれたわけなんですが……口下手な小心者はなかなか心を開かず」

今は良《い》い思い出なのだろう、笑いながら振り返る彼女だったが、コミュ力の低い麗良《れいら》とはこれいかに。兵法を知らぬ孫子《そんし》か？

「そんなときに仲良くなったきっかけが音楽だったんです。たまたまピアノ教室が一緒だったんですけど、凜華《りんか》ちゃんはすでにレパートリーが何曲もあって。すごいなー、私もあんな風に弾けたらなーって。羨望《せんぼう》の眼差《まなざ》しを向けていたら『なにチラチラ見てんの』、と」

天馬《てんま》は吹き出す。六歳にして今と変わらない口振りだった。

「怒られるのかと思ったら、『もっと近くで見れば』って隣に座らされ……初めはビクビクしていたんですけど、気が付いたら私も一緒にピアノを弾いていて、楽しくなって、笑っていて……一度心を開くと一気に距離が近付くのは子供の特権ですね」

聞いている方まで幸せになるエピソード。凜華《りんか》にとってピアノは、麗良《れいら》の笑顔を引き出した呼び水――初めて心を通わせた記憶とも結びつく。大切に決まっていた。

「元々、波長は合っていたんでしょうね。それからは本当によく話すようになりまして。特に聞かされたのが、お母さんの自慢でしたね。世界で一番ピアノが上手で、綺麗《きれい》で、かっこよくて、優しくて……大好きなんだって」

「……」

仮面を身につける前だったからこそ、凜華《りんか》はその感情を包み隠さず表現できたのだろう。大人になるのは、天馬《てんま》が思っているよりもずっと残酷なプロセスなのかもしれない。

「あのときの笑顔、私は今でもはっきり覚えていますので。お母さんのことを話さなくなってしまった今の凜華《りんか》ちゃんは、少し悲しいです。いなくなってしまったからって、心の中には生きているはずですから。消えるはずはないですから。なかったことにしてはいけないんじゃないかって……これ以上、遠ざかってほしくないと思っています。独善、ですけどね」

独善のはずがない。そこには裏付けとなる経験があった。天馬《てんま》のモヤモヤした主張と違いきちんと言語化されており段違いの説得力。

「それで……ここからは本物の私情になってしまいますが」

申し訳なさそうに一呼吸置いた麗良《れいら》は、

「堅物だろうとわからず屋だろうと、お父さんはお父さんに変わりないでしょうから。仲良くするのに越したことはありませんね」

出過ぎた真似《まね》をしたくないからなのか、多くは語らなかったが。それは自分勝手なエゴではなく、彼女なりの優しさだと天馬《てんま》は確信できた。仕事の都合で両親と過ごす時間が少ない麗良《れいら》だったから、多少なりとも思うところはある。

「以上が私の見解になりますが……どうでしょう、少しは参考になりましたか？」

少しどころか天馬《てんま》は大助かり。安心したというのが正しいか。

——良かった、彼女も同じ思いで。

ただの妄想じゃなかった。願望であるのに変わりはないが、願っているのは自分一人だけではない。答え合わせをすることができた。

マウントを取られるどころか完全敗北を喫していたため。

「ヤバいよ、椿木《つばき》さん」

「ヤバい？」

「俺の出る幕がない」

「いやいやいや、ありますって！　なんでショックを受けているんです？　同じ思想を共有しているんですから、同志なんですから、素直に喜びましょう」

「マスターの称号は是非君に」

「矢代《やしろ》くんも十分マスターの器です！」

そもそもマスターってなんだ。謎の譲り合いでよいしょ合戦が勃発。

凛華《りんか》について話しているといつも似たような流れになるな、と。同様の既視感を覚えたらしい麗良《れいら》と目が合い、どちらからともなく笑い出す。ここまでがワンセットと言えるくらいには、見慣れた光景となっていた。

「こういうパターン、前にもありましたよね」

「数えきれないくらいに」

「思うんです。私たち、この先も……」

その瞬間、麗良《れいら》の青い瞳が鮮やかさを増す。遠くを見つめているのがわかった。

ここにはいない誰か——一人しか思い浮かばない彼女の姿を捉えたのか、あるいは時空すらも飛び越えて未来の風景を映し出したのか。

「何日、何週間、何か月、何年経《た》っても、こんな関係でいられるんじゃないかって」

「こんな関係？」

「一人でいるときも、他の二人のことを考えていて。二人でいるときだって、もう一人のことを考えていて。お互いがお互いの時間を、距離を、足りない部分を補い合っていられるんじゃないかって……今みたいに、永遠に。たとえ何があっても」

「……」

「何があっても、です」

麗良《れいら》は繰り返した。すがるように。信じたいと言い聞かせるように。

それが何を意味しているのか教えてくれることは、最後までなかった。

△

時の流れは早いもの、なんてジジ臭い感慨にはふけりたくないが。

九月も気が付けば残りわずかだった。

残暑の熱気は続く一方、夏休みの残り香は完全消失。どれだけの不真面目だろうと課題の提出は済ませている中、ただ一人悩ましい問題を解決できずにいるのが天馬《てんま》。

『凛華《りんか》、最強への道』に加えて、実はもう一つ。課題とはズレてくるが、BIGFOOTの店長から仰《おお》せつかっている言伝《ことづて》――「少しは実家に顔を出せ」あるいは「忘れ物があるんじゃないか」、どちらにせよ未《いま》だ伝えられておらず。

しかし悲観するばかりでもない。麗良《れいら》との答え合わせを経て天馬《てんま》は一つの仮説に至った。両者の課題は密接に関わっており、これを乗り越えた先に凛華《りんか》の求めるものがある、と。

――そのために背中を押してやるのが、俺の仕事か。

道が見えた男は確かに前を向いていた。いくら緊張感をもって注視しても検討を加速しても事態は好転しないのだから、誰の目から見てもわかりやすい行動に移す必要があり。

「……」

「ねえ、肉の大きさ、このくらいでいいかな？」

「……」

「ねえって、聞いてんの？」

「…………………………いだあいっ!!」

野太い悲鳴が、中流階級然とした矢代《やしろ》家のキッチンに木霊《こだま》する。

板前がごとき集中力で合わせ調味料の作製に尽力していたところ、側頭部に走ったのは鈍器で殴られたような痛み。

隣をパッと見れば、せっかくの綺麗《きれい》なお顔をそれはそれは不満そうに歪《ゆが》めている女が一人。

調理場に相応《ふさわ》しく右手には包丁を握っているのだが、その刃は思い切り天井を向いていた。柄の部分で小突かれたのは聞くまでもない。

「お、お前ぇ〜……それの正しい使い方は、中学の家庭科でも習っただろーが！」

「はあ？　なに、刺してほしかったってこと？」

「万能包丁に人体を痛めつける用途はないって言ったんだよ！」

女傑、厨房《ちゅうぼう》に立ち入るべからず。ステゴロでも危険な女に凶器を与えてしまった時点で、天馬《てんま》の自業自得《じごうじとく》。

時は放課後、星プロをいよいよ二週間と少し先に控えた某日である。

満を持して凛華《りんか》と膝を突き合わせることを決意する天馬《てんま》だったが、彼女の異常な警戒心の高さ——肝心なときに限って逃げていく野良猫《のらねこ》じみた性質を理解していたため、知らぬ顔の半兵衛《はんべえ》で一策を講じることに。

登校した直後に伏線は張っておいた。

凛華《りんか》の弁当を用意するのは天馬《てんま》の日課であるところ、今朝は寝坊したせいで作る暇がなかったんだ、と一芝居打たせてもらい。ああ、だったら購買でパンでも買ってくるわ。不自然なほど興味なさそうに振る舞う凛華《りんか》ではあるが、

「明日は寝坊しないでくれると、嬉《うれ》しいかも……ううん、なんでもないったら」

まんまと術中にはまり三大欲求を刺激されており、そこからはとんとん拍子。

「え〜っと〜、今日は肉じゃがに〜、五目ご飯だろ〜、カレイの煮付けに〜、大根の味噌汁《みそしる》も作る予定だから〜、買って帰るのは〜……」

と、買うまでもなく立派な大根。悲惨な演技力で夕飯の献立をリークする天馬《てんま》だったが、怪しまれる心配は皆無。コンビニ飯や節約料理で日頃の空腹を満たしている凛華《りんか》が、田舎のおばあちゃんが作るようなおふくろの味——いわゆる『THE・家庭料理』に腹の底から飢えているのは、ばっちりリサーチ済みであり。

「なによその酒池肉林みたいな贅沢三昧《ぜいたくざんまい》はぁ⁉ 私にも食べさせなさいよぉ‼」

見え見えの釣り針にも目の色を変えて飛びつく、食い意地の権化《ごんげ》。胃袋をつかまれた女の悲しき末路だった。

以上、ホームグラウンドにおびき出すまでは順調だったが、ケチが付いたのはそのあと。

「ねえねえ、これって簡単？　覚えたら私でも作れたりするのかしら」

調理に取りかかろうとした天馬《てんま》の元へ興味津々《きょうみしんしん》に近寄ってきた凛華《りんか》。純朴な少年のような瞳に、一瞬でも可愛《かわい》いじゃねえかこいつと思ってしまったのが運の尽き。

「じゃあ、適当に肉でも切ってみるか？」

「やるやる、やりたーい……おっ、やっぱり豚よね。牛の肉じゃがとかありえない……」

「関ヶ原《せきがはら》の向こうでは言うなよ、それ。戦争起きっからな」

キッチンという聖域にあっさり招き入れてしまったのは、ひとえに彼女が磨けば光りそうな料理センス持ち（例の幼なじみとは雲泥《うんでい》の差《さ》）なのを、ペペロンチーノの際に目《ま》の当《あ》たりにしていたため。十分戦力になると踏んでいた。

実際、その見込みに狂いはなかった。だからこその不意打ち。

「悪いわね、エプロンまで貸してもらっちゃって」

「制服、汚れたら大変だからな」

「あら、あら、なかなかフェミニンな柄じゃなーい。良《い》いセンスしてるわよ」

「俺じゃなくて母さんのやつだからな？」

互いに手を洗ってエプロンを装着、準備万全でキッチンに肩を並べたところで、

「……‼︎」

ついと思い出してしまった。

裸エプロンなるファッションが男のロマンとして世間を跋扈《ばっこ》する中にあって、そんなものは邪道だと異論を呈する男が一人。学校の制服の上に装着されたエプロンにこそ、至高のエロスを感じるのが天馬《てんま》だった。

理由は諸所あるが、休みの日は裸同然で四六時中歩き回っている肉親のせいもあり、女性のファッションは足し算を重視するに至った経緯が大きいのだと思う。

さらに理想を語るならば、見るからに家庭的で日頃から台所に立っていそうな女の子——とかではなく、むしろ正反対——包丁やまな板とは無縁な世界で生きてきた感じの少しキザっぽいクールな女性だったりしたら、文句がないどころかガッツポーズをかます。

突き詰めればギャップ萌《も》えの理論にほかならず、大して特殊な性癖ではないわけだが、だからこそ賛同も得られやすいのではないかと自負している。

と、珍しく己の嗜好《しこう》について熱く語ってしまったが、現実に戻るとして。

「ま、ま、ま——」

まさか。その瞬間、天馬《てんま》は体の震えを抑えきれずにいた。

「カナダ産、細切れ、四百グラム、十パーセント引き……」

手にした精肉パックの成分表示を、さっさと開封して調理に取りかかれば良いものを、目を細めてじっくり確認している場違いな女。

見栄《みば》え重視の長い黒髪を申し訳程度にまとめ、ネイルなのかジェルなのか爪は人工物の光で覆われる。夏用の薄いシャツにプリーツスカート、学校帰りの出《い》で立《た》ちそのままの上に女性らしいエプロンをまとうアンバランスさ。漂う薔薇《ばら》の匂いは某美食家が「このあらいを作ったのはクール系のＪＫだなぁっ⁉」と言い当てそうなほど香《かぐわ》しい。

おわかりいただけただろうか。かねてより天馬《てんま》が思い描いていた理想像——恋愛とすこぶる相性の悪い自分は生涯お目にかかれないと諦めていた存在が、夢想などではなく現実に実体を持って、手を伸ばせば届く距離に顕現したのだ。

「…………………………」

ガッツポーズは出なかった。流れ星がどんなにゆっくり流れても、願いを三回言う暇なんてないのと同じ。本物の奇跡に遭遇した人間がどうなるのか、天馬《てんま》は身をもって知る。ただ言葉を失って立ちすくむしかできないのだ。

「…………はっ」

まずい、こんなところでもたついていては。

大飯食らいの胃袋をたらふく肥やして、機嫌が良くなった瞬間に話を切り出す——古典的ゆえに効果的な作戦にケチが付いてしまう。料理の出来が八割がた味付けに左右されるのを熟知している天馬《てんま》は、穴が開くほど見つめていたい女から断腸の思いで視線を外し。醬油《しょうゆ》・酒・砂糖・みりんの分量に全集中していたわけだが。

そんな折に容赦なく襲い掛かったのが凶刃《きょうじん》（のグリップ部分）。

「もういいお前は何もするな！　世のため人のため、今すぐこの場を去《さ》り給《たま》えー！」

「……悪霊《あくりょう》退散みたいに叫んじゃって」

うざったそうに吐き捨てる凛華《りんか》は、相手をするのも面倒と判断したらしい。

「ハイハイ、わかりました、私はどうせ食べる専門でーす」

遠ざかっていく背中からもへそを曲げているのは伝わってきたが、とにかくキッチンから排除することには成功。天馬《てんま》の集中力を乱す要因は消《き》え失《う》せ、聖域に返り咲いたわけだが。

「……椿木《つばき》さんとは違った意味で危険だな、あの女」

両者とも戦力外。なんだかんだこの先もずっと料理は自分の担当になりそうだな、と。

脳内で無意識に将来設計を立てている時点で、麗良《れいら》に『重い』だなんてレッテルを貼る権利はないのかもしれない。


「最近、学校はどうだ」

「は？」

普段喋《しゃべ》らない思春期の娘と席を共にして、寡黙な父は会話のネタに困っている——の図。我ながら笑えてくる。調理の最中にひと悶着《もんちゃく》あったのが嘘《うそ》のよう。食べる専門だと宣言していただけあり、凜華《りんか》は腹が膨れるのに比例して露骨に機嫌が良くなっていった。

未《いま》だ夜は深まりきらない午後七時。食休みにリビングのソファに寝そべった女は、眠そうな目でテレビのザッピングをしている。観《み》たい番組などないのは一目瞭然。

要するに絶好のチャンスなわけだが、いかんせん実行力に乏しいのが天馬《てんま》。食器洗いも滞りなく終えた現在、自分の家のようにくつろいでいる女とは対照的に、自分の家なのになぜかカーペットの上で正座をしている男が一人。

「いや、ほら、あれだよ、あれ。この頃は昼休みも放課後も、見かけないことが多いからさ。いったいどこで何をしているのかなーって不思議に……」

「不思議も何も、コンサートが近いからその練習とか打ち合わせとか色々あるでしょーよ」

「だ、だよな……大須賀《おおすか》先生の指導って、どんな感じだ。あれで結構厳しかったり？」

「ぜーんぜん。今さら『出るのやめます』なんてなったら困るんでしょうね、上から目線でガミガミ言ってこないから助かるわ」

「惚《ほ》れた弱みだな」

「ま、代わりに色々、お節介は焼かれてるけどね」

「お節介？」

「これよ、これ。いっぱいあるわよー」

凜華《りんか》は若干気だるそうに、通学鞄《かばん》から大型の封筒を取り出してテーブルに並べていく。差出人はどれも都内の芸大や音大。不案内な天馬《てんま》も知っている有名どころばかりで、中身は募集要項だったりパンフレットだったりが入っていた。

「……これ、全部受験する気?」

「なわけないでしょ。『興味があったら読んでみてね』って渡されただけ」

「へえ、進路の相談にも乗ってくれてるんだな」

「百歩譲って助言ね。双方向性はなし」

謹まずに訂正してくる凜華《りんか》だったが、性格上、本当に迷惑ならば受け取りすらしないはずなので、全く興味がないわけでもないのだろう。

思えば、彼女の才能を最大限に活《い》かすならば一般の学部は適しておらず、大須賀《おおすか》先生の勧める通り音大や芸大がベスト。資料をパラパラめくった感じだと、試験は言わずもがな楽器の実技の他にも、面接や論文もあるようだ。学校の授業でそれらを突破する力を身につけることは不可能に近いのだから、難易度の高さを思い知らされるが。

「お前だったら、入るの余裕だったり?」

「どうかな。一応、一般でも十分に狙えるって太鼓判は押されてるわ。個人的に推薦の方が楽だし奨学金も出たりして嬉《うれ》しいんだけど、あれって直近の実績が物を言うからさ。高校に入ってからご無沙汰の私はきつそう」

「実績ってコンクールとかだろ。星プロで優勝したら多少はアピールにならないのか?」

「…………」

サルでも思いつきそうな指摘に、しかし、凛華《りんか》はコペルニクス的転回でも得られたかのように瞠目《どうもく》しているのだから、天馬《てんま》は調子が狂う。

「なるかもね。灯台下暗しだったわ」

と、言われて初めて思い至ったあたり、今までは眼中にもなかった証拠。

悪い意味で緊張感がないというか、闘争心の欠片《かけら》も感じられず。モチベーションに難ありという大須賀《おおすか》先生の憂慮も頷《うなず》ける。

「そもそも、お前が急に星プロ出ようと思った理由って……」

「ええ？　前も言った通り、あなたのせいでしょーが。その年で健忘症？」

テレビに視線を投げた女から鼻で笑われる。

確かにそれもきっかけの一つではあるのだろうが、今聞きたいのは違う。もっと潜在的に彼女を突き動かしている要素、その正体をつかむ必要がある。

──でかい忘れ物が、あるんじゃねえのか。

店長の台詞《せりふ》がフラッシュバックした天馬《てんま》は、

「なあ、皇《すめらぎ》。お前がピアノ続けてるのって、やっぱりお母さんの──」

核心に迫る質問をしようとしたのだが、

「……げぇっ」

「ん、どうした？」

　チャンネルを回していた凛華《りんか》の手から、抜け落ちたリモコンがソファにぽとり。握力を失うほどの驚愕《きょうがく》——積年の恨みと言わんばかりに顔をしかめる理由は、テレビに映っていた。地上波をザッピングし終えてBS放送に切り替わっていた画面では、最新の邦画について紹介する情報番組が放送されており。

『さ〜て、今回はスタジオに素敵なゲストをお呼びしておりまーす！　いよいよ来月、全国で公開予定の——』

　司会の女性タレントが元気に映画のタイトルを読み上げる。恋愛小説が原作になっているとか、二部構成の後編に当たるとか、一作目は興行収入五十億円の大ヒットだとか、解説が流れる間もずっと凛華《りんか》は険しい表情をしており。

『前作から引き続きプロデューサーを務めている、皇《すめらぎ》さんにお越しいただきました！』

　聞こえてきた名前に、「え？」と息を呑《の》む天馬《てんま》。テロップ付きで紹介された男性がカメラに向かって会釈《えしゃく》する。オールバックの髪に喪服と見紛《みまが》うスーツ。あのときと寸分違《たが》わぬファッションで、整っているが鋭さも混じる相貌——どう考えても四十代後半には見えないよな、という感想は画面越しでも変わらず。

『先ほど楽屋でお会いしたんですが、あまりにもハンサムなんでびっくりしちゃいましたよ。てっきり役者さんだとばかり……今回の役どころは、なんて聞きかけましてね』

視聴者の心境を代弁するような司会者に対して、

『それは本物の俳優に失礼でしょう。年の割には腹が出ていないだけですよ』

慣れた風に返している声は、天馬《てんま》の記憶と反して棘《とげ》がない。おまけに砕けた笑顔まで浮かべているのだから双子の別人説も浮上したが、

「……なるほどね。これの宣伝があるから日本に帰ってきたわけ、こいつ。地球の裏側にでも一生いればいいのにさ」

生理的に忌避するような身震い。凛華《りんか》の瞳に宿る嫌悪感《けんおかん》は、一般的な女子高生が父親を毛嫌いするレベルをはるかに凌駕《りょうが》しており。

『若者の映画離れが騒がれて久しいですが、今作のターゲット層についてお伺いしても？』

『もちろん幅広い層に楽しんでいただける作りにはなっておりますが、一番と言われればやはり主人公たちと同世代——二十代から三十代のM1層とF1層には、是非とも劇場へ足を運んでいただきたいですね。私自身、若い頃を思い出して重ねる部分が……』

今も十分お若いじゃないですか～、と司会者がおべっかを飛ばす一方、

「その年代が一番カネを落とすってわかってるからでしょ」

辛辣な評価で切り捨てる凛華《りんか》。謎の対抗心かチャンネルを変えることはせず。

「見え透いてるわー。ねえ、そう思わない？」

同意を求められた天馬《てんま》は、「……お、おう」曖昧に相槌《あいづち》を返すしかできない。彼女の怒りが

もっともだとは理解しているつもりだった。

余命わずかな母親には会いもせず。高校生を一人暮らしさせる半ばネグレクト。その二つだけでも彼を嫌いになる要素は揃《そろ》っていたし、画面越しでは善人に見えているだけで中身がろくでもないのは、実際に会った数分だけでも体感できていたが。

ここで一緒になって陰口を言って盛り上がるのは、違う気がしてならない。

世間にはそれをするだけで満足してしまう人間が大勢いるのを天馬《てんま》は知っていたが、凛華《りんか》は違っているはず。たとえ一瞬だけ心が癒やされても、根本的な解決にはならないのを知っているはずだし、そういうナンセンスな行為をするタイプでもないのだから。

自分でも理解しがたいモヤモヤをどう伝えればいいのかもわからず、気が付けば番組の終了時間になっており。

『皇《すめらぎ》さん。本日はお忙しいところお付き合いいただき、本当にありがとうございました。久しぶりに帰国されたそうですが、何かご予定はありますか？』

司会者の質問に、『特には。あ、ただ……』と返した男は、

『高校生の娘が一人おりますので、これを機にどこかへ遊びに行けたら素敵ですね。妻の影響でピアノを習っているので、クラシックのコンサートとかちょうどいいかも――』

言い終わる前に画面は暗転。立ち上がった凛華《りんか》が震えるリモコンをテレビに向けていた。

「もう、習ってはいないっての……そもそも、私の演奏なんて一回も聴いたことないくせに」

力の抜けた言葉に、やるせないため息が続く。

声も届かない相手に何を言っているのだろう、という自己嫌悪《けんお》か、彼女はそのまま倒れるようにソファへ座り込む。十分にも満たないテレビ出演で彼女にこれだけ深いダメージを与えられる人間は他にいない。

「子供をだしに使って、ちゃっかり家庭的な一面をアピールってわけ？　どこまでも打算的……くそ、なんでこんなにイラついてるんだろ。もうどうだって良《い》いのに。関係ないのに。忘れさせてよ、全部、お願いだから。いないんだよ、お母さんは。泣いたって帰ってこないんだから。私は、一人でも……」

何も見たくないという意思表示。手のひらで両目を覆ってしまった凜華《りんか》を前に、

「…………」

天馬《てんま》は何も言うことができず。かけるべき言葉が見つからなかったわけではない。

頭に浮かぶ台詞《せりふ》は一つ。

——本当に、忘れても良《い》いのか？

忘れて良《い》いはず、ないのだから。

限りなく正解に近い台詞《せりふ》なことは、どれだけ愚鈍な人間だろうと理解できただろうに。

それでも天馬《てんま》が口を閉ざしていた理由は、痛みが伝わってきたから。他人の目からは簡単に映ってしまう答えが、本人にとっては難しい。理解していても選べない。だからこそ彼女は苦

しんでいるのだと、痛いほどわかってしまった。

他人の痛みがわかる人間になりなさい、なんて口先だけの優しさを二度と振りまいてはいけない。何も知らない愚か者でいられた方が、幸せな場面だって沢山ある。進むべき道を見失わずに済むのだから。

一瞬の迷いが命取りとなり、

「ごめん。私、今日はもう帰る」

「あ、ああ……」

「夕飯、ごちそうさま」

世界の全てを恨むように飛び出していった女を、引き止められる人間なんてどこにもいるはずない——というのが詭弁《きべん》にすぎないのは、天馬《てんま》もわかっていた。

「……二歩下がったな、これは」

一歩も進んでないくせに、という罵倒がどこかから飛んできそう。

一人ぼっちになったリビング、テーブルの上にはしまい忘れた大学のパンフレットが並んでいた。その華々しい装丁たちがなぜか無性に天馬《てんま》を焦《あせ》らせる。

凛華《りんか》との心の距離が広がる、手の届かない場所に行ってしまう気がしてならなかった。

△

大層な作戦を立てたにもかかわらず結局、制服エプロンの凛華《りんか》にありつけた以外は何の成果もなし。空振りの徒労感は日を跨《また》いだ程度では抜けきらず。

朝食の卵焼きは真っ黒に焦がし（砂糖が多いとどうしても、なんて言い訳は甘え）。弁当に詰めたおかずは色取りが微妙だった上、玄関を出て数メートルのところで保冷剤を入れ忘れたのに気が付いてとんぼ返り。十月の終わり頃まで食中毒には注意されたし。

開幕からケチの付きまくりで呪われているとさえ思っていたが、往々にしてそういった憂《う》き目《め》は徒党を組んで押し寄せるもの。

「よーし、喜べー、野郎ども。今日は先生からハッピーなプレゼントがあるぞ」

ケッケッケ。ホームルーム終了間際《まぎわ》に真琴《まこと》が品性の欠片《かけら》もないゲス笑いを浮かべた時点で、ろくでもない贈り物なのは予想できており。案の定、

「八月の登校日にやった模試の結果を返すから、出席番号順で取りにこーい」

ええー、やばー、死ぬー、見たくもなーい。一人として喜んでいない教え子たちを前に、

「そんな顔するなっての。先生、ワルモンになったみたいだろ」

前途有望な若人《わこうど》たちの怨嗟《えんさ》が五臓六腑《ごぞうろっぷ》に染《し》み渡《わた》るぜ、とでも言いたげ。自覚はなさそうだが

立派な悪人面《あくにんづら》の担任だった。

　ヤマモトやワタナベを除き五十音順で勝てる相手が少ない天馬《てんま》は、自分の番が来るまで他の生徒の一喜一憂を眺めるのが恒例行事。「調子悪かったしなー」とか「小遣い減らされるー」とか「やれるじゃん俺！」とか、そのうちに順番が回ってきて、

「次ぃ、矢代《やしろ》っと……まあ、うん。普通だな」

　褒められているのか貶《けな》されているのかわからない台詞《せりふ》もいつも通り。実際のところ返却された用紙には大して感慨もなく、まあまあというのがしっくりくる結果。人並み以上に頑張って人並みの成績に収まる天馬《てんま》の日常だった。

「うし、全員受け取ったな。とりあえず、書いた大学の全部にエクセレントなE判定をもらった幸せ者は、次までに学力を向上させるか志望校を再考するように。あ、全部Aだったやつも同じだぞー。書くだけタダなんだから安牌《あんぱい》ばっかで固めんなよ、もったいねえ」

　と、チャランポランなようで締めるところはきっちり締める周到さ。

「それから事務連絡を一つ、二学期はオープンキャンパスのレポート課題があるから忘れんようになー。団体見学で行く気のやつは早めに希望出しとけよー、以上だ」

　真琴《まこと》が去っていき、にわかに騒がしくなる教室の中、

「今回の出来はどうでしたか、椿木《つばき》さん？」

「聞くまでもなく素晴らしいのでしょうけど」

「わたくしどもにも一つ、お目通りを……」

　これまたテスト後の風物詩だが、麗良《れいら》の席を取り囲むクラスメイト。

　顔ぶれは偏差値高めのインテリ女子で、仲間内ではおそらく切磋琢磨《せっさたくま》、あるいは醜い蹴落とし合いが発生しているのだろうが、こと麗良《れいら》についてはそのような次元を超越。例によって聞こえてきたのは「あらあら～」という畏敬にも似た感嘆。

「全国順位、二桁じゃありませんか！」

「なぜこんな無名の高校に通っていらっしゃるの⁉」

「世界の法則が乱れてしまいますわっ！」

　時代錯誤な似非《えせ》お嬢様言葉が狂い咲きする中、

「人より少し勉強するのが好きなだけです。あ、高校は自由な校風に惹《ひ》かれて選びました」

　テスト同様に百点満点の回答を繰り出すのが麗良《れいら》。二桁って、マジか。東京の片田舎（？）で燻《くすぶ》っていて良《い》い人材ではない。

「……この前の個人レッスン、ラッキーだったな」

　塾講師をやれば時給三千円は下らない。受講料に思いを馳《は》せていたところ、

「矢代《やしろ》くん、家庭教師なんて頼んでたっけ？」

　どれどれ、と後ろから天馬《てんま》の成績表を覗《のぞ》き込《こ》んできたのは颯太《そうた》。明確なプライバシーの侵害ではあったが、賠償金を請求できるほどの価値がその個人情報にないのは自分が一番わかって

いたので苦言は呈さず。

「その割には大して……いや、悪くはないかな。普通に良《い》い感じだね、うん、安心した」

「おう、下には下がいるってわかっただろ？」

「そういう意味じゃなく、君が急に勉強に目覚めたりしたら個性が薄れちゃうからさ」

「こ、個性……」

純粋無垢《むく》な彼の瞳にはいったい何が映っているのやら。履歴書によくある『自己PR』なる欄を埋めるのが死ぬほど苦手な天馬《てんま》だったので、今度それに立ち向かう際は是非とも彼にアドバイスいただこう。

「ま、天才は椿木《つばき》さん一人で十分ってことだね〜」

「同感だな」

あんな逸材が二人もいたら冗談抜きで世界のバランスが崩れる。

「いやー、全国で百番以内だもんね。どこの大学のどの学部を書いてもA判定しか出ないんだろうけど、だからこそ最終的にどこに進学するのか、気になるよね」

選《よ》り取《ど》り見取り、医者志望なので医学部なのは確定だろうが。

「大本命はTの付く大学だろ。理科三類」

「そうとも限らないよ。今度、千葉の方のオープンキャンパスに行くらしいし」

「千葉？　なんでわざわざ……」

「僕も詳しくは知らないけど、医学の分野ではかなり進んでいて、国内では一目置かれる存在なんだって。留学とかで先進医学に触れられる機会も多いし……要するに進学したあとのカリキュラムだとか、仕事に就くためのスキルアップも視野に入れている、と」

「えらく未来志向だなぁ」

「うん、他にも色々。彼女の場合、お母さんが大学教授をやってるから、そのコネで研究室を直で見学に行ったり、受験勉強のモチベーションを保つのに一役買ってるらしいよ」

「……恐れ入った」

高二にしてきちんと将来のビジョンを持っている。

オープンキャンパスのレポート課題なんて、天馬《てんま》は何も考えずに家から一番近い大学で済ませるつもりで、とっくの昔に希望票を出しているのに。

「つーか……そういう進路の話、椿木《つばき》さんとよくする感じ？」

「んー、それなりには。逆に君はどうなの？」

「あんまり、だな。俺がそっち系の話題、興味ないってのが大きいかも」

「それはもったいないね。参考になるネタ、沢山聞けるのに」

「俺とあの人の学力差で参考もクソもないだろ。同じ大学に行けるわけもないし」

「いやいや、学部が違えば偏差値もがらりと変わってくるし、同じじゃなくてもランクを下げた近場の大学を探すとか、選択肢の一つには入ってくるんじゃない？」

「……進学先って、そんなオトモダチ感覚で決めていいもん？」

「良くはないけどさ」

声に出して笑った颯太《そうた》は、

「『この道を進め！』って、誰かが代わりに決めてくれるわけじゃないんだから」

「……」

「自分がどうなりたいかくらいは、早めにわかっておいた方がいいんじゃない？」

軽薄ではないけど真面目すぎもしない、絶妙なニュアンス。思えば最も親しい友人の彼とさえ、こんな風に『未来』の話をした覚えはほとんどなかった。

意識的に避けていた、というほどのことではないけれど。一丁前に美意識のようなものが天《てん》馬《ま》の中で働いていたのだと思う。表立って話すのは面はゆい、ダサい、粋じゃない、あえて口に出すほどのことではないんだ、とか。そういう風に考えている節があったが。

ダサいのは自分の方だった、と。ここに来てパラダイムシフトを起こした理由は、麗良《れいら》の台詞《せりふ》が蘇《よみがえ》ってきたから。

——何日、何週間、何か月、何年経《た》っても、こんな関係でいられるんじゃないかって。

彼女は天馬《てんま》よりもずっと先、はるか彼方《かなた》を見通す力を持っている。遠い未来に視線を向けていた。誰にとっても平等に不確定で、平等に不透明なその中に、『私たちは』と——天馬《てんま》も含めた三人の姿を確かに思い描くことができていたのだ。

麗良《れいら》だけではなかった。おそらく凛華《りんか》も同じくらい、いや、もしかしたらそれ以上に大きな力をもって、必死になってつかみ取ろうとしている。己の理想とする未来を勝ち取ろうとしているのだろう。出会った頃から変わらない意志の強さ。彼女にとってのそれはただ漠然と生きているだけで手に入れられるほど、容易《たやす》いものではないのだから。

「そっか。俺……」

今になって思う。天馬《てんま》は無意識に避けていた。怖かったのだ。彼女たちと一緒にいる自分の姿を、イメージできないのに気が付いてしまうのが。どうせ長くは一緒にいられないという逃げ道を作って、考えないようにしていた。考える必要はないのだと。

彼女たち二人が手を取り合って前に進めれば、それだけで天馬《てんま》は満足なのだから。

「……大学とか、就職とか、進路に限った話じゃなくて」

夜空に瞬《またた》く星々を見上げるように、宙を仰いだ颯太《そうた》。彼もまた彼なりの未来を思い描くように。そこにどんな予想図を描いているのだろう。

「誰かの背中を押してあげるのも確かに大事だけど、そろそろ……君自身がどこへ向かうべきかについて、考えるときが来たんじゃないのかな？」

わかりやすい総括。天馬《てんま》の脳内にはびこる雑草を、綺麗《きれい》に刈り取ってくれるような。

外側から優しく触れただけなのに、心の形をしっかり把握できている。

以前に麗良《れいら》からも指摘された通り、天馬《てんま》は頭の中でばかりお喋《しゃべ》りで、一人でウジウジ悩んでばかりいて。そういう機微を読み取ってくれる才能が彼にはあったから、一緒にいるのは居心地が良く、気が付けば仲が深まっていたのだと思う。

「世界が、颯太《そうた》みたいな人間ばかりで溢《あふ》れていたらさ」

「うん？」

「誰も傷付かないし、悲しくならないし、戦争もなくなるんだろうな」

「一介の高校生にどんな幻想を抱いてるの⁉」

まやかしなどではない。真のコミュ力ってこれだな、と。彼のような人間がたまたま同じ学校に通っていて、同じクラスに配属されて、あまつさえ友達になれたのだから。

偶然が重なった奇跡に改めて感謝する天馬《てんま》だった。

△

強がりや僻《ひが》みじゃなく。あるいは自慢でもなく。

物語の主人公とかヒーローとか、あるいは天才だったり大富豪だったり、そういう花形の立ち位置への憧れを、天馬《てんま》は随分昔に卒業していた。

一瞬の気の迷い、仮定や想像の域ならば何度だってある。だけど例外なく、いやいや待て、とすぐさま首を振るのだ。俺にはぜってー無理だな、と。

たとえば野球部のピッチャー、甲子園出場を懸けた地区予選の決勝で、九回裏ツーアウト満塁の場面だったとしよう。ツーストライクまで追い込んだとしても、そこからホームランを打たれてサヨナラ。見事に夢を散らされる自信があった。デッドボールで押し出しの可能性だってある。天馬《てんま》とはそういう人間。

原因はもっぱら精神力の弱さ。プレッシャーに、心が耐えられないのだ。

幼なじみを甲子園に連れていくという、双子の弟から受け継いだ約束だったり。他の主人公たちもあまねく、彼や彼女を主役たらしめているバックボーンがあり、それゆえに苦しむことも多々あって。楽しいことばかりではないのを知っていたから。

ぶっちゃけ、そういう重荷を背負わされるのはごめんだった。

背負わずとも人並みの幸福くらいは得られる——得られるはずなのだと、それが凡骨なりの反骨心だったかは別にして、信じて疑わずに生きてきた。実際、部分的に、その発想は間違っていなかったと思う。

現実に出くわした二人の主役級——彼女も、もう一人の彼女も、相応以上に背負っているものがあって。だからこそ嬉《うれ》しかったりつらかったり。傍《そば》にいるだけの天馬《てんま》でさえ笑ったり泣きそうになったり。予想通りプラスもマイナスもあったが。

俺まで背負わされるのはごめんだ、なんて。ましてや彼女たちから離れようだなんて、微塵《みじん》も思わなかった。むしろもっと背負わせてほしい、手助けするにはどうすれば良いのか考えていたけれど、たぶんそんなのは思い上がり。

凛華《りんか》も麗良《れいら》も強いから。自分一人でもしっかり道が見えている。むしろ一人の旅路が不安なのは誰か。助けられているのは誰か。もらってばかりなのは誰か。

——他人を支えている場合じゃなかったか。

天馬《てんま》が今世紀最大の気付きを得たのは、意外にもありふれた昼休み。

この頃は恒例になりつつある、大須賀《おおすか》先生からの呼び出しが入った凛華《りんか》は弁当（天馬《てんま》作）を持参して音楽室に向かい。一方の麗良《れいら》——こちらも過去に何度も見た光景だが、火事なのか急患なのか他所《よそ》のクラスからヘルプが入ったため、早々に姿を消していた。

示し合わす必要もなく席の近い男子で机を寄せ合う中、無糖ブラックの缶コーヒーが恋しくなった天馬《てんま》は「ちょい行ってくるわ」と教室を抜け出す。二階の渡り廊下に設置されている自販機にてお目当てのブツを入手、元来た道を引き返したところで、

「……おっ？」

下へ向かう階段の踊り場。教室に帰還するルートからは外れていたが、そこに目が留まったのはよく知る男を発見したから。

コーヒーじゃなくて牛乳でも買っておけば良かったかな、と天馬《てんま》に後悔させる程度には高身長。ガチムチすぎない細マッチョで、おまけに王道イケメンの爽やかフェイスまで完備しているのだから、行き交う有象無象とは一線を画す。彼の周りだけコントラストが違って見えるの

も錯覚ではない。

――そうか、あいつもいたよな。

辰巳《たつみ》竜司《りゅうじ》、天馬《てんま》からすれば彼もまた忘れてはいけない主人公格。

外見も、才覚も、それゆえに抱える苦悩すらもひっくるめて、どれも間違いなく一級品だった。人生イージーモードに見えるかもしれないが、こと恋愛面においては高難易度。訳アリな年上女性の尻ばかりを追いかけている困った男。

無論、当の本人は一つも困っていない。むしろ人生を謳歌《おうか》している勝利者だろうが、周りからすればとんでもない食わせ者。今まで食ったパンの枚数ほどではないにしろ、泣きを見た女も少なくないはず。そんな美男子が現在相対しているのは意中の数学教師ではなく、一人の女生徒。背が低めなので後輩かもしれない。

公衆の面前で告白云々《うんぬん》はあるまいし、声こそ届かないが傍目《はため》にも穏やかな雰囲気は伝わってきたので痴情のもつれでもなさそう。

ああやって人の良さそうな笑顔を浮かべながらいつも一回り年上のヤサグレ教師をからかっているんだもんなー、とか。思い返しているうちに二人の会話は終了したようで、お辞儀した女の子が階段を下りていく。辰巳《たつみ》は逆に上ってきて、

「……おおっ、やあやあ」

と、バスケ部の友人でも見つけた感じで気さくに手を上げる。

天馬《てんま》はキョロキョロしたのだが、自分の他に立ち止まっている人間はおらず。

「君だよ、君、天馬《てんま》」

「……辰巳《たつみ》って、友達にランク付けとかしないタイプ？」

「当たり前のこと聞くもんじゃないぞ。あと竜司《りゅうじ》って呼べな」

お決まりのフレーズで距離を詰めてくる男は、「いやー、ご苦労」なぜかにこやかに、天馬《てんま》の持っている缶コーヒーに手を伸ばす。

「ちょうど喉が渇いていたんだよね、サンキュー」

「はいはい、どうぞー……ってなるかボケェ、飲みたきゃ自分で買ってこい！」

「えぇー、俺を待っていたくせしてその言い草はないでしょ」

「待ってないんだよ自意識過剰め」

「わざわざ立ち止まってたのに？」

「……これはただ、アレだ。不意に家の鍵をかけ忘れた気がして、不安になっただけ」

「なんだ、思わせぶりだなぁ……あ、そういうときって大概ちゃんとかけてるらしいから、過度に気にする必要はないんだってさ。心理学の先生が言ってた」

「へえー」

「一へえいただきました」

苦し紛れの言い訳に対しても瞬時にトリビアで返せるあたり、この男は本当に余裕がある。

対照的に余裕のない天馬《てんま》は、彼の爽やかスマイルが憎らしくなってきたため。

「さっき話してたの、なんだ。振った女子からなじられてたのか？」

辰巳《たつみ》がそういった怨恨《えんこん》を残すタイプの人間でないのは承知していたので、ブラックジョークのつもりで言ったのだが。

「おお、やるな。大分昔のことなのによく覚えてたねぇ」

「は？」

辰巳《たつみ》は小さく拍手、なぜか記憶力を称賛されてしまう。

「なんの話をしてんの、お前？」

「え、いやいや、さっきの娘《こ》だって。一年生でバスケ部のマネージャーやってるんだけど……ほら、前に見られちゃっただろ。放課後に告られてるシーン」

「…………あー、はいはい」

——あったな、そんなこと。

生徒会の選挙の前になるから、もう四か月以上は経《た》っているだろうか。

辰巳《たつみ》がイケメンにしか許されない振り方をしているのは記憶に残っているが、相手の女子については顔を見たのは走り去っていく一瞬だけ。人相を覚えるのが大して得意でもない天馬《てんま》に判別できるはずもなかったが、

「そうそう。実はあの娘《こ》……」

辰巳《たつみ》は話を続行したので腰を折らないでおく。

「この前、プライベートでもばったり会ってさ」

「学校以外で？」

「うん、それも真琴《まこと》ちゃんと一緒に行った夏フェスで」

「ふぅ～ん……………ええっ⁉」

時間差で驚きを露《あら》わにする天馬《てんま》。夏フェスというワードで脳内に呼び起こされたのは、悪夢のようなスプラッタ映像――無残に床に転がり死にかけのセミの動きでジタバタしていた二十九歳を思い出し、気が気でいられなかったが。

「ん、どこにびっくり？」

当の辰巳《たつみ》、世間知らずのお坊ちゃまはどこ吹く風だ。

「お、お前ってやつは～……」

「え？」

「ちょっとこっちに来い、いいから、カモーン！」

往来でなんというスキャンダラスな話をしてくれるのか。週刊誌の恐ろしさを知らないアイドルを天馬《てんま》は廊下の隅にそれとなく誘導。訝《いぶか》りながらも従った男は「なんだよ、後ろめたいことでもあるみたいじゃん」と危機感ゼロの発言をしており。

「あるんだよっ。先生から聞いたぞ……フェス、ヤバかったんだってな？」

「ああ、ヤバいくらい楽しかった。十代や二十代前半の若者に交じって、年甲斐《としがい》もなくはしゃぐアラサー教師……俺の中のヤバい何かが目覚めかけたね」

「とっくに目覚めてるだろ。惚気《のろけ》るな気持ち悪い……じゃなくって。さっきの女の子に会ったって、お前それ……現場はさぞかし修羅場ったんだろう。修羅場らない、修羅場ります、修羅場るとき、修羅場れば、修羅れ……」

「動詞の活用形は知らないけど、修羅場では全然なかったと思うぞ」

「マジか。言いふらされたら人生終わりだって先生のたうち回ってたんだぜ」

「大丈夫だって。マネージャーちゃん、いい娘《こ》だからそんなことは絶対しない……とは言いつつも、まあ、会った瞬間は俺もドキッとはしたね」

「だろうな」

教師と生徒の恋愛が、世間一般でタブーとされるのはさすがのお坊ちゃまもご存じ。

「ただ、こういうときに取り繕うのって俺、病的に上手《うま》い自信があってさ。一緒に来る予定だった友達が風邪で寝込んで、だけどチケットもったいないから一人で来て、そしたらたまたま真琴《まこと》ちゃんも来ていて、向こうも彼氏にドタキャンされて一人らしいから、一緒に回ろうかなって話に……ああ、このTシャツ？　演出のシャワーで濡《ぬ》れちゃったから、俺の持ってた予備を貸してあげたんだ——とか、詐欺師の素質がありそうなくらい舌が回っちゃって」

「……器用さより器量だよな」

モテない天馬《てんま》でもわかってしまう。くぐってきた修羅場の数が違う。上辺だけの誠実さや綺《き》麗事《れいごと》は抜きにして、誰かを傷付けないための嘘《うそ》はどうしても必要な場面があるし。それに慣れざるを得なかった彼の受難は推し量れる。

「ま、何にせよ上手《うま》く誤魔化せたってわけか。ファインプレーだったな」

「うーん……ついさっきまで俺も全く、そのつもりでいたんだけどね」

参ったな、とでも言いたげに頭をかいている辰巳《たつみ》だったが、その表情はどこか晴れやかで嬉《うれ》しそう。グッドルーザーたる清々《すがすが》しさが感じられたのは、気のせいなどではなく。

「どうやらバレバレだったみたい」

「バレバレ？」

「『先輩の好きな人って相沢《あいざわ》先生ですよね』……ってさ。今、面と向かって言われちゃって。いや～、驚いたね。あれは確認じゃなくて確信の目だったよ」

「………………」

「俺ってば思わず『うん』だもんな。病的に上手《うま》い言い訳スキルはどこに行ったんだか」

と、自己嫌悪《けんお》するのは字面《じづら》だけ。辰巳《たつみ》は満足そうだった。潜在意識、腹の底ではそうしてずっと真実を伝えたいと願っていたからこそ、彼女の確信から逃げも隠れもせず、反射的にただ一言「うん」と、答えることができたのだと思う。

芯の部分に近い彼の優しさを、感じられた気がする。

心までイケメンとか誰もこいつに敵《かな》わないのでは。人として男として、格の違いを見せつけられた気分の天馬《てんま》だったが、彼と違い良き敗者になれるはずはなく。

「してやられたな」

ざまあみろ、という皮肉をたっぷりこめて言ったつもりなのだが、「すごいよな」と笑っている心身のエリート様にはやはり微塵《みじん》も伝わっておらず。

「しかも、『頑張ってください』とか、応援までされちゃって」

「……それはなかなか言えんな、普通」

「強いよな、女の子って。俺たちが想像しているよりはるかに」

「お前が言うとすげえ説得力」

「君の周りだって大概、強そうな女の子ばかりじゃないか」

「そうだな。そうだった……」

彼女たちの力を見くびってはいけない。

辰巳《たつみ》に恋していたあの少女もきっと、初めから強かったわけではない。誰かを好きになるためには弱いままの自分じゃいられない。それができない者からこの世界を去っていくのを、わかっていたから。彼女はこれからも進んでいける。進むことを選んだのだと思う。

その感情に応えた辰巳《たつみ》も、同じく。

「もしも、自分を好きになってくれる人を好きになれたら……誰も悲しまないし、どれだけ幸せなんだろうかって。告白されて断るたびに若干、鬱になってた時期もあるけど」

その『もしも』がとても難しいこと、だとしても諦めてはいけないことも含めて、彼はよくわかっているから。

「あの娘《こ》の分も……他の沢山の人たちの分も含めてさ、幸せになる義務があるんじゃないかなーって。今は考えるようにしてる」

全てを糧《かて》にして次へ進んでいくのだろう。

「『人事を尽くして天命を待つ』──俺が最も尊敬するキセキの世代の座右の銘、だな」

やるべきことはやらなければ、肝心なときに神様にも見放されてしまう。

恋愛ってそれの繰り返しなんだろうな、と素人《しろうと》ながらに天馬《てんま》は最近よく考えていた。

人を好きになるのって命がけ。だから常に成長しないといけない。そして、その『好き』に応える側も同じくらい──いや、もしかしたらそれ以上の力が必要になる。その経験を何度もしてきたであろう辰巳《たつみ》を見ていると思い知らされる。

同じように自分も強くならなければ。思考停止で立ち止まるのは駄目だ。

「……俺にはぜってー無理だ、なんてボヤいてる暇ないか」

「なんだい？」

「甲子園を懸けた決勝戦で押し出しデッドボールは、さすがにないかなーって」

「脈絡がないにしてもせめてバスケでたとえてほしいね」

「脈絡がないついでに、俺も応援してるぞ」

「うん？」

「竜司《りゅうじ》の恋を」

「…………」

「ま、頑張れよ。捕まらない範囲でな」

「真琴《まこと》ちゃんがね。あと、いい加減に竜司《りゅうじ》って…………いや、さらりと呼んでたな今⁉」

「やべ、間違えた」

「合ってる合ってる。歴史的瞬間に立ち会えたな」

「大げさすぎるだろ」

歓喜する辰巳《たつみ》に苦笑する天馬《てんま》。本当にどこまでも良《い》い性格をしている男だった。天馬《てんま》は周りの人間から教えられてばかり。

幸せになる義務がある、と彼は言ったのだ。

俺が幸せにしてやる、とか、男らしさを履き違えていそうな言葉は使わずに。相手も自分も平等に頭数に入れている。今まで当たり前すぎて忘れていた。

全ての答えがそこに秘められているような気がしてならなかった。

金言を賜った謝礼に「これ、やっぱりやるよ」と、無糖ブラックを辰巳《たつみ》に手渡した天馬《てんま》は、教室には戻らずそのまま階段をダッシュで駆け下りていった。

いくら変わりたいと願ったところで、サボっていた分を一気に取り返せるほど人生甘くはないのだが、それでも何か行動を起こさないわけにはいかず。

「失礼しまーす………おっ？」

逸《はや》る気持ちを抑えて足を踏み入れた職員室にて。

ヤサグレ担任は例により競馬観戦にでも勤《いそ》しんでいるのかと思いきや、そういった不真面目さは全然なく。ハンサムショートの女子生徒と何やら熱心に話し込んでいる最中。俺と辰巳《たつみ》以外にも話し相手いたんだな、という失礼極まりない感想を天馬《てんま》が抱いているうちに用件は終わったのか、ぺこりと頭を下げた少女は踵《きびす》を返す。

ボーイッシュな雰囲気の彼女とすれ違いざまに目が合って、おまけにふふっと微笑《ほほえ》まれたような。面識はないのでおそらく気のせいだろうが、

「お、噂《うわさ》をすれば現れたな、青少年」

こちらは気のせいにあらず。天馬《てんま》を見つけた途端に真琴《まこと》はケラケラ笑い出すのだから、あまり良《い》い気分ではなかった。

「俺をネタにどんないかがわしい談義を？」

「いやいや、受験生からちょっとした進路相談を持ち掛けられていただけ」

「……人選ミスじゃないですか？」

「ムッハッハッハ。驚くなかれ、最近は迷える子羊ちゃんたちを導いてばかりなんだぜ」

脚組みに腕組みでふんぞり返った真琴《まこと》は見たまんま誇らしげ。

「なんでも昨今、『相沢《あいざわ》先生って近寄りにくそうに見えて実は取っ付きやすい』『お尻から太ももにかけてのラインが最高』『意外とタバコ臭くない』『だらしなさに勇気をもらう』という評判が広まっており、巷《ちまた》では軽い真琴《まこと》ちゃん旋風が巻き起こっているとかいないとか」

「盛ったでしょ、絶対」

呆《あき》れる一方で、頭ごなしに全てを否定するつもりも天馬《てんま》にはなかった。やんちゃそうな外見のせいもあり男女共に敬遠されがちな彼女ではあったが、実際のところは良《い》い意味で緩くて接しやすい。一度でも話してみれば好きになる生徒が多いのでは、とかねてより天馬《てんま》は推していたのだが共感はさほど得られておらず。

「いつの間に好感度を上げたんです？」

「何を今さら。広告塔はお前だぞ」

「はい？」

「教え子の青二才と繰り広げるざっくばらんなやり取りが、癒やされるとか、笑えるとか、エモーショナルだとか、世間じゃそりゃもう好意的に受け取られているんだとさ」

「青二才……辰巳《たつみ》のことですか？」

「ぶっぶー。さっきのあいつも言ってたぞ、『矢代《やしろ》くん、可愛《かわい》いですよね』って。激しく同意しておいたから感謝しとけ」

「……それでか」

顔はもちろん名前まで認知されていようとは。一昔前の天馬《てんま》だったら「面倒事に巻き込まれてしまったな、やれやれ」と憂鬱になって然《しか》るべき場面だったろうが。今は違う。むしろ嬉《うれ》しい、嬉《うれ》しく思えている自分に嬉《うれ》しくなった。よくわからないトートロジーになってしまったけど、とにかく人は変われる。変わろうと思えばいつでも。

「で、どうした。またまた世間を癒やしに来たのか？」

「それも悪くはないんですけど……今日はオープンキャンパスの件で」

「ああ。お前は最速で希望票、提出してたよな」

感心感心と頷《うなず》かれる手前、申し訳が立たず。

「すみません。あれ、もう一回ちゃんと考えたいので返してもらったり……できます？」

最大限にへりくだってお願いしてきた可愛《かわい》い教え子に対して、真琴《まこと》は珍しく思慮深い笑顔を浮かべているのだから、天馬《てんま》は胸を撫《な》で下《お》ろしたのだが。

「やだ♡」

「なぜ!?」

「出された分はもう集計しちゃってるもーん。入力し直すの面倒だろ」

「そ、そこをなんとか……ね？」

と、下手に出たのが完璧に悪手。調子に乗った女は「私も鬼じゃないんでな」と、巷《ちまた》で好評のケツからももにかけての肉感的なラインを存分に見せびらかすポーズへ移行。

「袖の下があれば考えてやらんでもない」

「……たとえば何をご所望で？」

「マルボロ、赤。カートンな」

「袖の下に収まる量じゃない！」

カートンなんて今いくらすると思ってんだ、というのは釈迦《しゃか》に説法なので口には出さず。この収賄ネタを週刊誌にでも売れば、うなぎ上りの彼女の株が大暴落するのは間違いなし。復讐《ふくしゅう》の炎をたぎらせる天馬《てんま》に気が付いたのか、「冗談、冗談」と真琴《まこと》はあくどい笑い声。デスクの引き出しを開けて一冊のファイルを引っ張り出した。

「や行、や行………っと、これだな。ほらよ、ありがたく受け取れ」

「……変なボケを挟まなければ、俺も素直に感謝したんですけど」

「いやー、悪いね。何事にも熱くならない男——ミニマリストな生き方で知られるお前が、まさか進路について真面目に考えようだなんてさ。可愛《かわい》いを通り越してもはやキュンキュン、思わず意地悪しちゃったんだわ」

「べ、別に……」

違いますと言いかけたが、一つも違っていないのに気が付いて反論の術《すべ》を失う。

「いいことだろ。恥ずかしがるなよ」

と、あたかも教師らしい台詞《せりふ》を吐いている真琴《まこと》ではあったが、メイクも髪型もファッションセンスも、立ち振る舞いから趣味嗜好《しこう》に至るまで何もかも、一般的な教師とかけ離れており。だけど彼女は確かに、自ら教師という道を選んでここにいる。

その来歴には出会った頃から興味をそそられていたが、知る必要はないと思っていた。踏み込まない方が幸せなのだと。適切な距離を保つといえば聞こえは良《い》いかもしれないが、今思えばなんて馬鹿らしい気遣い。目の前の彼女に手心が不要なことは、誰よりも天馬《てんま》が一番よくわかっているのだから。

「先生って、どうして先生になったんです？」

案の定、真琴《まこと》がその問いかけに柳眉《りゅうび》を逆立てるようなことはなく。逆によくぞ聞いてくれたとばかりに、血湧き肉躍っているご様子で。

「……長くなるぞ？」

デコピンしたくなるニヤケ面《づら》。前振りするからには相当長引くのだろう。勘弁してくれ、というのが今までの天馬《てんま》にとっては模範解答だろうが、

「望むところです」

その正しさはすでに過去のものだった。

人並みでいいなんて甘ったれをほざいている人間は、人並みにすらなれるはずはなく。

主役みたいに目立つ必要はない。天馬《てんま》の哲学に変わりはないけれど、たとえ端役《はやく》であったとしても端役《はやく》らしく、輝かなければいけなかったため。

△

「椿木《つばき》さんって……」

「はいはい?」

学校中を飛び回っている麗良《れいら》をようやくつかまえた放課後の教室にて。

「皇《すめらぎ》の実家がどこにあるか、ご存じだったりする?」

「知っていますけど……どうして急に?」

「うん、実は──」

話しながら天馬《てんま》も頭の中を整理していたのだと思う。

──でないと前に進めない。

店長の言っていた台詞《せりふ》が蘇《よみがえ》る。彼はずっと前から気付いていたのだ。

父親のことを、母親のことを、思考の片隅へ追いやっている凛華《りんか》に。それが彼女にとって心の枷《かせ》になっていること。目を背けているというほどではないが、見ないで済むならそれで済ませたいという、誤魔化しに隠された脆《もろ》さを骨抜きにしていた。

「なるほど……ライブハウスの店長さんが、ですか」

「ま、とはいえ……あの女が他人に言われて『はいそうですか』って、素直に従うようなタマじゃないってことは身をもって知ってるから」

麗良《れいら》の知恵を借りて作戦を立てるつもりでいた。ある意味、その選択に間違いはなかった——それどころか、一部タイムアタックのレギュレーションでは禁止されていそうな、バグ技を使ってワープする短縮チャートみたいなものを開拓してしまったらしく。

「わかりましたっ！」

パチーンと手を叩《たた》いた麗良《れいら》は柄にもなく不敵な笑み。合宿という名の小旅行に連れ出されてたっぷり学習したが、存外にもサプライズを企画するのが大好物な彼女。

「あとは私にお任せいただければ良いので」

「うん、話が早いのは助かるけど……それで、皇《すめらぎ》の家ってどこにあるの？」

「大丈夫です。矢代《やしろ》くんの考えはきちんと理解しましたので」

「急に日本語が通じなくなってなんとなく不安なんだけど」

「ちなみに明日は土曜日……お休みですが、何かご予定は？」

「なんとなくじゃなく不安になってきたけど。特に予定はないかな」

「良かったです。そのまま空けておいてくださいね！」

「…………」

麗良《れいら》は見るからに会話を成立させる気がないのに、彼女が何をする気なのかは手に取るようにわかっている自分がいて。この領域において天馬《てんま》と麗良《れいら》の間に言葉は不要。皇凛華《すめらぎりんか》という一人を介してのみ発動する、実に限定的な以心伝心だった。

思えばいつもそうだった。慎重さは臆病風の裏返し。優柔不断な男の足りない部分を常に補ってくれたのが彼女の行動力であり突飛な発想。

「人事を尽くして天命を待つ、か」

それは諦めの言葉ではなく、前に進むための理由。頼るべきところは頼る一方で、自分も責務を果たす必要があったから。天馬《てんま》はスマホと一枚の名刺を取り出して電話をかける。事前に情報収集すべきと思っていた強面《こわもて》の男に。

△

麗良《れいら》が綿密な伏線を張った、あるいはバレバレなフラグを立てていた、その翌日。

起床してすぐに天馬《てんま》は顔を洗い、歯を磨き、トーストにハムエッグと牛乳で軽めの朝食を済ませてから、テレビのニュースで天気をチェック。過ごしやすい陽気になると言う予報士を信じて秋口らしい長袖のシャツとジーパンに着替えた。

午前中から外出できる準備は万全。対照的にぼさぼさ頭で起きてきたすっぴんの姉と、

「えー……なに、今日お出かけの予定でもあるの？」

「ないけど、身構えているときに死神は来ないから」

「そうなんだー……ごめん、意味わかんないからもう一回寝てくるわ」

取り留めもないやり取りがあったりなかったりして。

そろそろ来る頃合いかな、とニュータイプ的な感応波《サイコウェーブ》がよぎったのは昼過ぎ。インターフォンが鳴るや否《いな》や天馬《てんま》は玄関へ駆け出した。

「あ、こんにちは～」

「どうも、椿木《つばき》さん」

扉を開ければ案の定、光彩陸離な御髪《おぐし》を揺らす少女が一人。

落ち着いた柄のカーディガンで寒さ対策をしつつ、フリフリのロングスカートにキャメル色のブーツで清楚《せいそ》にまとめている。相変わらずのお嬢様コーデかと思いきや、ざっくり入ったスリットからタイツに包まれた美脚を覗《のぞ》かせており、男受けもしっかり意識。誰の策略かは聞くまでもないだろう。

「早かったですね、出てくるの」

時間にして十五秒足らず。おまけに天馬《てんま》はしっかり身支度を整えているわけで、阿吽《あうん》の呼吸に嬉《うれ》しさを覚えたのか、麗良《れいら》ははにかむように微笑《ほほえ》む。

「まあ、これくらいは……」

少しかっこつけて答える天馬《てんま》だが、本当に一切アポなしで来るとはさすがに思っていなかったので内心タジタジ。腹を壊してトイレにこもっていたりしたら彼女を待たせる羽目になっていたわけだが、そうならずに済んで良かったと心の底から思う。

「さ、さ、さ、早く行こう、今すぐ出発しよう」

「おっ、いいですね、やる気に満ち満ちていらっしゃる」

やる気でも元気でも〇〇〇でもなかった。天馬《てんま》が気にしているのは単純な世間体。

今さら確認するまでもないが、矢代《やしろ》家の一軒家が建てられているのは閑静な住宅街の一角。高級でも上流でもない、プロレタリアートの巣窟《そうくつ》なのである。

想像してみてほしい。

もしもその家の前に、狭い道幅を占領するようなばかでかいドイツ車が、忽然《こつぜん》と乗り付けていたりしたら……どうだ？　実を言えばドアを開けた瞬間から麗良《れいら》越しに荘厳《そうごん》なブラックは映り込んでいたが、はめ込み画像かと思ったくらい背景に馴染《なじ》まない。

通行人が写真を撮ってSNSにアップしたり、そうでなくとも近隣の奥様方から「ほら見てあれ、矢代《やしろ》さんのお宅よ」「古いタイプの反社が乗る車ね、怖いわ～」などと井戸端会議のネタにされかねないので、早急に離れ去らねば。

「矢代《やしろ》くんは後ろへどうぞ」

助手席へ乗り込んだ麗良《れいら》に促され、天馬《てんま》は後部座席のドアを開けたのだが。

「うおっ……」

と、尻込みしたのは不機嫌そうな先客がいたから。

目を潰される気がしたので視線は極力前方に固定したまま。ゴージャスな本革に座り心地の悪さを感じつつもドアを閉めた。シートベルトを締めると窓の外の風景が流れていく。過剰なほど滑らかに動き出した車は目をつぶると走っている感覚がしないほど。

思いの外、慌ただしい出発になってしまい。大通りに出たところで「ふぅ……」と、天馬《てんま》はようやく一息つくのを許されたが、同時に現実と向き合うことを余儀なくされていた。いくらゆったりしたスペースとはいえ、車内はささやかな閉鎖空間——逃げ場がない鉄の檻《おり》に閉じ込められているのに変わりなく。

「…………」

「…………」

天馬《てんま》が隣に座ってから今まで、一言どころか一瞥《いちべつ》すらくれない黒髪の女。ご機嫌斜めのオーラを漂わせて空気を淀《よど》ませるのは、本日の主役と思《おぼ》しき皇凜華《すめらぎりんか》。

チラリと見れば、尊大に脚組みした女は窓ガラスにべったり頬を押し付け、物思いにふけるでもなく死んだ魚の目で虚空《こくう》を見つめている。

疲労困憊《ひろうこんぱい》。何もする気力が起きないというのが一目でわかってしまう。まるで取っ組み合いの喧嘩《けんか》でもしてきたかのような。それも規格外の強者を相手にしたのだろう、と。言外にヒシヒシ伝わってくるほど趣（？）がある。

大体の経緯は想像できたが、ここは聞いてやるのが情けかと思い。

「あー、今日はどうしたんだ、お前？」

「チッ」

腫れ物に触るような声音が癪《しゃく》に障《さわ》ったのか、デラックスな舌打ちが返ってくる。

「どうもこうもないっての。急に押し掛けてきた麗良《れいら》から『いいお天気ですし、お出かけでもしませんか？』って、ホイホイ出ていったのが運の尽きよ」

「ホイホイ……」

意中の女子からのお誘いだ。その時点では凛華《りんか》も浮かれていたのだろうが。

「こっちは行き先も告げられずに無理やり連れ出されたんだからね、まったく……」

すいませ〜ん、というか細い声が前の席から聞こえてくる。

「何がなんだかわかりゃしないわよ」

「その割には大人しく従ってるんだな」

キイィィイイイ――――‼

瞬間、熱帯雨林に生息している鳥獣じみた鳴き声を発した女は、

「これが大人しく従った姿に見えるんなら、あんたの目は節穴以下のケツ＊＊＊＊＊＊‼」

放送禁止級の罵詈雑言《ばりぞうごん》を浴びせてきた。

シートに座りながらも器用に全身でどったんばったん、釣り上げられたマグロのように暴れる女が猛アピールしているのは、右手だった。それは彼女の頭より高く掲げられていたが、窓の上部に存在するアシストグリップを握っているわけではなく。

銀色の手錠が、手首とグリップを固く繋《つな》いでいる。つまりは意思に反した拘束。

嘘《うそ》だろおいと思ってじっくり観察していたが、凛華《りんか》が腕を振るたびにカチャカチャ金属音が鳴ったので「あ、マジモンの手錠だわ、これ」天馬《てんま》は確信を抱けた。

「きな臭さを感じて乗車を拒否したら、脳筋のメスゴリラに力尽くで押し込まれたんだから、たまったもんじゃないわよー！　どんな屈強な暴漢に襲われるよりも恐怖……」

「災難だったな」

「冗談抜きに『やべーぞレイプだ！』の展開だったからねー‼」

「女子がそういう単語を口にするな」

「一秒間に十回言ってやろうかぁ⁉」

やめろと思いつつ。略取・誘拐なのか、逮捕・監禁なのか、なんらかの罰条に抵触するのは確定的なので、凛華《りんか》が怒髪天を衝《つ》く気持ちもわからなくはない。

ちなみに件《くだん》のメスゴリラは現在、相も変わらず本格仕様のメイド服を着用して運転席に座っている。交差点侵入時の安全確認を怠らず。黙々と己の仕事をこなすメイドの鑑《かがみ》。あれでいて賢い霊長類なのだ。

　余談になるが、アニメの声優さんは一言でも台詞《せりふ》があればきっちりギャラが発生するシステムなので、低予算の都合で画面に映ってはいるけど不自然なほど喋《しゃべ》らないキャラクターが続出するとかしないとか。沖田《おきた》のギャラは今回発生しないのだろうと天馬《てんま》は予想する。

「しかし、あれだな……」

天馬《てんま》とは正反対、豪奢《ごうしゃ》な内装にもしっかり馴染《なじ》んで見えるのが凛華《りんか》。理由はファッションセンスの圧倒的な差にあった。袖の短いスキッパーシャツの下にぴっちりしたロンティーを合わせ、着るのも脱ぐのも大変そうなスキニーのデニムが脚の細さを際立《きわだ》たせる。アクセサリーもそこかしこに散りばめ、カジュアルでありながらも安っぽくない仕上がり。

「突然のお誘いだったくせに、えらく気合の入った服装だな」

「こんなの部屋着の延長線でしょ」

「どこの街だ、それは？　下北沢《しもきたざわ》か、自由《じゆう》が丘《おか》か、表参道《おもてさんどう》か」

　前にやめろと釘《くぎ》を刺されていたにもかかわらず、馬鹿みたいな表現方法でへつらう天馬《てんま》。一層に気色ばんだ凛華《りんか》が拳を握りしめるのもやむなしだが、「ぐっ……」悔しげに歯噛《はが》み。隅に縮こまった天馬《てんま》に制裁を加えるには半歩足りず。

「覚えておきなさいよ。この右手が解放されたときがあなたの命日……」

「沖田《おきた》さんにリベンジするのが先だろ」

「とぼけんじゃないわよ。どうせあんたも一枚嚙《か》んでるんでしょ？」

「人を首謀者みたいに……」

良《い》い気分ではなかったが否定もできず。行き先を聞かされていない点では凜華《りんか》と同じ境遇だったが、その実、天馬《てんま》は目的地をしっかり把握しており。

「では、矢代《やしろ》くん！」

と、行儀よく座った麗良《れいら》がバックミラー越しに天馬《てんま》を見るのがわかった。

「ネタバラシの権利はお譲りしますので、凜華《りんか》ちゃんに目的地を教えてあげてください」

「それは別に役得でもないし、いよいよ俺が黒幕っぽく聞こえてくるんだけど」

発端という意味ではあながち間違ってもいない。鎖に繫《つな》がれた猛獣から威嚇されるのを、甘んじて受け入れる覚悟をした天馬《てんま》。沖田《おきた》の運転は法定速度遵守。外の景色が見知ったものでなくなっていくのを感じながら、紡《つむ》ぐべき言葉を探す。

「まず、お前のことを気遣ってくれている大人が二人もいることを、ここで暴露しておく」

「へえ〜。誰のことを言ってるのか……当ててあげましょうか？」

「できるものなら」

「巻き髪の音楽教師とスキンヘッドの店長」

ほとんどノータイムだった。

「……まさかの二枚抜き」

「他に大した候補もいないでしょーが」

アホくさ、と吐き捨てながら背もたれに体を預ける凛華《りんか》。

「『いいわね～、その調子よ～、悪くないわ～』って、ただの太鼓持ちに見せかけて、暗にもっと上に行けるだろって発破かけてくるんだから、食えないオスカルだわ」

「期待の裏返しだろ。お前のメンタルを慮《おもんぱか》って……」

「なるほどね。その差し金でバイト先まで押しかけてきた、と。さらにそこで別のお節介なおっさんから、大方『親子喧嘩《げんか》はいい加減にしろ！』的なお小言を賜って、主体性のないあんたは断りもできずに次から次へと抱え込んで、裏でこそこそ、うじうじ悩んだり、私の周りをウロチョロしたり。さぞかし忙しかったわね？」

「二枚どころかパーフェクト達成かよ……」

察しが良すぎて憎たらしい。説明する手間が省けたと喜ぶべきなのか。

「ハイハイ、オッケー、全てわかりました」

自由な方の手をヒラヒラ振ってみせた女は、機嫌の悪さに拍車がかかっており。

「待てっての」

「目的地も大方、予想がついたから、この話は終了ね」

「……だったら勝手に喋《しゃべ》るから、お前は聞いてるだけでいい」

どの道、逃げ場はなし。凛華《りんか》は窓の向こうに視線を投げてしまうが、耳を塞ぐ手すら彼女は失っているのだから。

「大人から頼まれたのは事実だけど、操り人形になったつもりはない。俺だって一応、子供なら子供なりに考えていることくらいある」

ここからが建前を超えた先、疑いようのない本音に該当するのだろう。

「大須賀《おおすか》先生は、お前の才能に惚《ほ》れ込《こ》んでいるみたいで。音楽が専門の人だ、その評価に間違いはないんだろうけど……正直、俺にはお前のすごさとかよくわからん」

「……」

「全然ってわけではないぞ。ただ、正確に理解するのは難しい。実際、ベースの良さなんて一つもわからなかったし。ピアノはもしかしたらそれ以上、俺にとっての『わからない』が詰まっているのかもしれないって、想像するしかない。シロートだからよ」

「でしょうね」

「だけど、わからないなりに……お前の演奏、楽しみにしている。たぶん、誰よりも。そうじゃなきゃ駄目だろ。俺が聴きたいって言ったから、お前は出るって決めたんだ。俺のために弾いてくれるんだって、あのとき俺も嬉《うれ》しかったから。自惚《うぬぼ》れかもしれないけど大切にしたかったし、そのために何かしてやりたいって思った」

流されているだけではない。自分の決断があって天馬《てんま》はここにいる。

「店長の伝言だってそうだ。本当は俺が……」

「私は伝言なんて聞かされていないんだけど？」

「ああ、悪い。『実家に顔を出せ』『でっかい忘れもんがあるんじゃねえか』ってさ」

「……ったく。直接、言ってきなさいっての」

あんな図体《ずうたい》のくせして気ぃ遣いなんだから、とぼやくように呟《つぶや》いた凛華《りんか》。

「ただのバイトにどこまで干渉する気なのよ」

「人様の娘にここまで親身になってくれる大人、今どき少ないぞ。大事にした方がいい」

「わかってる。こっちは反抗期なんてとっくに過ぎてるんだから」

「そうか。で……ここからは別に大事にする必要はない、ただの戯《ざ》れ言《ごと》なんだが」

「は、なに？」

「お前も人のこと、言えないぞ。文句があるんなら直接、面と向かって言うのが筋なんじゃないか。テレビ越しに悪態ついても何の解決にもならないだろ」

「……それって」

「大体、最初から違和感ありまくりだったんだ。親父《おやじ》が聞く耳もたないからってあっさり引き下がって。そのくせあとになってべらべら泣き言ほざきやがる。狂犬が一丁前に慰めてほしそうにすんなよ。そういうお前を見てると慰めたくなる人種なんだ、俺は」

「何にキレられてるのかさっぱりだし。そんな前の泣き言をまだ覚えてるの？」

「当たり前だろ」

「キモイわね」

「『繋《つな》がりも何も絶てるはずがない』……って、お前自身が一番わかってたんだろ？」

「……聞かなかったことにしろって言ったのに、馬鹿」

お前もしっかり覚えているじゃないか、という揚げ足取りはせず。

「店長の伝言はきちんと守ったわけだし、俺もついでに一言くらい物申す権利があるはずだ」

「すでにたっぷり物申してるでしょ」

強引な理論だったが、凛華《りんか》はそれ以上の反論を放棄しているので。

「皇《すめらぎ》には、負けてほしくない」

「……」

「ビビッてほしくない。諦めてほしくない。強がっていてほしい」

「いや、あの……一言？」

「全部、手放さないでほしい。お母さんのことだって忘れてほしくない。いくら父親が嫌いだからって、好きだった人との思い出まで一緒に捨てるなんて、そんなやり方は絶対に不幸だ」

「どんだけ溜《た》まってたのよ」

「逃げないでほしいんだ、お前には」

「……逃げ腰のついた俺とは違って、とか言うんでしょ？」

最低限の矜持《きょうじ》を死守するためか、得意そうに予言する凛華《りんか》だったが。

「もう、言わないぞ」

天馬《てんま》は首を振る。その瞬間、凛華《りんか》だけではなく、ミラー越しに麗良《れいら》の視線も強く感じた。

お前にならできるはずだ、と。凡人は凡人らしく、非凡人に求めてばかりだった。理想を押し付けてばかりだったけど、いい加減やめにしよう。

「誰かと深く関わるのを恐れない。好きになるのも嫌いになるのも、怖がらない。なりたい自分に近付けるように、自分のことくらいは自分で決められるように、俺も頑張っていくつもりだから……」

お前も頑張れよ、だなんて。口が裂けても言えなかった。人から見ればあまりに小さな一歩であまりに小さな変化だったかもしれない。誇らしげに胸を張るにはまだまだ時間がかかりそうだけど、それでも一歩は踏み出したと思っていた。

「……進めていないのは私だけ、か」

天馬《てんま》の言葉を継ぐようにこぼしてから、

「ねえ、麗良《れいら》?」

凛華《りんか》は助手席の少女に話しかける。

「そろそろ、これ……」

台詞《せりふ》が終わるのを待ちきれないとばかりに振り返った麗良《れいら》が、

「はい、どうぞ」

笑顔で差し出してきたのは小さな鍵。

「……随分、物分かりがいいのね？」

「もう逃げ出す心配はなさそうですので」

「誰に向かって言ってるのよ。私はいつだって……」

「そうでしたね、ごめんなさい」

天馬《てんま》の前で二人の手がわずかに触れ合う。そのたった一瞬で余すところなく意思を通わせられるのだから、幼なじみって卑怯《ひきよう》なくらいにすごい。いや、違うか。マジックワードを使うのはそろそろやめにしよう。

――この二人はすごい、だったな。

まだ何かを成し遂げたわけでもないのに、どっと疲れた天馬《てんま》はシートに体を預ける。窓の外はとっくの昔に知らない街並みになっていた。

目的地は、おそらく近い。

△

ネタバラシは省略したが、もちろん天馬《てんま》たちが向かっているのは凛華《りんか》の実家である。

暗黙の了解のように見えて、正確には天馬《てんま》だけが仲間外れ――それが具体的に都内のいずこを指しているのかは知る由《よし》もなく。

ただ十中八九、どこぞのセレブな一等地にでも建っているそれはもう煌《きら》びやかな豪邸なんだろうな、と。その予想は大きく外れてはいなかったのだが。

正直、思っていたのと違う。

「こ、ここは……」

車を降りた天馬《てんま》は真っ先に天を仰いだ。田舎者が都会に出てきてやりがちな行動、堂々の一位。厳然とそびえ立つビル群のせいで青空が異様に狭く感じる。

視線を地上に戻せば、道行く人々は誰もが忙《せわ》しなく腕時計を確認したり、ハンズフリーで通話していたり、足早に通り過ぎていってしまうため、場違いなお上りさんになど気付くどころか興味も示さず。

彼も彼女も見るからにお仕事の真っ最中。週休二日なんて甘ったれをほざいているのは学生だけだったのか。己の常識を疑いたくなったのと同時に、近所のスーパーに出かけるような格好で来たのを少し後悔。

「矢代《やしろ》くーん、こっちですよー？」

「ああ、ごめん！」

麗良《れいら》の後ろに隠れながら、スマホのＧＰＳで位置情報を確認する。回らない寿司《すし》か鰻《うなぎ》でも食べに行きたくなるリッチな地名。オフィス街と繁華街の中間くらいで、表現が他に思いつかず申し訳ないが人の住む場所ではなかった。

何かの間違いだろ、という天馬《てんま》の思考をあざ笑うかのように、

「久しぶりね、この騒がしさも」

煙たがる一方で懐《なつ》かしんでもいるような。まさしく故郷に舞い戻った反応を見せる凛華《りんか》。エンゲル係数の低そうな背景にしっかり溶け込んでいるのも含めて、聞くまでもなくここが彼女のホームグラウンド、なのだろうが。

「お前の家、何階建てなわけ？」

到着した目的地——ホテルなのか複合タワーなのか、目測百メートルは超えていそうな建造物を指して、『実家』などというしみったれたワードはあまりに不釣り合いだった。

「居住部分は下の二フロアだけで、上は事務所だったりスタジオだったり社畜の住処《すみか》ね」

「他所様《よそさま》がテナント中ってことか？」

「他所《よそ》っていうか、あいつが勤めてる会社でしょーね。映画の撮影とか収録とか編集とか企画とか、ゴチャゴチャやってるみたい」

興味ないけど、と本当に興味なさそうに付け足した凛華《りんか》。あいつとは無論、父親を意味するのだろう。興行会社の取締役《とりしまりやく》を務めているとは聞いていたが、その中でも相当に上位のポジションだったりして。もっとも、たとえ肩書きが代表取締役《だいひょうとりしまりやく》だったとして、こんなビジネス街のど真ん中に住んでいる理由は説明できない。

不信感丸出しの天馬《てんま》を見て「ね、馬鹿みたいでしょ」皮肉たっぷりに毒づく凛華《りんか》。

「ここに住むのが一番効率いいとか考えてんのよ、たぶん」

「……通勤時間ゼロ秒ってわけだ」

斬新な働き方改革。ＱＯＬを重視する時流からは完全に逆行している。

「こんなところで生まれ育ったら俺は絶対に、価値観が歪《ゆが》む自信がある……」

「悪かったわね。こんなところで生まれ育っちゃって」

誹《そし》りに受け取られてしまったが、天馬《てんま》の意図は真逆。

深窓の令嬢たる麗良《れいら》とは別の角度で浮世離れ。お高くとまったキャラに成長していてもおかしくないのに、そういった意味で人を見下した態度が凛華《りんか》にはなかった。母君による情操教育の賜物《たまもの》だろうか、と勝手に想像してみる。

「ま、中は意外と普通よ。そこら辺のメゾネットタイプと大差ないんじゃない」

「あるだろ。まず玄関はどこなんだよ？」

ビジネスマンが出入りしている開放的なエントランスは目に留まるが、さすがにあそこが居住地に通じているわけもなく。凛華《りんか》の先導に従ってビルの側面を回り込む。

「あ、ここだわ」

と、元住人ですら通り過ぎそうになったそこは、一見すればただの壁面だったが。注意深く観察すれば鍵穴やドアノブらしき輪郭。九と四分の三番線じゃないんだからと思ったが、一般人の目に判別できない工夫を凝らすのも有効な防犯対策なのだろう。

「来ましたね～、いよいよ。私も何年ぶりでしょうか」

魔王城を前に妙なテンションの上げ方を見せる麗良《れいら》は、

「では、お願いします、凜華《りんか》ちゃん！」

開けゴマとばかりに手をかざしながらも、その扉を開放する権利は凜華《りんか》に譲る。譲らざるを得なかったというのが正しいが、

「え？」

今回ばかりは阿吽《あうん》の呼吸も成立せず、凜華《りんか》は虚を衝《つ》かれた様子。

「私、何をお願いされているのかしら」

「それはもちろんオープンザドアーです。鍵はお持ちですよね？」

「ないわよ」

「またまたご冗談を～。ご自分の家に入る手段を持たないなんて、そんな間抜け……」

「そういう意味じゃなく。来るって知らなかったから、持ってきてない」

「……」

「……」

短めの沈黙が二人の間に流れたあと、麗良《れいら》はばつが悪そうに微笑《ほほえ》む。

「で、でしたら、仕方ありませんね！　少々締まらないですが、呼び鈴を鳴らして開けてもら

うしか……」

「仕事で留守だと思うわよ。休日っていう概念がないから、あの男」

「…………」

「…………」

長めの沈黙が二人の間に流れた。どちらの責任かと聞かれれば明々白々。

麗良《れいら》、一生の不覚である。これだからサプライズパーティの企画は油断ならない。手順を一つ誤っただけでお通夜《つや》会場に様変わりする。

初秋の候に反して木枯らしでも吹き荒れそう。セルフ門前払いを食らっている哀れな高校生たちに、救いの手を差し伸べる者はおらず。万事休すかと思われたが、

「どうやら、わたくしの出番のようですね」

「うわ、喋《しゃべ》った」

青天《せいてん》の霹靂《へきれき》たるギャラ発生に天馬《てんま》は飛び上がる。

今の今までカメラの画角外で黒子を気取っていた大女——無論、裏方と呼ぶにはあまりに強烈な存在感。人語を解さないゴーレムのように背後を付きまとっていた沖田《おきた》が、にわかに音声を発したのだから仰天必至。

「喋《しゃべ》る機能、付いてたんですね」

「付いていない方が珍しいです、という冗談はさておき。ここまで陰たる従者としてお口をミ

○フィーちゃんにして参りましたが」
「Ｋ－１とかとコラボしてそうなミ○フィーちゃんですね」

「お困りのようでしたので僭越《せんえつ》ながらお力添えを」

「それはありがたいんですけど……行けますか？」

ビルの壁面と一体化している堅牢《けんろう》な扉は、いくら肉体派の沖田《おきた》でも素手でぶち破るのはキツそう。破壊が前提な上にバールか何かを使えば十分に可能だと考えているあたり、もはや天馬《てんま》は彼女を人間扱いしていないわけだが。

そんな生温《なまぬる》い想像をはるかに凌駕《りょうが》、沖田《おきた》は人外じみたスキルの持ち主だったようで。

「お任せください」

と、彼女がおもむろにメイド服の胸元から取り出した物体。手のひらにすっぽり収まるサイズの、サイズの、サイズの——え、え、え、え？

「コンプラとかうるさいんで言語化するのはやめておきますけど」

「賢明な判断です」

「何する気……って聞くのは野暮ですか」

「ご想像の通りかと」

「大丈夫なんですか？」

「三十秒もかかりませんので……と、言いたいところですが」

チラリ、往来の人々を横目に見やった沖田《おきた》は手にしたブツをいったんしまう。

「この場所は少々、人目につきますね」

ロケーションのせいにするのはさすがに苦しい。本人も自覚はあったようで、

「わたくし、悪目立ちしておりますね」

「そんな格好してれば当然……」

駐車場からここまで移動するわずかな間に、「本物のメイドさん？」「背、おっきいですねー」「写真いいですか」通行人から話しかけられること数回。無断でスマホのカメラを向けてくる民度の低い輩《やから》もいたが、慣れているのか快感なのか本人は咎《とが》める気配もなく。

控えめに言って沖田《おきた》は注目の的だった。掃《は》き溜《だ》めに鶴という表現が適切か、野生のメイドはビル街ではあからさまに浮いていた。どこなら馴染《なじ》むのかと問われても答えに窮するが、隠密《おんみつ》行動に不向きなのは確かであり。

「失礼……少し、お伺いしても？」

言っている傍《そば》から沖田《おきた》に声をかけてきたのは、身なりが整った若い男性。

燕尾《えんび》なのかモーニングなのか裾の長い礼服を着用、顔つきからも聡明《そうめい》さが窺《うかが》える。どことなく執事っぽい出《い》で立《た》ちで、メイド服の沖田《おきた》とは対を成す感じ。

ナンパとかSNSをバズらせたいとか、浮《うわ》ついた意図がないのは明白で、

「あちらに停《と》まっている多摩ナンバー、あなたのお車でしょうか？」

「ええ、いかにも」

「申し訳ありませんが私有地ですので、関係者以外の方の利用はご遠慮を願います」

案の定、至極真っ当な注意をしてきた。こんな不審者まがいの女にも臆せず指摘できるあたり肝が据わっている。一時撤退を余儀なくされている状況に、

「私が停《と》めていいって言ったのよ。文句ある？」

唯一動じていないのは凛華《りんか》だった。女子高生らしからぬそのプレッシャーにも、執事風の彼が気圧《けお》される素振りはなく。

「移動していただけない場合は、誠に恐縮ですが管理会社の方に連絡を……」

物腰は柔らかいまま毅然《きぜん》とした態度を示すのだが、「……おや？」と、その瞳は凛華《りんか》を捉えた途端に大きく見開かれる。

「関係者なら、使ってもいいんでしょ」

「……なるほど。これは大変なご無礼を」

「なに、あんた。ドライバーに降格されたと思ったら今度は警備員の真似事《まねごと》？」

「相変わらず手厳しい」

やれやれ、と気品が溢《あふ》れる微笑。凛華《りんか》は彼を知っているらしかった。

いや、よくよく眺めてみれば天馬《てんま》にとっても見覚えがある。

「ドライバー……あっ」

記憶を正確にたどれたのは、執事にお目にかかる機会なんて天馬《てんま》は滅多にないから。タワーマンションの前、凛華《りんか》の父親の車を運転していたのが彼だった。

△

執事風の彼は執事ではなかった。

凛華《りんか》の父親のスケジュール管理、渉外、送迎、身の回りの世話を一手に担《にな》う、いわゆる秘書と呼ばれる役職だった。並々ならぬ信用を置かれているのだろう、自宅の鍵（金属ではなくカードキー）まで預けられており。

運良く彼と遭遇したおかげで、天馬《てんま》たちは皇《すめらぎ》家の敷居を跨《また》ぐことを許された。土足で良《い》いですと言われた通り、玄関には段差も下駄箱《げたばこ》もないアメリカンスタイル。

「中はマジで人の家だったんだな……」

というのが天馬《てんま》の第一印象。天井からシャンデリアがぶら下がっていたり、獣の皮みたいな絨毯《じゅうたん》が敷いてあったり、前衛的な造形のオブジェがあったり。一般家庭にはないものだらけだったが、人の住んでいる匂いは感じられる。そのくせ一歩外に出れば、あるいは上のフロアに行けば、汗水流す働きアリで溢《あふ》れているのだから頭が若干バグりそう。

応接間然とした洋風の部屋に通された天馬《てんま》たち三人は、肘掛けの付いた立派な椅子に腰を据えていた。メイドの流儀なのか筋トレ中なのか沖田《おきた》だけは立って休めのポーズ。窓の外には中庭というかちょっとした庭園が広がっており、ますます現実感がなくなる。

「お待たせしました」

しばらくすると秘書さんがシルバーのトレイで紅茶を運んできた。こうして見ると執事そのもので、心なしか沖田《おきた》は面白くなさそう。別にメイドと執事がライバル関係にあるわけではないので、天馬《てんま》の思い過ごしだろうが。

「お越しになるなら事前にご一報いただければ良かったものを」

と、彼がやんわり非難を向けるのは凛華《りんか》。

「プロデューサーにお伝えはしておきましたが、何分お忙しい方なので……本日中にお会いできるかはお約束しかねます」

「できなくて結構よ。こっちはあいつに会いに来たわけじゃないんだから」

「でしたらなにゆえ、一年以上も寄り付かなかったこの邸宅へ？」

「…………」

無理やり連れてこられただけ、という事実を彼女が口にすることはなく。

「確かめておきたいことが、あったから」

「そうですか。なんにせよ喜ばしい」

心に染《し》み入《い》るように首肯した彼の瞳に、瑞々《みずみず》しい外見とはそぐわない年季の入った色——積年の苦労を天馬《てんま》は垣間見《かいまみ》た気がする。

「誠に勝手ながら、私は他の業務が立て込んでおりますもので。このあたりでお暇《いとま》させてもらいますが、ご学友の方々もどうかごゆるりとお過ごしください」

慇懃《いんぎん》な礼をされてしまうのだが、お礼を言わなければいけないのはどう考えてもこちらだったため、天馬《てんま》は慌てて口を開く。

「何から何までありがとうございました、執事さん」

「秘書です。お間違いなきように」

気持ち強めに訂正してきた男は「入り口のドアは自動でロックが掛かりますので」と、最後に唯一の成人である沖田《おきた》に伝えるのを忘れず、「失礼します」そのまま去っていった。

せっかく入れてもらったので適度に紅茶をすすりつつ、

「すごく良《い》い人でしたねー。お仕事もバリバリできそうですし」

麗良《れいら》の感想に天馬《てんま》も頷《うなず》くが、「そう?」凛華《りんか》の方は手放しに同意せず。

「少しは話がわかるやつだとは思うけどね」

「お前、だから言い方ってもんを……」

「あんな偏屈親父《おやじ》に好き好んで付き従う時点で私からしたらマイナス評価なのよ!」

完全なる八つ当たり。むしろ尊敬に値するポイントだと天馬《てんま》は思う。

「……わたくしも、仕事ならバリバリできる所存ですが」

「え、何か仰《おつしや》いましたかー、沖田《おきた》さん？」

「お嬢様、いつから難聴系ヒロインに……」

こちらも私怨《しえん》まがいの対抗意識、悲嘆にくれるメイドは捨て置き。

「お前、さっきのって……」

「ん？」

「今日は何か、確かめに来たのか？」

「ああ、うん」

天井を見上げた凛華《りんか》は何か思うところがある様子で、

「大したことじゃ、ないんだけどね」

明らかに大したことありそうな前置きに、耳をそばだてる天馬《てんま》と麗良《れいら》。

「昔、お母さんと一緒に弾いてた、グランドピアノがね。奥の部屋……元はお母さんの私室だった場所に、置いてあるの。というか、置いてあったはずなんだけど」

「妙に曖昧な言い方だな」

大切な思い出のはずが凛華《りんか》はまるで他人事《ひとごと》のように語る。

「思い入れがある物なんだろ？」

「どうなんだろうね」

と、やはり霞《かすみ》をつかむがごとく。しかし、わざわざそんな喋《しやべ》り方をしているわけではなく。

「もう、はっきり思い出せないんだ」

彼女自身、確信を抱けない不安が伝わってきた。

「この家に来るのが一年以上ぶりだとしたら、あの部屋に最後に入ったのはもう三年近く前になるのかな。いつからか足が向かなくなった。避けるようになった。見るのも嫌になった……『何を？』って話だけど、見えない何かがあそこにはいっぱい、詰まってるから」

「……」

「この家を飛び出した本当の理由がそれね」

思い出に触れる度、心の痛みが蘇《よみがえ》る。いくら求めても帰ってこない虚《むな》しさと共に。

「店長が言った忘れ物って、たぶんそういうことなんだと思う。そろそろ現実と向き合えって言いたいのね。取り返しのつかない、残酷な現実と」

「……どういう意味だ？」

「ないに決まってるでしょ、ピアノなんて。何もかも綺麗《きれい》に片付けられて、すっからかんになってるわよ。そうなることを……私が選んだんだ」

力のない苦笑には後悔とかやるせなさ、自分を責めたくて仕方ない、許されることはないのだという凛華《りんか》の自己否定がこめられている。

「結婚相手もそう。娘だってそう。使い勝手のいいコマみたいにしか考えてなくって、いらなくなったら捨てるのが、簡単に捨てられちゃうのが、あの男なんだから。弾く人間がいない楽器を残しておくはずがないし、誰も使わない私室を残しておくはずがない。それでも……行くしかないんだろうね。行かなきゃ、前に進めないって言うんだから」

覚悟という言葉だけでは足りない。信念なのか志なのか、天馬《てんま》が思っていたよりもはるかに深刻な意味が、この家に来ることにはあった。心がバラバラになりそうな痛みに耐えながら、血を吐く思いでやってきたのを、今さらになって知る。

――そうだよ、それでも前に進まなきゃいけないんだ。

なんて、口が裂けても言えない。残酷な現実に泣き崩れる凛華《りんか》、そうなる未来が見えていたとすれば、天馬《てんま》は全力で彼女の覚悟を否定していたと思う。だから今は信じたかった。そうならずに済む未来があることを。

「大丈夫だと、思うから」

「……」

「見に行こう」

何が大丈夫なの、と凛華《りんか》の瞳が問いかけてくる。天馬《てんま》はとっさに答えられず。泣き崩れても俺が慰めてやるから、とか間違った解釈を与えてしまったのかもしれない。それを否定する勇気もなかった。そうなる可能性を排除できない自分が情けなくなってくる。

一人の舵取《かじと》りではあまりに頼りなかったが。

「私も」

と、幸いもう一人。この世で最も頼りになる一人。

「大丈夫だと思いますので、三人一緒に行きましょう」

そう言って麗良《れいら》は凛華《りんか》の手を取った。天馬《てんま》も同じように凛華《りんか》の手を取っていた。両方の手を握られた女は二人の顔を交互に見比べてから、体の中にはびこる陰気臭い成分を洗いざらい吐き出すように、大きな深呼吸を一度挟んで。

「……そうね」

――きっと、大丈夫。

己に言い聞かせるように彼女は首肯する。未《いま》だ恐怖は拭い去れなかったが、どちらを向けば良《い》いのかはわかっている瞳だった。

凛華《りんか》を先頭に、その背中を見守るように続いた天馬《てんま》と麗良《れいら》。言葉を交わさずとも歩調は合っている。三人で歩む道。これが正しい形なのだと思った。今だけではなく、これから先も幾度となく歩む道。一人が頼りないときは他の二人が支えて。二人が頼りないときは残りの一人が引っ張って。三人とも不安なときは全員で悩み抜いて乗り越える。

何が起こるかわからない中でも、幸せに向かっているのだけは信じたかった。

「ここよ」

と、たどり着いた扉のノブに凛華《りんか》は迷いなく手をかける。

開けるわよ、と宣言はせず、一瞬で開け放った。どんな運命が待ち受けていても動じない心構えを敷いていたのだろうが。

「……っ」

その瞬間、凜華《りんか》の心が激しく揺らいだのが伝わってくる。

目の前に広がった光景は、冷え切ったがらんどうなどではなかった。荒れ果ててもいなければ、誰かの死を連想させるような仄暗《ほのぐら》さも見受けられない。

陽光の差し込む部屋は、まさに私室と呼ぶのに相応《ふさわ》しい空間。今も誰かがそこで生活しているように整理が行き届いており、どこも無機質ではない、人の優しさや温《ぬく》もりさえ確かに感じられるほどだった。凜華《りんか》の記憶におぼろげながらも残っている風景そのままなのは、初めて訪れた天馬《てんま》にもわかってしまう。

「あのときの、まんまじゃない」

微《かす》かに震える凜華《りんか》の呟《つぶや》き。不意に溢《あふ》れ出《だ》しそうになった雫《しずく》を呑《の》み込《こ》んだのがわかった。驚いた以上に、救われた気分になったのだと思う。

「ピアノも……ちゃんとある」

と、彼女が歩み寄るのは部屋の中央、祭器のように鎮座している神聖さ。

眩《まぶ》しいほどに光り輝いている純白のグランドピアノだった。

他の家具も壁紙も床石も全てが全て、彼、あるいは彼女のために誂《あつら》えたとしか思えず。主役と呼ぶのが相応《ふさわ》しい存在感。混じり気のない色なのに異彩を放って見えるのは、歴史を感じさせる造形美によるものか。

ありがとう、いなくならないでくれて。

手を添えたピアノに凛華《りんか》は言葉をかけた。彼女にとってはただの楽器ではない。思い出と同時に苦楽を共にしてきた、盟友に等しい相手なのだろう。

「忘れたら、いけないんじゃないのか？」

手放してはいけないと天馬《てんま》は確信できた。過去を引きずるのはみっともないとか、泣き虫だった頃の自分と決別するとか。それを強さだと凛華《りんか》は勘違いしているが、実際は手放す方がはるかに楽で。捨てない方がずっと強いから。

「……馬鹿だね、私」

背もたれのないピアノ椅子にゆっくり腰を下ろした凛華《りんか》。

「勉強を教えてもらったり、お出かけしたり、一緒に曲を作ったり、お母さんとの楽しい思い出、いっぱいあったはずなのに。悲しい記憶ばかりに捕らわれて、泣くための理由にばかり使ってた。笑うための理由にだって、いくらでもできたはずなのに。全部、捨てちゃいけなかったんだね。このピアノと同じ。この部屋と同じ、この家とも……」

その独白に懺悔《ざんげ》のような後ろめたさは感じられず、天馬《てんま》は安堵《あんど》する。一方で、

「凛華《りんか》ちゃんが、お母さんのことを忘れなければ。この先もピアノを続ければ……」

聡《さと》い少女はその先の未来を見据えている。

「凛華《りんか》ちゃんの演奏の中に……いえ、それを聴いた私たちの中にもずっと、生き続けるんじゃないでしょうか」

それは間違いなく凛華《りんか》にしかできない役目であり。

「そうやって思いが受け継がれて、未来永劫《えいごう》に繋《つな》がっていけたら、とても素敵ですね」

残された者にも使命があるのだと。悟りを開いたレベルで麗良《れいら》は達観している。

格の違いを見せつけられた気分——なんて、今に始まった話ではない。一生かかっても彼女の人間性に追いつけない自信が天馬《てんま》にはあった。

「あ、そうだ。ここは一つ、星プロの予行演習ということで……」

言いながらすでに麗良《れいら》はピアノの屋根を上げており。

「一曲、お願いできませんか？」

「いいね。俺も聴きたい」

「……たくっ」

リクエストを受けた凛華《りんか》は鬱陶しそうに片目をつむり、そのくせ揚々と鍵盤の蓋を開ける。

「言っておくけど、私の本気は高くつくわよ？」

「やりました〜」

「出世払いで頼む」

穏やかな陽気に包まれる中、たった二人のために開催されたリサイタル。

一曲と麗良《れいら》はお願いしたが、アンコールがなしとは言っておらず。

二曲目、三曲目、四曲目——何年も置物にしてきたのを詫《わ》びるように、空白を埋めるように、失った時間を取り戻すように、凛華《りんか》は一心不乱に指を走らせ、その思いに精いっぱい応えたピアノは可憐《かれん》な音色を、ときには猛《たけ》り狂《くる》った音色を奏《かな》で続《つづ》け——

観客の満足度は最高潮。音楽なんて何も理解できない、俺には一生わかりっこないという前言を、撤回するつもりはなかったけれど。

少なくとも天馬《てんま》にも一つ、わかったこと。

「楽しいな、音楽って」

それだけは断言できた。


五曲目が終わったところで、そういえば麗良《れいら》もピアノは九年も習っていたんだよな、と。思い出した天馬《てんま》は、「椿木《つばき》さんも一緒に弾いてみたら？」と提案するのだが、指名された本人は「ええっ！」珍しくマジで拒否っているときの顔。

「いやいや、私は冗談抜きにブランクがありますし！　そうでなくとも凛華《りんか》ちゃんと比べたらへなちょこのへっぽこのナメクジ以下なので、連弾とか畏れ多いにもほどが……」

頸椎《けいつい》を損傷しそうなくらいに首を振り回している少女だが、

「あら、昔はよくやったじゃない。私が難しい方のパートでさ」

ほら来なさいよ、と凛華《りんか》は座る位置を横にずらし受け入れ態勢を整える。

「で、でも。し、しかし、ですねぇ～……」

「へえ？　一曲お願いしますとか、自分は軽々しく注文してくるくせに、人のお願いには応える気がないなんて。随分お高くとまっていらっしゃるのね」

「そういうのじゃありませんよ！　わかりましたって……」

意地の悪い誘い文句により、麗良《れいら》は空いたスペースに腰を下ろす。肩が触れ合う距離は天馬《てんま》の狙い通り。思えば最近は本業（？）をすっかり疎《おろそ》かにしていた。

「簡単な曲がいいわよね？」

「は、はい。♯♭少なめ跳躍も少なめテンポはゆっくり持久力も表現力も不要な……」

「どんだけ弱気なのよ」

美少女二人が睦《むつ》まじく肩を並べる。実に華やぐ絵面《えづら》。尊い領域に干渉しないよう全力で気配を殺している天馬《てんま》だったが、

「や、矢代《やしろ》くん！」

「ん？」

「勘を取り戻すために、練習が必要と申しますか……大変お聞き苦しくなってしまうと思いますので、少しの間、席を外してもらった方がよろしいかと」

「ああ、そっか」

「準備が整ったらお呼びしますので!」

「……あなた、なんでそんなに必死なわけ?」

コンクールに出るのは私なのよ、と。凛華《りんか》の不信感はもっともだが、当人にとっては由々しき問題のようなので天馬《てんま》は大人しく退室。たどたどしいピアノの音色に「す、すす、すいまーん!」という半泣きの声を背にしながら、

「やることはやった、かな」

肩の荷が半分、下りた気分の天馬《てんま》。巻き毛の音楽教師とスキンヘッドの店長、両者から課された任務は達成されていた。一方で個人的な心残りが一つ。

「これぱっかりは、向こうが現れてくれない限りどうにも………ん?」

応接間まで戻ってきた天馬《てんま》は、中へ入らずに陰からこっそり覗《のぞ》き込《こ》む。

理由は、二つの声が聞こえてきたから。片方はいつの間にか地の文からフェードアウトしていた沖田《おきた》だろうが、さすがの彼女もイマジナリーフレンドと会話する趣味は持たず。

「沖田《おきた》くん、だったか。驚いたね。今まで海外を含めて、自称・肉体派俳優になら腐るほど会ってきたが……これほどの逸材は初めてだ」

「光栄であります」

「君にしかできない役がパッと考えても十は浮かぶよ。演技の世界に興味はないのかい? 憧

れているハリウッドスターだったり……」

「トム・クルーズとジェイソン・ステイサムは好みです。スタントなしのアクションが特に」

「素晴らしい。君は格闘技の心得もありそうだね」

「ええ。柔道四段、空手四段、剣道三段、他にもムエタイ、少林寺拳法《しょうりんじ》、サンボ、骨法、ブラジリアン柔術、カポエラ、次元覇王流……」

「持ちネタなんですかそれ⁉」

前に聞いたときよりも段位が上がっているし、と何人が気付けただろうか。ツッコミ衝動に任せて飛び込んでしまった天馬《てんま》だが、

「うっ……」

直後、蛇に睨《にら》まれたカエルと化す。力量差は歴然、なにせ相手はこの魔王城の主《あるじ》だ。今の天《てん》馬《ま》にとってはラスボスに匹敵する存在であり。

「君は……」

と、眇《すが》める仕草が恐怖心を煽《あお》るのは親子で瓜二つ《うりふた》。いつかと変わらず折り目正しくスーツに身を包んでいる男。良くも悪くも鮮烈な印象が残っていた。これで四十歳を超えているとか不老不死の吸血鬼にしか思えない。

対照的にモブ顔の天馬《てんま》が彼に印象と呼べるほどの爪痕を刻めるとは思えず、初めましてと言われてもやむを得なかったが。

「娘のマンションで会ったかな、確か」

「あ、ハイ」

記憶力が優れているのか、はたまた別のファクターが作用したのか、時間こそかかったもののしっかり思い出してくれた。もっとも喜ばしいのかは微妙なところで、

「まさか娘も来ているんじゃないだろうね？」

問い詰めるような口調に天馬《てんま》は寒気立つ。

「えーっと……そのまさか、なんですけど」

「……なるほど」

瞬間、無表情な男のこめかみが引きつるのを天馬《てんま》は見た。

「これはいったいどういうことなのか、説明してもらえるかな……永倉《ながくら》くん？」

彼の瞳は天馬《てんま》を無視してその背後に注がれる。

「君が緊急の案件だと言うから、私は早々に仕事を切り上げて帰宅したんだが」

「詳細を伝えず、申し訳ありません」

振り返れば例の執事さんが立っており、

「しかし、誠に勝手ながら……ご家族との関係を修復なさることが、今のプロデューサーにとっては最優先と判断しましたので」

主人と相対しても気後れすることなく告げた彼に、

「……勝手だな、本当に」

馬鹿につける薬はないという風に、男は首を振った。

「…………」

「…………」

「座ったらどうだい。とりあえず」

「えっ！　ああ、お構いなく……」

「君は構わなくても、そこに突っ立っていられると私が目障《めざわ》りなんだ」

苛立《いらだ》ちも憤《いきどお》りもありはしない。およそ同じ人間とは思えないほど平坦《へいたん》な声で目障《めざわ》りと断じられてしまい、逆に怖くなった天馬《てんま》は飛びつくように腰を下ろす。

「…………」

「…………」

そして、シックな応接間には再びの静寂が訪れる。

対面に座した男は天馬《てんま》には目もくれず、テーブルの上に広げたノートパソコンやタブレットやスマートフォンを目まぐるしく操作している。見るからにビジネスの最中であり、暇人の来客としてはひたすらに気まずかった。

部屋には他の人影も二つほどあるのだが、片や天馬《てんま》の後ろで直立不動のメイド、片や凛華《りんか》の父親の後ろで直立不動の執事。金剛力士像もかくや、いずれも置物と化したようにだんまりを決め込んでおり、コミュニケーションの戦力にはなりそうもなかった。

図らずして同級生（女子）の父親と実質二人きりだったが、娘さんを僕にくださいなんて言う気はサラサラない。

「あ、あのー、俺は、ですね……」

留守中に無断で侵入している時点で通報されてもおかしくないので、自分が何者かくらいは説明しておくべきだろうと考え。

「皇《すめらぎ》の……凛華《りんか》さんのクラスメイトで、名前は……」

前に名乗った気はするものの、その自己紹介を目の前の男が——無駄なことに記憶力を割かないタイプの人間が、覚えているはずないと天馬《てんま》は決めつけていたが。

「矢代天馬《やしろてんま》くん、だろ」

「えっ！」

視線は手元に落としたまま、天馬《てんま》の吃驚《きっきょう》は空気で察知できたのだろう。

「違っていたかな？」

「あ！　いえ、違いませんけども……」

まさかのお見知りおき。嬉《うれ》しさよりも不気味さが勝り、

「……よ、よく覚えていらっしゃいましたね？」

「ウィットに富んだ名前だったからね」

「人生で初めて言われました。どこら辺が？」

「社に、天魔だろ。駆け出しの小説家あたりがいかにも考えそうな組み合わせだ」

ふっ、と自嘲するような鼻息。何を言われたのかさっぱりだったが、褒められていないのだけはわかった。

「娘さんなら、奥でピアノを弾いてますけど……」

「音がうっすら聞こえるから、そんなことだろうとは思った」

「呼んできましょうか？」

「結構。手違いがあって帰宅しただけで、あれに会いに来たわけではないし興味もない」

「そ、そうですか」

取り付く島もないと思った矢先、

「……まあ、君の方になら少しばかり興味はあるがね」

「俺に？」

つけ入る隙を与えるようで、依然として彼の瞳に天馬《てんま》は映っておらず。

「君はあれの恋人なのかい？」

「ぶふっ！」

ノールックの急所突きに悶《もだ》える。

「違うのか」

「残念ながら……いえ、お父様からすれば朗報でしょうが」

「君のお父様になった覚えはない……なんて古臭い台詞《せりふ》で目くじらを立てるつもりも、私にはなくてね。付き合うでもやり捨てるでも、好きにしてくれて構わないよ。親の私に迷惑をかけない範囲だったら、いくらでもね」

「…………」

「言っただろ。興味がないんだ」

前回会ったときと変わらぬスタンス。実の娘に徹底的な不干渉を気取り、親としての役割を放棄する不届き者——と、思われるかもしれないが。天馬《てんま》は絶望していなかった。備えあれば憂いなし、彼を丸裸にすべくしっかり下調べをしてきたから。

冷静に考えれば、そもそも最初から矛盾だらけ。今だってそうだ。本当に凛華《りんか》に興味がないのなら、天馬《てんま》に彼氏か聞いてくるはずがないし。娘に会う気がないのなら、上の階——仕事場にさっさと戻ればいいのだ。

まずはジャブとして一つ、聞くとするならば。

「ピアノが置いてある、あの部屋なんですけど……」

「ん？」

「以前は奥様の私室だったけど、今は誰も使っていないそうですね」

「それがどうした」

「その割には埃《ほこり》一つ溜《た》まっていないし、ピアノもメンテナンスが行き届いていますね」

「ああ、私は家を空けていることが多くてね。管理はもっぱら他所《よそ》に委託しているから、褒めるなら彼らの仕事ぶりを褒めてやってくれ」

ここまでは彼にとっても想定問答。素知らぬ顔が崩れることもなかったが、

「娘さんの住むマンション、入居した時点で家具が一通り揃《そろ》っていたらしくって。本人は備え付けだと思っていますけど、調べたら別にそういうサービスの物件ではないみたいで」

「へえ、そうかい。秘書に任せているから私は関与していない」

「ついでにマンション関連でもう一つ言わせてもらうと」

「なあ、君。見ての通り私はやることが山積みだから、これ以上無価値な問答は——」

「あいつの部屋の周り全部、ワンフロア分あなたが所有者になっているんですよね」

「…………」

「女子高生の一人暮らしは危険だと判断したから。心配だったから、わざわざそうした。隣どころか同じ階にすら他の誰もいてほしくないから、住めないような物件をあらかじめ用意した……違いますか？」

徹頭徹尾、無感情だった男の顔に変化の兆《きざ》し。それでもまだ崩れたとは言えず。

「登記か何か、調べたのかは知らないが。別にわざわざ用意したつもりはない。たまたま使っていない空き物件があったから、それをあれに宛てがっただけで……」

「住む場所だけじゃありません。バイト先についてもあれこれ根回ししていそうですね。娘さんの様子が気になって頻繁に連絡を取っていた、とか」

「…………」

大会社の取締役《とりしまりやく》を務めるだけあり、おそらく彼は才気煥発《さいきかんぱつ》の極み。尋常じゃなく明晰《めいせき》なその頭脳がフル回転するのを、天馬《てんま》はまざまざと見せつけられる。『バイト先』という一つのワードだけで全てに合点《がてん》がいったのだろう。全てが繋《つな》がったのだろう。

「……誰の入れ知恵だ？」

先んじて呆《あき》れ気味の表情を作った男。答えは聞かずともわかっているのだ。

「BIGFOOTの店長です」

「そうか。そうだよな。それしかない……」

ふぅ、と力の抜けた嘆息。そこまでは確かに冷静を保っていた。いや、そのあとも。

冷静に椅子から立ち上がり、冷静に窓側まで歩いて行ったところで、冷静に大きく息を吸い込んで、おもむろにスーツの袖に口元を押し付けて、

「サイオンジィィィィィィ――――ッ!!」

申し訳程度の防音効果もない絶叫。どこかで見たことがある怒りの発散方法だった。親子と

は変な部分まで似てしまうもの。

笑ってやるのが情けだったかもしれないが、彼をよく知るはずの執事がピクリとも表情筋を動かさなかったため、天馬《てんま》もそれに倣《なら》った。もしかしたら癇癪《かんしゃく》を起こした際によく取る行動で日常茶飯事なのかも。

「失敬、取り乱してしまい」

「あ、いえ……」

再び対面に座した男は、見た目だけなら鉄仮面に戻っていたが。

「で、どこまでだ？」

「はい？」

「どこまであの大猿から吹き込まれたのかと質問している」

無関心の体裁はすっかり崩壊。仕事そっちのけで前のめりになってくる。

「今の話で大体は出尽くしたと思いますけど……亡《な》くなった奥様関連で他にもいくつか」

「やつはおそらく誇張しているから、訂正するために聞かせてもらおう」

「まず、製作中の映画のために政略結婚したと周りからは騒がれていますけど、実際はそんなことない。ごく普通の恋愛結婚だったということで」

「ごく普通の定義にもよるが」

「お父様の口癖が、『俺自身は何も生み出す才能がないから』で、『他の誰かがそれを活《い》かせる場所を作りたい』という思いでプロデューサーになり。音楽の才気に溢《あふ》れる当時の奥様に惚《ほ》れ込《こ》んだという馴《な》れ初《そ》めを、若干、長めの尺で聞かされまして」

「苦痛だったな、それは」

「奥様のことを、自分とは違って一人で生きていける、たくましい人間と評価しており。闘病中にお見舞いに来なかったのも、そこら辺の事情が関係しているんじゃないかと」

「言い訳するつもりもない」

「彼女の音楽を世界に届けることを優先したんだろう、って店長は言ってました」

「…………」

訂正させろと言ったくせに、結局のところ訂正らしい訂正は一つも入らず。

親の心子知らず、では済まされない。些細《ささい》なボタンの掛け違い、言葉足らずのすれ違いがあっただけとか、美談にして許される話でもないと思う。真実を知ったとしても凛華《りんか》が彼を嫌う気持ちは変わらないはずだろうから。

ただ、殺し合うほどに憎む必要はない。それだけは真理だと天馬《てんま》は思った。

壁の向こうから聞こえていたピアノの音色が、いつしかやんでおり。

「うっわ……なんで帰ってきてるかなー、この男は。キッモ」

と、おそらく店長が聞いたら娘の反抗期を思い出して致命傷を負う。

侮蔑と嫌悪《けんお》をない交ぜにした凛華《りんか》が、廊下からひょっこり顔を出しており。後ろから麗良《れいら》が

「まあまあ、凜華《りんか》ちゃん」と困り顔で諌《いさ》めている、そんな状況。

「一生仕事でもしてろっつーの、バーカ」

「ここは私の家だぞ。文句を言われる筋合いはない」

犬猿の仲とはまさしくこれ。天馬《てんま》の中でようやく見えかけていた雪解けの光は、一瞬のうちに消え去ってしまった。

「お前こそ、今さら何をしにこんなところへ？」

「あら、おかしいわね。私の家でもあるはずだけど、ここは。鍵だって替えてないくせに」

「……」

「ま、あなたのことは嫌いだから……失礼、大嫌いだから。しばらく向こうで自由にやらせてもらうけど……ピアノ、弾きたいし。他にも色々……沢山、置いていきっぱなしにするのはもったいないものが、ここにはあるみたいだから」

天馬《てんま》の追及（正確には店長の暴露）によりショックを受けていたのも大きい。

前回の完勝とは打って変わって殴られ放題になっている凜華《りんか》の父親。だからといって誰かがフォローするわけではないし、憎まれ役は彼自身が望んだ役割なのだろう。

「たまには帰ってくるわ」

「好きにしろ」

「あ、最後に一つ。お母さんのピアノ……売りに出したりしたら、殺すからね」

「……」

「それだけなんで。じゃ、またね～」

煽《あお》るだけ煽《あお》った上に殺害予告までした女は、憎らしいほどに得意満面で手を振っていき、

「あ、待ってくださいよ～……す、すみませんね。凛華《りんか》ちゃん、私のピアノがあまりに下手くそなものでお怒りに……失礼しまーす」

麗良《れいら》もそのあとに続いた。残されたのは四人だが、実質二人なのは変わらず。

「……売るわけが、ないだろ」

誰に告げるわけでもない。誰かに聞いてもらう必要も、誰かに見られる必要もない。項垂《うなだ》れるように顔面を伏せた凛華《りんか》の父親は、声なき詮索から逃れるようにして。

「俺がプロポーズしたときに贈ったピアノだぞ」

呟《つぶや》きと一緒に涙も零《こぼ》れたのではないかと思うくらい。悲哀や恋慕、人間臭さで溢《あふ》れていた。疑う余地すらない、その言葉が彼にとっての真実だったと思う。

器用なのに不器用。どこまでも似た者親子。隠すのばかりが上手《うま》くなってしまい、本音を表に出すやり方を知らないのだから、いじらしくもなってくる。

「あいつのこと、なんですけど……」

そんな人間を手助けすることには、不肖ながら慣れ切っている天馬《てんま》だったから。

「実は今月の十五日に、学校主催のコンクールに出るんです」

「それが？」

「良かったら、聴きにきてやってくれませんか。結構、いや、かなり。気合入ってるみたいなんで、退屈は絶対にさせないと思います」

「…………」

哀愁の漂う男は、頭を垂れたまま何も言わず。

学校のコンクールなんてくだらない、とも。そんな暇があるわけないだろ、とも。

「十五日ですね。承知いたしました」

代わりに答えたのが執事さん。彼に任せておけば間違いないのは明らかだったので、

「お邪魔しました」

最後に深くお辞儀をした天馬《てんま》は、全てから解き放たれた気分で歩き出すのだった。

四章　彼女が選んだ恋だから

「オッケー……だな」

洗面所の鏡の前で身だしなみの最終チェック。

十七年間付き合ってきた冴《さ》えない顔に今さらがっかりすることもなく。寝ぐせなし、肌の張り艶もなし。ネクタイが曲がっていないのは確認できたのでよし。

当然、天馬《てんま》の習慣からは大きく外れた行為。珍しく整容に余念がないものの、別に抜き打ちの服装検査に怯《おび》えているわけではなく。

十月十五日——衣替えを終えて二週間が経過している本日は、いよいよ星藍《せいらん》プロムナードコンサートの当日だった。

開催が告知された夏休み前から数えれば四か月以上。振り返ってみると数字以上に、小説だったら文庫本一冊では収まらないくらい、濃密な期間を過ごしてきた気がする。

それら諸々が今日というたった一日のために捧《ささ》げられるなんて、部活動に打ち込んでこなかった天馬《てんま》にとっては未知の領域に等しく。

「……ヤバい、なんか俺まで緊張してきた」

ローファー、磨いておいた方が良かっただろうか。

万が一にもステージに上がる可能性はないのだが、そもそもコンサートを鑑賞すること自体が天馬《てんま》にとっては初体験。それほど厳しくはないもののドレスコードまであるらしい。その点は冠婚葬祭を一手に担《にな》ってくれる制服の偉大さたるやないが、学生特権に甘えていられるのも残り一年と半年足らず。

大人のなり方って誰に教われればいいのだろうか、と憂鬱になっていたところ。

「ねえ、ねえ、天馬《てんま》」

青臭い不安を払拭《ふっしょく》してくれる希望の星、大人になりそこなったようでいても立派に生きている二十四歳の姉が洗面所に飛び込んできた。

鏡の前を譲れと言ってくるのかと思いきや、濃厚なメイクは夜でもないのに蝶《ちょう》の鱗粉《りんぷん》をまき散らし、入念にブローとアイロンをかけられた髪は人工的なカールを描き出す。

見るからに首から上のセットは完了しており、あとはそれに見合った衣装で着飾るだけ。ノースリーブのインナーだけ身にまとい、普段着には適さない華美なアウターを両手にぶら下げていた。婚活パーティに行き慣れている渚《なぎさ》がこれ系の準礼装を死ぬほど所有しているのを、弟はよく知っていたが。

「どっちがナンパされやすいと思う？」

せめてどちらが似合うか聞いてほしかった。

「合コンでも婚活でもないんだよ？」

「似たようなもんでしょーが。オペラとか音楽会って歴史的に見ても社交の場、貴族がベターハーフを品定めする集まりだったの。きっと優雅な舞台の裏ではセックス祭り……ただれた関係を築きまくってたのよ！」

「否定できないのが悔しい」

「あ〜、駄目ったら駄目、もっとエレガントなエロスを追求しなきゃ！」

お子様に意見を求めたのが間違いだったわ、と戦力外通告を下される。

走り去っていく半ケツの渚《なぎさ》を見送る天馬《てんま》の口からはため息すら漏れない。本音では家で大人しくしていてほしかったのだが、横須賀《よこすか》の海まで同行してきた行動力の化身を止める術《すべ》など持たず。せめてもの対症療法として考えられるのは、

「……辰巳《たつみ》とは接触厳禁、だな」

ただれた関係を築かれたらたまったものではないから。

そんな心配をしている時点で姉のスペックを過剰評価している証拠。シスコンとブラコンは表裏一体なのを思い知る天馬《てんま》だった。

△

平日よりも空《す》いている電車に揺られて、平日と同じ駅で降りるのは不思議な気分。

されども出口は逆方向、高校とは駅を挟んだ向かい側にある芸術劇場を目指す。

演劇系や音楽系――所属する部活によってはお世話になる機会が多いらしいのだが、帰宅部一筋の天馬《てんま》にとっては縁遠い。

初めて訪れる施設ではあったものの、スマホのナビは必要なし。道路の標識にもその建物の名前は表示されていた上、なんなら少し歩いただけで「あれだな」と目星が付いた。ビル群をかいくぐって特徴的なアーチ状の屋根が見えており。

「で、でかい……」

いざ目の前にすると圧巻。「ひゃ～！」と、品のない感嘆を上げる渚《なぎさ》を笑えない。

高さだけではなく奥行きや広さも感じさせる造形美。いわゆるアトリウムと呼ばれるやつで、全面ガラス張りの正面玄関はローマの大聖堂を思わせる崇高さ。有名な建築家が図面を引いているのが素人《しろうと》の天馬《てんま》にもわかってしまった。

「ここを貸し切るってすごい財力ね、あんたの学校」

「同感だ」

気後れしつつもエントランスホールに入ると、吹き抜けの頭上をエスカレーターが交差していた。ぽつぽつ見える大人たちは例外なくフォーマルスタイル。男性は黒や紺のジャケットが大多数、女性はドレスの一歩手前くらいの上品な出で立《いた》ちで出演者に花を持たせる。家を出るときは若干ケバいと思っていた渚《なぎさ》が、意外なほど馴染《なじ》んでいるのだから恐ろしい。

セクシャルな乱れこそなさそうだが、大人の社交場であるのは確か。

いよいよ招かれざる客の様相を呈してくるが、それでも天馬《てんま》が逃げ出さずに済んだのは同年代の制服姿もチラホラ見かけたため。他校の生徒も交じっているあたり本当に大規模なイベントなのだと実感させられる。

「むっふっふ、狩り甲斐《がい》のある面子《めんつ》が揃《そろ》ってるじゃない。腕が鳴るわねぇ〜」

「既婚者と未成年には手を出さないでね？」

「じゃ、私はしばらくここら辺で壁の花を気取ってみるわ」

「返事が聞こえないけど……まあ、健闘を祈るよ」

こんな食虫植物にまともな男が寄ってくるのかは疑問だったが、すでにハンターと化している渚《なぎさ》はこぶつき（と思われるの）を嫌っているようなので別行動。わざわざ他人の振りをする必要がなかったのは儲《もう》けもの。

そもそも在校生と一般客では入場口自体が異なっているらしい。大人たちがエスカレーターで上層を目指す中、子供たちはそのままエントランスを奥に進んでいる。足並みを揃《そろ》えることには定評のある天馬《てんま》が、誰に教わるでもなく順路をたどっていたところ。

「おっす、おっす！」

藪《やぶ》から棒にお尻をぶっ叩《たた》かれる。しばかれるといっても過言ではない威力にも、驚くどころか「そろそろ来る予感がしていた」と思えるあたり天馬《てんま》は熟練者。振り返れば案の定、小山摩《こやまま》耶《や》が腰に両手を当てて高笑い。格式高い空気にも呑《の》まれず、我が道を行く安心感。

「逃げずにやってきたようだな、坊主《ぼうず》！」

「君との約束もあったからね」

「感心、感心。立派になったじゃないか、特にこの辺が」

触り心地がお気に召したのか、天馬《てんま》の尻を撫《な》で回《まわ》している摩耶《まや》。スキンヘッドを弄ばれていた店長の気持ちを実体験していたら、

「はいはい、その辺にしておきましょうね～？」

見計らったように割って入ってきた金髪の少女。先に合流していたと思《おぼ》しき麗良《れいら》にたしなめられ、摩耶《まや》のセクハラは中断。奇抜なスキンシップは少なからず人目を集めていたため、天馬《てんま》は胸を撫《な》で下ろすのだが。

「うっふっふっふ。約束、というのは～……」

一難去ってまた一難。麗良《れいら》が浮かべているのは笑顔に見せかけた何か。一度その糾弾に晒《さら》されていた天馬《てんま》は腋《わき》から汗が垂れる。

「いったいなんの約束です？」

「ん、え、あ、え……ハハッ」

「星プロ！　今年こそは一緒に参加しようって指切りげんまんしてたの。破ったら全校生徒の前で一発ギャグだったんだよ～。そっちも実は期待してたんだけど……ねっ？」

「う、うん……」

明け透けに暴露した摩耶《まや》からもわかる通り、やましい要素は一切ないのだが。

「なるほど……お楽しそうで、おいたわしい」

麗良《れいら》は口元を隠すお嬢様笑い。上品に見えて敬語が怪しくなっているのは黄色信号。奇《く》しくも彼女の病み成分を刺激してしまったらしく。

「ところで、矢代《やしろ》くん」

「はいっ！」

「ご存じですか？　指切りは遊女が客に小指を切り取って渡したのが由来だそうです」

「へ、へえ～。存じ上げなかったけど……暗に何か、伝えようとしてる？」

「滅相もない。ただ、人の小指は二本しかありませんのでお気を付けくださいね？」

「やっぱり椿木《つばき》さんって重い!!」

「女子にそれは禁句だぞ、やしろん。うちの方が断然、重量感あるしね！」

ばちーん、と膨らんでもいない自分のお腹《なか》を太鼓にする摩耶《まや》。的外れなフォローに癒やされたのは天馬《てんま》だけでなく、麗良《れいら》と一緒に吹き出してしまった。奇をてらわずして和やかなムードを作り出した本人は「ん、どったの？」不思議そうに瞬《まばた》き。十年後も二十年後も、そのままの君でいてくれと願う瞬間だった。

「もー、二人ったら夫婦みたいに息ぴったりでさー。まやまやさんお邪魔虫？」

「そんなことないって、ね？」

「はい、大きな子供みたいで可愛《かわい》いです」

「それはそれでどうなん？」

愛嬌《あいきょう》たっぷりに唇を尖《とが》らせる少女をなだめつつ、三人で歩く。

この施設には規模に合わせた複数のコンサートホールが存在している中、星プロが開催されるのは『大ホール』なる、その名の通り最も巨大な劇場。

重厚な防音扉を抜けると一気に視界が広がった。学校の体育館よりも高い天井。深紅の絨《じゅう》毯《たん》が敷かれた足元はふかふか。ステージを目指して階段状に並ぶ客席が、入ってすぐの位置から綺麗《きれい》に見下ろせる。驚くべきはその数にあった。

「……星藍《せいらん》の生徒、全員座っても余るんじゃない？」

式典や行事の度にちまちまパイプ椅子を並べているのが馬鹿らしい。ズレた感想を漏らす天《てん》馬《ま》に、「余らないと困りますよ」と真っ当な弁を返した麗良《れいら》は、

「席の数は全部で二千弱でしたっけね」

「トゥーサウザンド⁉」

「上の席も合わせて、ですが」

彼女が言及しているのは頭上。ドーム球場のスタンドのように、高い位置にせり出した傾斜状の席がステージを囲っている。上階の入場口はあちらに通じているわけだ。

星藍《せいらん》高校の全校生徒が九百六十名なので、それプラスアルファを収容するとなれば必然的にこれくらいのキャパが要求される……というのは頭では理解しているが。改めてとんでもない場所に迷い込んでしまった気分。

勝手がわからない天馬《てんま》は女子二人から逆エスコート、最後尾で階段を下りていく。中央のブロックに差し掛かったところで、摩耶《まや》が足を止めた。

「うちのクラスはこの辺りだねーん」

小さく手を上げてきた颯太《そうた》の他にも、軽音部のロックな女子やアホな男子たち、その他諸々《もろもろ》——見知った二年五組のメンバーが三列ほどを占拠している。ものぐさな担任教師は端っこの席で気だるそうに脚組みしていた。

「クラスごとに座るスペースが設けられてる感じ？」

「んまあ、ざっくりだけどねぇ」

「ほとんど全員参加ですし。好き放題に座ると収拾がつかなくなります」

「そのほとんどにカウントされていなかった去年の俺って……」

親が知ったらいじめを疑うレベル。出無精を呪いながら、摩耶《まや》、麗良《れいら》、天馬《てんま》の順に詰めて腰を下ろす。心なしか麗良《れいら》が摩耶《まや》の背中を押したように見えた。

クッション性が高いシートに心地《ここち》好《よ》さを感じていたら、

「本当に見たんだって！」

後ろの席から聞こえてくる声。見れば興奮気味の男子が何事かを説明しているが、隣に座る友人は興味なさそうにスマホをいじっており。

「寝ぼけてたんじゃねえの？」

「いやいや、マジでマジ！　身長二メートルはあったかな？　グラサンにスキンヘッドのリアル海坊主《うみぼうず》みたいな筋肉達磨《だるま》に俺、運悪く衝突しちゃって……」

「二メートルは盛りすぎ」

「死にそうなぐれぇビビッて飛《と》び退《の》いたら別のデカブツにぶつかったんだけど、それがよくよく見たら女の人で、おまけになぜかメイド服を着てたんだぜ⁉」

「……なんでメイド？」

「こっちが聞きてえよ！　でも、すげえ美人だったな……一部、柔らかかったし」

俺、高身長のメイドさんがタイプなのかもしれない。完全に恋する少年の眼差《まなざ》し。無垢《むく》な男子の性癖を歪《ゆが》ませる、罪作りなメイドがいたものだ。すでに半分ほど埋まっている上の階の席に天馬《てんま》は目を凝らす。今の会話に登場した彼も彼女も他の一般客に交じって座っているのだろうが、この距離で判別するのは不可能。

もっとも、天馬《てんま》が本当に探しているのは沖田《おきた》でも店長でもなく。

「凛華《りんか》ちゃんのお父さん、いらっしゃっているといいですね」

同じことを考えていた麗良《れいら》に囁《ささや》かれたので、「うん」と力強く頷《うなず》いておいた。

敏腕執事（秘書だっけ？）の彼を思い出し、この点についてはなんとなく心配がいらない気がする。この言い方だと他に不安要素があるようにも聞こえるが、

「皇《すめらぎ》はもう、控室とかに入ってるのかな？」

「そうですね。出演者は午前中のリハーサルから参加していますので」

「…………」

「心配ですか？」

「まさか」

天馬《てんま》の即答に、「ですよね」またしても同じことを考えていた麗良《れいら》はくすぐったそうに笑う。

人事を尽くした自信はあるので少なくとも後悔はなく。

ピアノコンクールはプログラムの後半——大トリと聞かされているため、それまではたっぷり催しを楽しんでおこうと決意。そうこうしているうちに、

『ご来場のみなさま、本日は星藍《せいらん》プロムナードコンサートにお越しいただき、誠にありがとうございます。当ホールにおきましては……』

スピーカーから女性の声でアナウンスが流れる。飲食や撮影の禁止、携帯電話のマナーモード設定のお願いなど、映画館でもよくある注意事項を一通り読み上げてから。

『開演の前にまずは主催者からご挨拶を。理事長、お願いします』

校長より偉い人。入学案内に載っているが実物を見る機会は少ない、理事長がステージの袖から現れる。白髪は交じっているが思ったより若い。礼服に胸章をつけている彼がマイクの前に立つと、微《かす》かに残っていた話し声も引いていく。

自己紹介から始まった当《あ》たり障《さわ》りのない挨拶は、ほとんどの観客の記憶に五分も残ってはいないだろうし、天馬《てんま》にとってもそれは例外ではなかったが、

『各方面のご尽力を賜りついに十回目を迎えた本コンサートが、みなさまの人生をより一層、豊かにすること……切にお祈り申し上げます』

締めくくりの台詞《せりふ》だけはやけに耳に残った。

あとになってその理由はわかる。そう、自分でもすでに予感していたのだ。

彼の願った通り、天馬《てんま》にとってこのコンサートは忘れがたい思い出。

人生に多大な影響を与える、ターニングポイントになったのだから。


総括するならば、予想の数倍——いや、数十倍は楽しめたと思う。

ライブやフェスを『動』とするならば、コンサートは『静』とするのが天馬《てんま》のイメージ。良く言えば心が休まり、悪く言えば睡眠導入にもってこい。船を漕《こ》がぬよう気を付けなければ、と。始まってみればそんな不安は吹き飛んだ。

有名な楽団から今をときめくアーティスト、はたまた同年代の合唱部や吹奏楽部まで。多種多様な顔ぶれが入れ代わり立ち代わり。百人乗っても大丈夫そうなステージを立ち回るだけでも視覚的に飽きが来なかった。

言うまでもなくパフォーマンス的な部分も大満足。

曲目がクラシック一辺倒でなかったのが大きい。流行《はや》りのJ‐POPはもちろん、大ヒットしたアニメ映画の劇伴やゲームミュージックなど。一度は耳にした覚えのあるサウンドがアレンジされており、感動を覚えた。

小休憩を挟みながら続いた公演は時間を忘れるほどで、

『――ここで最終演目の前に、三十分ほどの幕間《まくあい》となります』

アナウンスが流れ、場内が騒がしさを取り戻した頃。時計の針を確認すればいつの間にか三時間以上も進んでいる。席を立ったりストレッチする人間が多い一方、脳の普段は使わない領域を刺激された気分の天馬《てんま》は覚醒状態。眠気も疲れも感じなかったが、

「ズ、ズ、ズ、ズ、ズ、ズ〜……」

厳かなコンサートホールには相応《ふさわ》しくない音。耳を汚された気分で視線を向ければ、二十九

歳の担任が背もたれにだらんと仰け反り口を半開きにしていた。角度によってはスカート内が見えそう。マッサージチェア売り場によくいるおっさんのポーズを取る嫁入り前の女に、誰もがいたたまれなくなる中、

「喫煙はいびきの原因にもなるんだぞ、まこちー！」

証拠を撮っておくね、と摩耶《まや》はスマホのレンズを向けている。おそらく動画。醜態を永久保存されている真琴《まこと》だったが目覚める気配はない。本人に代わって釈明するなら、時間外労働でさぞかしお疲れなのだろうし、勤続八年目の彼女からすれば必然的に今回のコンサートも八度目。何もかもが新鮮な十代と一緒くたにはできない。

それにしても緊張感に乏しいよな、とため息をついたのをきっかけに天馬《てんま》は気が付く。出発前に感じた神経のこわばりが徐々に復活してきている。今ステージに上がれと言われたら間違いなく滑って転んで大惨事、真琴《まこと》以上の痴態を晒《さら》す自信があった。

「ま、あいつに限ってそんなドジは踏まないだろうけど……」

足がすくむより武者震いが似合いの女だしな、と思いながらスマホを取り出したところ。

「ん？」

不在着信と未読のメッセージを知らせるアイコン。サイレントにしていたので気付かなかったが、幕間《まくあい》になったタイミングで連絡が入っていたようだ。

相手はどちらも皇凛華《すめらぎりんか》。着信直後にメッセージという順番だったため、大方『なんで出な

いわけ？』とか理不尽なクレームをつけてきたのだろう。うんざりしながら画面をタッチしたのだが、幸いにもお咎《とが》めはなく。

『今、ちょっと来られる？』

そこは『今すぐ来なさい！』じゃないのかよ、と心の中でツッコミを入れつつ、すでに腰を上げていた天馬《てんま》に、

「楽屋に行かれるなら、向こうのゲートが早いですよ」

麗良《れいら》が教えてくれる。スマホを覗《のぞ》き見《み》られたわけでもないのに、もはや預言者。凛華《りんか》の様子が気になっているのは彼女も同じはずなので、

「椿《つばき》木さんも一緒に行く？」

どこへとは言わなかったが、「いえ」全部わかっている風に麗良《れいら》は首を振る。

「お呼びがかかったのは、矢代《やしろ》くんだけですから」

「そう？　じゃあ、行ってくるね」

あとから思えばこのとき、「私の分も激励、お願いします」とか頼まれることはなく。そういう呼び出しでないことをいち早く察しているあたり、麗良《れいら》が麗良《れいら》たるゆえん。

ＶＩＰも大勢いるので当然だが、楽屋へ向かうルートには割と厳重な警備体制。制服の警備

員に加えて、背広姿で耳にイヤホンを装着したSPっぽい人も見える。

軟弱な高校生を一人無力化するくらい造作もないのだろうが、そもそも強行突破するつもりは微塵《みじん》もなかったので、「すみません」「はい？」首に名札を提げているスタッフらしきお兄さんを適当に呼び止めた。

「コンクールの控室って、どっちですか？」

事前に凛華《りんか》が話を通していたのだろうか、おっかなびっくり尋ねた天馬《てんま》が不審者認定されることはなく。「こちらへどうぞ、奥から二番目のドアです」通行止めのロープを外してくれたお兄さんがご丁寧に案内までしてくれる。

その通路には忙しそうに行き交うスタッフの他、天馬《てんま》と同い年くらいの少女——コンクールの出場者だろう、思わず「すげえ格好だな」と口にしそうになった。ノーブルなドレスに身を包んだ彼女は熱心に声をかけられており、横を通り過ぎる際に「お前ならやれるぞ！」と聞こえてきた。親御さんか先生か。

傍目《はため》にも真剣さが伝わってきて、これが単純なお遊戯会ではないのを痛感する。

人と人との勝負。優劣を決める場所。誰しもが一生懸命なはずで、誰しもが一番になりたいと願っているはずで、だけど最後に選ばれるのは一人だけ。

天馬《てんま》は経験しことがないそんな世界に、過去の凛華《りんか》は長らく身を置いていた。

そして今日、帰ってきたのだ。

「あ～……やべぇ……ふぅ」

胃がキリキリする。うっすら吐き気を催したくらい。当事者でもないのに情けない。

どいつもこいつもよくこんなプレッシャーに耐えられるよな、という感想は控室のドアを開け放った瞬間に加速する。

「――うっ」

猛烈に、回れ右したくなる。肌をイバラで撫《な》でられるような感覚。空気がピリついているのが一瞬でわかった。壁掛けのミラーに囲まれる広々とした部屋。女子はドレスのカラーや髪型で個性を出す一方、男子は燕尾服《えんびふく》にオールバックで統一されている。

誰もが等しく自分の世界。イヤホンをつけてリズムを刻んでいたり、目をつぶって瞑想《めいそう》していたり、鏡に向かって表情を作っていたり（ピアノと関係、ある？）。他人にはわからないルーティーンで心を整える彼らは、総じて手練《てだ》れの匂いがプンプン漂う。

唯一の僥倖《ぎょうこう》は、今さら闖入者《ちんにゅうしゃ》にペースを乱される小物は一人もいなかったこと。

なんて場所に呼び出しやがるという恨み節で凛華《りんか》を探すわけだが、このとき天馬《てんま》はなぜか、本当になぜかわからないが、高校の制服を着ており髪もストレートのまま、ノーマルスタイルの彼女を脳内に呼び起こしており。

運が悪ければ一生彷徨《さまよ》い続けただろうが、しかし、目当ての女はすぐに見つかった。

運が良かったわけではない。偶然でもなければ、向こうから声をかけられたわけでもないのに。それでも凛華《りんか》を見つけられたのはスター性によるもの。

目を皿にするまでもなく、この空間で断トツの存在感を放っている。抗《あらが》えない引力に誘われて彼女の元へ歩み寄った天馬《てんま》は、

「よ、よーうっ」

裏返っている上に、どこの方言かも定《さだ》かではないイントネーション。気さくな紳士のつもりで上げた手も、からくり人形のようにギクシャク。完全に呑《の》まれてしまっている天馬《てんま》は落ち着きとは程遠い、平然ならざる状態だったが。

「あら、来たの？」

「……お前が呼び出したんだろーが」

「そうだっけ？」

対する女の泰然自若たるやいかに。鈍感なのか大物なのか。

無駄に心拍数を上げている自分が異常なのかと錯覚に陥るのだが、実際のところ眼前には尋常ならざる見た目の女が座っているわけで、天馬《てんま》は頭から湯気が立ちそう。

理解の容量をオーバーしてしまった結果、

「えーっと、だな…………………」

「なによ、モジモジして気色悪い」

「いや、お前……もしかして鏡、見てない？」

ボケに走ったつもりはないのだが完璧にボケている。

世間一般に天然ボケと呼ばれる反応に、不意を衝《つ》かれたのだろう。「ぷふっ」と凜華《りんか》はあまり見せることのない吹き出し方をして、

「見ない方が難しいでしょ、こんな鏡だらけの部屋でさ」

「……ごもっとも」

馬鹿にされてしまったが、その発言は天馬《てんま》に一つの閃《ひらめ》きをもたらす。

直視するにはあまりに多くの危険を孕《はら》みすぎている凜華《りんか》から視線を外し、天馬《てんま》は離れた鏡越しに彼女の晴れ衣装を拝む。

凜華《りんか》が身にまとっているのは、首回りがざっくり開かれた漆黒のドレス。表面は滑らかに見える一方、黒鳥の羽をモチーフにしたようなふさふさの装飾も散りばめられ、一目には素材が何かも判別できない。

恐れ入ったのはその高貴さに中身が全く見劣りしていない点。八面玲瓏《はちめんれいろう》にセットされた髪は極上のシルクにも負けない美しさ。大胆に露出した肩やうなじ、鎖骨のラインは、処女雪のように白い肌のおかげで上品な色気を醸《かも》し出《だ》している。フレアスカートが膝丈なのは流麗な脚を見せつけるため。控えめに言って非の打ちどころがなく。

「む、むぅ……」

「ねえ、さっきからどこ見てんの？」

良《い》い匂いが鼻先を擦《こす》ったかと思えば、立ち上がった凛華《りんか》が天馬《てんま》の顔を覗《のぞ》き込《こ》んでいた。当たり前だがメイクも舞台仕様だ。されども濃すぎることはなく、素材の良さを最大限に活《い》かしているのは衣装と同じ。

至近距離での直視は予想以上の破壊力。黙っていた方が変な気分になりそうなので、

「あー、馬子にも衣装ってやつだな、うん」

「誰が馬子よ、誰が」

「製造者の職人芸。磨かれた技術とたゆまぬ努力の結晶だな。日本の服飾史にも残る……」

「ドレスしか褒めないじゃないの」

と、律儀《りちぎ》にノリを合わせてくれたが、強がりのジョークを吐いたのは容易《たやす》く見抜かれていただろう。着られているのではなく着こなす。体型のみならず彼女の性格や生き様とも奇跡的にマッチしていて、オーダーメイドの神髄を見せられた気分。

「ぜってーレンタルとかじゃないだろ、それ」

「へぇ～、あなたみたいなファッションセンス皆無の人間にもわかるってことは、相当に出来がいいんだ。例のメイドったらお手柄ね」

「センス皆無で悪かった……………え、メイド？」

「あの女が作ったのよ、これ」

「はぁ？」

メイドといえばもちろん沖田《おきた》以外にはあり得ず。彼女のメイド服が自作で趣味が服飾というのは聞かされていたが、ドレスを製作できる一般人って何者なんだ。

「二か月半の超大作だって」

「……長いのか、短いのか」

「短いに一票。納期ギリギリ……ま、さすがに一人で全部ってわけじゃないでしょうけど。さっきまで楽屋にいてさ、化粧とヘアアレンジも担当してくれて至れり尽くせり」

「メイド辞めても余裕で食っていけるな」

あとで丁重にお礼をしておかねば、と天馬《てんま》は決意。てっきり当の本人は「見かけによらず使えるメスゴリラよね～」とか、恩義の欠片《かけら》も感じられない放言を口にするものとばかり思っていたから。しかし、

「感謝しないと、いけないわね」

そんなお節介を焼く必要はなかった。

皇女たる外見に引っ張られて粗暴さが鳴りを潜めたとか。張りつめた空気に呑《の》まれてセンチメンタルになっているとか、彼女に限ってそんな気の迷いは考えられず。

「メイドだけじゃないわよ。もっと、いろんな人に……」

だからこそ、それは本心から出た言葉。

「私一人だけだったら絶対に、ここまで来られなかったはずだから」

「…………」

そんなことない、と天馬《てんま》は言いたくなる。

ここまで来られたのは何より、彼女自身の力が一番大きいのだと思っていた。

たぶん、おそらく、きっと。最良の未来はいつだって意外なほど近くに転がっており、望みさえすれば労せず手に入る。ほんの少しの勇気が足りなかっただけ。

凛華《りんか》に限らず、誰もがそうなのだろう。

天才は天才なりに、凡人は凡人なりに、馬鹿は馬鹿なりに、どうでもいいことに悩んだり躓《つまず》いたり。誰かにほんの少しの勇気を分けてもらい、「こんなに簡単だったのか」と、最初の選択肢に戻ってきてようやく気が付く。シンプルなのに複雑に考えてしまうのが人間。

だからこそ愛《いと》おしい。だからこそ生《い》き甲斐《がい》がある。

「一人じゃ無理だったのは、俺も一緒だよ」

「え？」

「俺一人でも、こんな場所には来られなかったって言ったんだ。だから、感謝してる」

「……感傷に浸ってるみたいだけど、まだ何かを成し遂げたわけじゃないんだからね？」

「わかってるよ！　そっちが先に変なこと言い出したんだろ！」

「声が大きーい。みんな集中してるのよー？」

「す、すみません……」

結局、ＴＰＯを弁《わきま》えずにいつも通りの無駄話。呼び出した方も呼び出された方も目的が何かわからないでいたけど、これでいいのだろう。これがあるべき形なのだ。

そんなことを思っているうちに、

『お待たせいたしました。間もなく最終演目が始まりますので、離席中のお客様は……』

会場全体に流れる共通のアナウンス。運命の時がやってきたようだ。頑張れよ、なんて天馬《てんま》が言うのはすこぶる驕慢《きょうまん》に思えたため、

「演奏、楽しみにしてるぞ」

「素人《しろうと》なりに？」

「おう。庶民にもわかるように弾いてくれ」

普段と変わらない軽口のつもりで天馬《てんま》は返したのだが。

「前にも、言ったかもしれないけどさ………」

凛華《りんか》にとってはそうでないのが、声の溜《た》め方《かた》でわかった。

「私は、言葉よりも行動で示すタイプだから」

感謝に限らず、ね。

わざわざ強調するからには、それ以外の何かを感じ取ってほしいという意味。

「私の気持ち……ちゃんと、聴いてね」

「ああ」

「全部、受け止めてね」

「……ああ」

「それで、これが終わったら…………ううん」

違うよね、と首を振った瞬間の凛華《りんか》の顔に、天馬《てんま》は見入ってしまった。

心を奪われたといっても過言ではない。今日という一日のために全力で準備してきた。全てを出し切るつもりでコンディションを整えてきた。他の出場者の誰もが、最後の一滴を振り絞ってゴールテープを切ろうとしている中、凛華《りんか》だけは違う。

「ここから始まるから。本当の私が」

澄み切った瞳は、その先にある未来を確かに見据えていた。


終わりではなく始まり。脳内で彼女の台詞《せりふ》を反芻《はんすう》する天馬《てんま》は、階段を踏み外しそうになりながらもなんとか観客席まで戻った。

「凛華《りんか》ちゃんとお話し、できましたか？」

「ああ、うん……」

曖昧に答えつつ、隣に座る麗良《れいら》の顔をこっそり見つめている自分に気が付く。

ここから本当の私が始まる、とも凛華《りんか》は言っていた。

彼女が真実の思いを伝えたい人間は、言わずもがなこの世に一人——

『演奏の前に、審査員の代表からご挨拶があります。ウィーンよりお越しの……』

紹介のアナウンスが流れ、ステージに現れたのは六十代くらいの白人男性。カールしたお髭《ひげ》が特徴的。星プロの顔と言っても良《い》い、ポスターにもでかでかと写真が掲載されている高名な音楽家で、先ほどのオーケストラでは指揮を担当していた人だ。

流暢《りゅうちょう》な日本語でコンクールの歴史的変遷について説明した彼は、最後に審査員という自分の立場について、

『毎年、選ぶ方も選ばれる方も死に物狂いですよ。良くも悪くもね、賞というのは人の人生を狂わせてしまいますから。審査を終えた瞬間はいつも、来年は絶対にやりたくないと思って帰国するんですが……蕎麦《そば》と天ぷらが恋しくなって、またノコノコやってきました』

冗談を交えて語るのだが、見た目の貫禄《かんろく》もあるのだろう、その言葉には重みがあり。

『みなさまもどうか、彼らの音に、彼らの人生を見出《みいだ》すつもりで、お聴きくだされば』

彼が一礼して去っていったあと、舞台上にはライトに照らされて光沢を放つ黒いグランドピアノだけが残されていた。

わざわざ長めのインターバルを挟んだ上、スピーチから始まった理由は顕著だった。

会場全体の空気が一気に引き締まる。さっきまで寝こけていた真琴《まこと》も、今はしっかり目を見開いて前傾姿勢。ここからはただの鑑賞ではないのだと、観客も自然と審査する側に近い感覚

になっているのがわかった。

『それでは、演奏に入ります。一番……』

在籍校とフルネームが読み上げられ、舞台袖からロイヤルブルーのドレスをまとった女子が現れる。背筋を伸ばしてピアノの脇まで歩いた彼女は、観客に頭を下げてから椅子に座った。ふう、と一息ついた音すら届きそうなほど、ホールは静寂に包まれている。

演者は彼女一人。スタートの合図がかかるわけではなく、鍵盤に手を置いた少女はすぐに演奏を開始した。

当然、合奏や重奏とは根本から異なっている。たった一人の人間が、たった一つの楽器を、これだけ大きなホールで孤独に演奏している、はずなのに。

オーケストラに勝るとも劣らない迫力。巨大なグランドピアノとはいえ、会場全体と比較すれば小石のような一粒だ。スピーカーに繋《つな》がれているわけでもない生の音が、ここまで壮大に響き渡るものなのか。緊張に支配された空気を伝ってくるそれは、怖くなるくらいに天馬《てんま》の体を揺らしてきた。

――甘く見ていたな、これは。

腰を下ろしてじっとしているはずなのに、交感神経をバリバリ刺激されている。

演奏は七、八分だったと思う。精も根も尽き果てているはずだろうが、疲労感は露ほども表に出さず、やり切った顔で立ち上がった少女は一礼して舞台袖に消えていった。

アナウンスが次の出場者の名前を読み上げ、今度は燕尾服《えんびふく》を来た男子が現れる。そこからは同じ所作、礼をして椅子に座った彼は自分のタイミングでピアノを弾き始める。

最初の彼女とは違う曲だった。パンフレットによれば課題曲は複数から好きな物を選択できるらしい。ショパン、モーツァルト、ベートーヴェン、リスト。そうそうたる作曲家の名前に加えて、エチュードとかソナタとか細かく記載されているが、今の曲がどれに該当するのかは判別できるわけもなく。

しかし、少なからずわかることもあった。

一番手の彼女も、今の彼も、確実に上手《うま》い。ここまで歴然としているのには驚いた。

庶民にもわかるように弾いてくれ、と偉そうに凛華《りんか》に注文したのが悔やまれる。それは彼らにとっておそらくスタートライン。物心ついた頃から音楽に触れてきたとか、将来はプロを目指しているんだとか、それは前提条件として存在しており、その選ばれた中でさらに競い合うからこそ価値がある。

裏を返せば、ここからが素人《しろうと》の天馬《てんま》にとっては本当の壁。前の彼女と今の彼、どちらが上か聞かれても答えられない。正直、差はない。同じくらい上手だと思う。選ぶ方も精神を擦り減らしているのだという、審査員のスピーチも頷《うなず》ける。

ほどなくして二番手の彼も礼をして去っていった。その後に現れた出場者たちも漏れなく甲乙つけがたい、ハイレベルな演奏を披露し続けて。

「……すげえ世界にいるもんだ、あいつ」

五人目が終わったところで天馬《てんま》は誰にも聞こえない声でぽつり。そしていよいよ、

『六番、星藍《せいらん》高等学校、皇凜華《すめらぎりんか》さん』

心の中で唱え続けていた名前が呼ばれる。

瞬間、おっという軽いどよめきが起こった。読み上げられた凜華《りんか》の名前に対してか、現れた彼女の容姿に対してなのか、あるいは両方。何に反応したのかは不明だが、今までとは違った空気に会場内は染め上げられていた。

良く言えば期待感が高まっており、悪く言えば「どんなもんか聴いてやろう」と身構えているようにも感じられて、天馬《てんま》は気が気じゃなかったが。

当の本人は意に介する素振りも見せず。ピアノの隣で観客に向かって深いお辞儀。

そこまでは他の出場者と大差ない振る舞いだったが、頭を上げた彼女の視線がほんの一瞬だけ、確固たる意志を持って遠くの一点を見つめ、微笑《ほほえ》むのがわかった。それは本当に微《かす》かで、一瞬で、彼女と無関係な大勢は気付きすらしなかっただろうけど。

天馬《てんま》にはわかった。

麗良《れいら》にもわかったと思う。

凜華《りんか》も、迷わずに見つけられたと思う。

椅子の位置を整えて座った彼女は鍵盤に手を添える。優しいタッチで演奏は始まった。淀《よど》み

のない音は滑らかな指の動きが為《な》せる業。大舞台に委縮することがないのはもちろん、逆に私ならやれるとか、何が何でも勝つんだとか、変な気負いも感じられない。

自然体、と一言で済ますのは簡単だし。本人からすれば何も特別なことはやっていないのかもしれないけれど、度肝を抜かれずにはいられなかった。

――こんなに、違うものなのか？

天馬《てんま》は、ここに来てまだ凛華《りんか》を過小評価していた自分に気が付く。

麗良《れいら》の別荘や、学校の音楽室でも。今日までに彼女の演奏は聴く機会は何度かあった。その度にレベルが高いと思っていたし、それが彼女の自己ベスト、本番こそ練習のように、いつも通りのパフォーマンスをするのが目標だとばかり考えていた。

しかし、勘違いも甚だしい。天才の実力は、本当のすごみは、大一番でこそ発揮される。ここぞというときにしか現れない。殊更に隠していたわけではなく、手を抜いていたわけでもなく、最初からそういう風に設計されている。だからこそ天才と呼ばれる。

緊張や期待、好奇、高慢と偏見――演奏直前に広がっていた不穏な空気が、瞬《また》く間に払拭《ふっしょく》されていくのを感じた。汚れていたキャンバスが真っ白に塗り替えられる。

心をつかんで離さないとか、そういう強引な表現は使いたくない。こわばっていた体に安らぎを与えるような。絡《から》まっていた糸を解きほぐしてくれるような。心にすっと入ってきて隙間を埋めてくれる。母性さえも感じる、温かい旋律だった。

他の演奏者とどちらが上かなんて、考えもしなかった。

比べる気も起こらなかった。

上手《うま》いとすごいは似て非なるものなのだという、大須賀《おおすか》先生の言葉が思い出される。すごいという感覚にはプロアマ関係ない、とも。今の今まで半信半疑だったが、正しかった。人の感情を揺さぶれる者が最強。それこそが正真正銘の音楽であり、知識や理屈は不要、言葉を飾る必要もない。

わからなかったらどうしようなんて心配はいらなかった。天馬《てんま》にもしっかり伝わってきたから。私の気持ち、ちゃんと聴いてね——彼女自身が言っていた通り、凛華《りんか》はただひたすらに表現しているだけなのだ。今の自分の気持ちを、伝えたい相手に。

音楽的な評価とは別の部分。何も知らない素人《しろうと》として、多くの聴衆に紛れて、だけど確かに一人の男として、この場にいられることを天馬《てんま》は感謝したくなった。

誰も気に留めていない。気付かなくて構わない。審査には一切影響しないけれど、天馬《てんま》が天《てん》馬《ま》だからこそ読み取れる真意が、そこにはあったから。

——そんな顔もできたんだな、お前。

思わずこちらまで笑顔になってしまうくらい、凛華《りんか》は楽しそう。心が弾んでいた。

勉学も、運動も、音楽も、恋愛すらも。必死になるのはかっこ悪いから、と。一足飛びに人を追い越せる素質を持っているくせに、何事にも興味を示さず、熱くならず、楽しまず、いつも平然としていて、どこか冷めている。

人生に飽きたようにクールを貫いていたのは、他の人間の理想像を崩さないため。

そんな窮屈な生き方があるのかと思っていたけれど、今になってわかった。それは彼女にとって身を守るための術《すべ》でもあったのだ。それ以外の生き方をするのが怖かったから。自分の理想を追い求めるより、他人の理想にすがって生きる方が楽だったから。

そんな過去の自分と、彼女は決別したのだ。

心に仮面はいらない。素顔のままでも生きていけるのに、気が付いたから。

それが一番の幸せなのだと、幸せに生きているのだということを——

「……っ」

せっかく笑顔をもらったはずなのに、不意に熱い何かがこみ上げて、天馬《てんま》は堪《こら》える。

わかってしまったから。彼女が今、誰のために弾いているのか。

私に幸せを気付かせてくれてありがとう、と。

その感謝を誰に捧《ささ》げたいのか。誰と誰に同じくらい、伝えたいと思っているのか。自惚《うぬぼ》れではなく、その一人になれた自分を誇りたいと思った。

——ちゃんと、受け取ったぞ。

隣の少女に視線を向けて、天馬《てんま》は安堵《あんど》する。我慢する必要がないことを悟ったから。

聖母のように微笑《ほほえ》む麗良《れいら》の頬を、一筋の雫《しずく》が伝っていた。

つらくても悲しくても泣かない彼女が、抑える必要のなかった涙。

どんな宝石よりも美しい瞳から流れ落ちたそれは、この世の全てを浄化するような。見ている天馬《てんま》の心にまで染《し》み込《こ》んでくる、真実の光だった。

△

『──優勝者の皇凛華《すめらぎりんか》さん、登壇をお願いします』

会場は割れんばかりの拍手に包まれて何も聞こえなくなった。

同時にカメラのフラッシュがいくつも瞬《またた》いて凛華《りんか》を祝福する。

壇上には理事長や審査員の他にも、正装でまさしくオスカルという呼び名が相応《ふさわ》しくなった大須賀《おおすか》先生の姿もあった。遠目にもわかるくらい感無量の彼女は、大人らしく振る舞わねばという意地で泣くのはギリギリ我慢している様子。

『それでは推薦人の大須賀《おおすか》先生から、優勝杯の授与をお願いします』

銀色の立派なカップを凛華《りんか》に手渡しながら、何事かを喋《しゃべ》りかけた先生。

声は拾われていないが、おめでとうとか紋切り型の言葉をかけたのだと思う。受け取る側の凛華《りんか》も何事かを答えていたが、こちらは紋切り型ではなく何かしら鼻につく感じの返しをしたのだと天馬《てんま》は予想。

しかし、意外にもそれは大須賀《おおすか》先生の涙腺を刺激してしまったらしく、イメージ通りに涙脆《もろ》い彼女は号泣して凛華《りんか》を抱きしめる。水を差すようで悪いが別に十年来の恩師とかではない。観客席からは拍手と共に（主に身内から）笑いが起こっていた。

そこからは審査員からの総評。高水準にまとまってはいたが、優勝者だけ頭一つ抜けていたという意見で一致する中、過去の凛華《りんか》を知っていると思《おぼ》しき人物から、高校生になってからは賞とは無縁だったことに触れられ。

『これからの躍進に、期待してもいいですか？』

尋ねられた凛華《りんか》は、いつもの調子なら「気が向けば」とか「考えておきます」とか、炎上すれすれの受け答えをして天馬《てんま》の肝を冷やしてくれたのだろうが。

『そう、ですね』

マイクを手にした彼女は慎重に言葉を選ぶ。勝利者の責任も義務も理解していた。

『今回、この大会に出るにあたって、沢山のことを学ばせてもらいました。誰かに望まれてピアノを弾くことが、弾けることが、いかに幸せなのか気が付きましたので。みなさんに必要とされる限りは、私もその思いに応えたいです』

その瞬間に巻き起こった拍手こそ、凛華《りんか》が必要とされている何よりの証拠だった。

これだけ多くの人々に彼女は求められている。これだけ多くの人々の心をつかみ、感情を揺さぶって魅了することができた。今日だけでなくこれから先も、何度だって。

それはあまりに途方もない偉業なのに、主語が凛華《りんか》になった途端に現実味を帯びてくる。夢が夢ではなくなる。彼女なら必ず成し遂げられると信じたくなる。

他の誰かの希望に従って生きる。仮面をつけていた頃の彼女と同じ生き方に見えて、実際は百八十度も異なっていた。内側にこもっていくような暗澹《あんたん》たる要素は一つもない。華やかな表舞台に立つ覚悟を決めたのだから。

これが正しい形なのだと、天馬《てんま》は思った。

最後に一言だけ、大切な人に伝えさせてください——授賞式の終わり際《ぎわ》に申し出た凛華《りんか》は、観客席に視線を向けて微笑《ほほえ》んだ。演奏の開始前と同じくたった二人に向けて。恒星が無数に瞬《また》く銀河系にあっても決して見失うことはない。

『勇気をくれて、ありがとう』

本当にたった一言だったけど、言葉にはなっていない部分、そこにこめられたメッセージを天馬《てんま》が取り違えることはなかった。

勇気が欲しい。好きな人に好きって言う勇気が、私にもあればいいのに。

宵闇の広がる空を見上げた彼女は誰かを羨むでもなく、静かに祈りを捧《ささ》げていた。

その過去をなかったことにするわけでは、決してない。あの日の凛華《りんか》があったからこそ、今の凛華《りんか》があって、そして天馬《てんま》も——共に前を向き続けてきたのだと思う。

——ああ、そうか。

もう逃げない、今度こそ伝えられるから、と。

凛華《りんか》の瞳に見て取れる覚悟の色を、その意味を、天馬《てんま》は正確に読み取った。

あのときの彼女に足りなかった一握りの勇気を、もしも自分が与えられたのだとしたら。

自分という存在が、その隙間を埋められたのだとしたら。

「……こっちがありがとう、だよ」

思いが溢《あふ》れてしまわぬように、胸の中に留《とど》めておこうと念じていたはずの言葉は、驚くほどあっさり天馬《てんま》の口からこぼれ落ちてしまった。

生きている価値があったのだと、言われた気がして。

自分で自分を初めて誇りに思う。褒めてやりたいと思ったから。

△

天才ピアノ少女、堂々の完全復活——ドレス姿で優勝杯を掲げる凛華《りんか》の写真に、大層な煽《あお》り文まで載ったポスターが、学校のいたるところに貼り出されている現在。

星藍《せいらん》プロムナードコンサートが幕を閉じて、早くも一週間が経《た》とうとしていた。

我が校から優勝者を輩出するのは十年目にして初の快挙。理事長権限で祝日が増えたりしないものか、というサボり魔の担任がほざいていた願望はさすがに実現しなかったが、それでも学校を上げてのお祝いムードは未《いま》だに冷めやらず。

廊下でいきなり「おめでとうございます！」とか「感動しました！」とか、男女問わず見知らぬ生徒から声をかけられる機会が急増した凛華《りんか》。以前なら毒のたっぷり詰まった舌打ちで撃退していたのだろうが、今や「そう、ありがとう」と、クールなキャラを崩さない程度には応じており、天馬《てんま》や麗良《れいら》が気を揉《も》む必要もない。

丸くなったと評判の彼女に一抹の寂しさを覚えている層は、おそらくごく少数。

ほとんどの生徒はその変化を好意的に受け入れていた。人間は自分で思うよりはるかに単純な生き物だから。近寄りがたいよりも近寄りやすい方が、ファンサービスはないよりもあった方が、なんだかんだ嬉《うれ》しいに決まっている。

ちなみに、コンクールの当日——姿こそ見つけられなかったが、会場には凛華《りんか》の父親もしっかり足を運んでいたらしく。

『母親の足元にも及びはしないが、今まで聴いたお前の演奏の中では一番マシだった』

という偉そうなメッセージが後日、送られてきたとか。

受け取った本人は不服満面、既読スルーでささやかな反撃を試みていたが、ツンデレと子煩《こぼん》悩《のう》と愛妻家のコラボレーションに天馬《てんま》は笑いがこみ上げた。父親は自分の演奏を一度も聴いたことがないと凛華《りんか》は言っていたが、実際は欠かさずにチェックしていたという証拠。

元より傷だらけで壊れかけていた関係だ。すぐさま和解とはいかないだろうが、少なくとも快方に向かっているのだけは信じたかった。

こうして、一つの物語に一つの区切りは付いたが、本題はここから。

——勇気をくれて、ありがとう。

それが麗良《れいら》に思いを伝えるための勇気だという確信に、今も変わりはなかったが。

彼女が自身の物語に決着をつける瞬間は、まだ訪れてはいなかった。

忘れているはずはないので、十中八九タイミングの問題。

あれだけの演奏を披露したあとだったから、彼女がいかに天才で怪物だったとしても消耗は激しく、燃え尽きるまでいかずとも体や心がたぎっているはずで。

その熱を少しだけ、冷ましたかったのだと思う。

感極まったままの勢いを利用して告白するのを嫌ったのだ。凛華《りんか》なりにベストの演出を考えているに違いないので、天馬《てんま》はただ静かにそのときが来るのを待つだけ。

発破をかけるまでもなく、叱咤《しった》や激励もいらない。つまり、天馬《てんま》は役目を果たした。

生意気にも背中を一押しする権利すら、今は失われているのがわかった。

しかし、胸がぞわりと騒いだり、あるいはそわそわしたり、正体のわからない不安に苛《さいな》まれて日々を暮らすこともなく。それらに怯《おび》えていた天馬《てんま》は遠い過去。

強がりではなく、心からその日を待ち遠しく思っている自分に気が付いて。

「変われたのかな、俺も」

——終わりではなく、さよならでもない。


それからはしばらく、黙々といつも通りに過ごした。日々の生活に邁進《まいしん》した。

朝は弁当を作り、登校して授業を受けて、時間が合えば三人でお昼を食べて、テストに備えて勉強を教わったり、生徒会の仕事はあったりなかったり。

担任から暇つぶしの雑談で呼び出されれば、バスケ部のイケメンを利用して煙《けむ》に巻《ま》き。スキンシップの激しいドラマーには慎みの何たるかを説き、好き者の親友からは研究対象として大いにいじり倒される。

いつもと変わらない平凡な日々の中、天馬《てんま》の待ち望んでいたその日も例外ではなく。

そろそろ来る頃かもしれないな、と。

珍しく第六感が働いたのは、弁当に保冷剤を仕込む必要もなくなっていた十一月の初め。

冬の近さを知らせる冷たい風と共に、その瞬間は訪れた。

△

いつからだろう。自分を偽らずに生きたいと、願うようになったのは。

今さら頭を熱くして考えるまでもなく、はっきりしている。それが弱さではなく本物の強さだと教えてくれた、矢代天馬《やしろてんま》という男に出会った日から。

彼がこの世界で自分を見つけたあのときから、全てが変わったのだ。

椿木麗良《つばきれいら》を好きになった日が全ての始まり、この世に生まれた日だとするのなら、おそらく彼と出会ったその日に、皇凛華《すめらぎりんか》は本当の自分と向き合った、もう一つのバースデー。

彼女を愛する自分を、初めて知られてしまった相手。彼女を愛する自分を、初めて受け入れてくれた相手。偽らないで生きていい、お前はすごいのだから、と。人を愛する気持ちを知らないはずの彼に、人を愛する気持ちの素晴らしさを逆に教えられた。

そんなことができるのはとてつもない才能。彼の他には一人も成し得ないかもしれない功績なのに、本人はその意味を理解しておらず、凡人は凡人らしくとか、俺は天才じゃないからとか、口癖のようにいつも呟《つぶや》いている。

天馬《てんま》らしいといえば天馬《てんま》らしいし、どちらかと言えば可愛《かわい》くって、いじらしく、彼が色々な人から好かれる理由の一つに当たるのだろうけれど。凛華《りんか》は元々負けず嫌いで、誰かから一方的に影響を受けてばかりなんて、とてもじゃないが我慢ならなかったから。

彼の卑屈な部分を少しでも変えられたのなら——裏でそんな目標を立てながら過ごしていただなんて、恥ずかしいでは済まされないため墓場まで持っていくとして。

思えば本当に奇妙な三角関係。始まりは凛華《りんか》の麗良《れいら》に対する恋心だけだったのに。

しかし、麗良《れいら》が彼に惹《ひ》かれたのはある意味、必然で。逆に天馬《てんま》が彼女に惹《ひ》かれたのもある意味、必然で。凜華《りんか》が彼に惹《ひ》かれたのは……悔しいのでノーコメントにしておく。

矢印の数は言わずもがな、それぞれの思惑もあまりに複雑怪奇。

麗良《れいら》は凜華《りんか》の恋を応援するつもりで、天馬《てんま》も凜華《りんか》の恋を応援するつもりで、だけどその意味は両者で異なっていて。

もたもたしているうちに、好きの矢印はどれもどんどん大きくなっていった。気が付けばどれか一つを無視しても成り立たない、持ちつ持たれつの三角形になっていた。

それは凜華《りんか》の落ち度であると同時に、起死回生のファインプレーでもあった。

——どちらの思いに、応えればいいのか？

——どちらに思いを、告げればいいのか？

その疑問は別の疑問に、いや、答えそのものに姿を変えていた。

——どちらの思いにも、応えたい。

——どちらにも思いを、告げたい。

「欲張りだなんて、誰にも言わせない」

この物語は、この世界は、今も昔もずっと私を中心に回っているんだから。

今だけは不遜に、なりふり構わず。主人公になったつもりで言い聞かせた凜華《りんか》は、スマホを聖火のように掲げてメッセージを送信する。

宛先はもちろん――

『麗良《れいら》のこと、それとなく教室に連れてきてくれる？』

凛華《りんか》のメッセージを受信したのは、文化祭の資料を職員室に提出した帰り道。部活動に励む生徒の声が遠くからうっすら聞こえてくるだけの、人気のない廊下だった。

「やっぱり、今日だったか」

と、お達しの真意を読み違えなかった天馬《てんま》は、しかし、さして驚かされることもなく。

朝の早いうちから、今日は生徒会の仕事はあるのか、何時ぐらいまで残っているのか、会長の麗良《れいら》も一緒なのか、などなど。割としつこく聞かれていたため、何をするつもりなのかは予想がついていた。

「……最後の最後に使い走り、ね」

直接、告白相手を呼び出した方が手っ取り早いのでは。

真っ先に浮かんだ疑問だったけど、『生徒会室にいるから自分で呼べ』なんて返信はせず。

もしかしたら彼女なりの、天馬《てんま》に対する配慮があったのかもしれないし。具体的にどういう配慮なのかと聞かれたら難しい。義理とか人情の曖昧な概念に分類される。

秋の終わりを感じさせる季節。日も大分、短くなっていた。

窓の外に見える夕日は夏のそれよりもどことなく優しげな光を放って見える。

——春の夕日とももまた少し、違っているな。

天馬《てんま》が重ね合わせたのは四月、誰もいなくなった教室で凛華《りんか》と共に見た夕焼け。

一世一代の大舞台が放課後の教室なんかでいいのか、という老婆心もなくはなかったが、あの日と同じシチュエーションを作りたかったのだと理解すれば納得もできた。

もっとも、結果だけは同じにならない。

あのときとは何もかもが違っている。凛華《りんか》はもう恐れない。何もできなかったと、泣きそうな顔で謝ってきたり、誰かに慰められたり、肩を借りて弱音を吐いたり。

そういう未来だけはあり得ないのだと、天馬《てんま》は確信していた。

「俺も、怖くない」

胸に手を当てて確かめる。大丈夫だ。

大山鳴動して鼠《ねずみ》一匹現れず。その事実にほっと胸を撫《な》で下《お》ろす天馬《てんま》はもういない。

誰か一人が動いたら、均衡が崩れてしまったら、三人の関係が終わってしまったら。

今のままでいられさえすれば、答えを出さずにいれば、二人を見守ってさえいられれば。

そんな『たられば』に捕らわれて、がんじがらめになって、一歩も動けなくなる心配はもうない。たとえどんなことが起こったとしても、自分たちは一緒にいられる。

天馬《てんま》がそう断言できる理由、勇気を与えてくれた相手は、もちろん――

「おっ……」

「あっ……」

階段の踊り場で、思い描いていた少女とにわかに遭遇。息を呑《の》んだ天馬《てんま》だったが、虚を衝《つ》かれるというほどではない。これから迎えに行く相手だったから。

橙色《だいだいいろ》の光を受けていつも以上に輝いているのはブロンドの髪。

階段を上に向かっていたのが天馬《てんま》で、それは生徒会室に戻る順路なので特に不思議はなかったが、逆に下へ向かっていたのが麗良《れいら》であり。

「さっきの資料、抜けでもあった？」

「いえいえ、そういうわけではなく」

「なく？」

「あははは……」

曖昧に笑った麗良《れいら》は「夕日、綺麗《きれい》ですね」とだけ言って、視線を窓の外に向けた。

正直、夕日ではなく彼女の瞳に天馬《てんま》は視線を奪われていた。

夕焼けに縁どられた輪郭に浮かぶターコイズブルーの瞳は、水の惑星とも呼ばれる地球そのものに思えた。だからといって、君の方が綺麗《きれい》だよ、なんて言える甲斐性《かいしょう》はない。

「私、秋の夕日が一番好きかもしれません」

「奇遇だね。俺も似たようなこと考えてた」

遅れて天馬《てんま》も太陽を眺めつつ、脳内では「それとなく教室に連れて行くって、実は結構難しいのでは？」という情緒の欠片《かけら》もない問答をしていたわけだが。

「少し、歩きませんか？」

麗良《れいら》から思わぬ提案が飛び出て、「いいアイデアだね」渡りに船とばかりに乗っかった。

目的がないようで実はあるという奇妙な散歩が始まったわけだが、幸いお互いに一歩を踏み出した方向は違《たが》わず。不思議なほどに意思疎通が図れている。

「すごいよね、椿木《つばき》さんって」

「え？」

「会いたいと思っていると常に君の方から現れる」

今に限らず、思い返すと麗良《れいら》は何度もそうだった。いつもかゆいところに手が届く。それは偶然などではなく、表面には出てこない麗良《れいら》の気遣いがあったから。

「それは逆も然《しか》り、です。私が会いたいとき、矢代《やしろ》くんは傍《そば》にいてくれます。今もそう」

「俺の方はただの偶然」

「そんなことありませんって」

「…………」

「どうされました？」

「いや、ありがとね」

自然と感謝の気持ちが溢《あふ》れてくる。いくら言葉にしても足りないくらいに、どんどん。

凛華《りんか》と共に歩んできた道——それは麗良《れいら》と共に歩んできた道と同義。

彼女たちが離れ離れにならないように、少しでも距離を近付けられるように、と。二人を繋《つな》ぎ留《と》めるつもりで悪戦苦闘してきた天馬《てんま》だが、半分は思い上がりで、半分は自己満足にほかならない。空回りや遠回りを繰り返してばかりだった。

それでもバラバラにならずに済んだのは、ひとえに麗良《れいら》がいてくれたから。繋《つな》ぎ留《と》めているつもりが実際は繋《つな》ぎ留《と》められる側にいた。彼女が手を引いてくれたからこそ、天馬《てんま》は今日まで歩んでこられたのだろう。楽しく笑っていられたのだと思う。

「これまでの全部、ありがとう。椿木《つばき》さんのおかげで、ここまで来られたから。椿木《つばき》さん以外だったら絶対に、あり得なかったから」

口下手以前の問題。相変わらず脳内ばかりでお喋《しゃべ》りの天馬《てんま》だったが、大丈夫、行間を読むプロにはしっかり伝わっており。

「……こちらこそ、ありがとうございました」

緩やかに目尻を下げた麗良《れいら》。それもまた自然と溢《あふ》れ出《で》た感謝の言葉で、彼女も同じく今まで歩んできた道のりを思い出しているのだろう、と。

大して行間を読むのに長《た》けていない天馬《てんま》ですら察せるくらい、麗良《れいら》の一言一句には、あるいは一挙手一投足にも、果ては醸《かも》し出《だ》す空気に至るまで、一つ一つが含蓄を超えた大切な意味を持っている。声にならない声で天馬《てんま》に語りかける。

「あの日、私に手を差し伸べてくれて」

「あの日？」

「出会ったばかりの頃……ナンパされて困っていた私を、助けてくれましたよね」

「あー……大分遡るし、その件は翌日にちゃんとお礼を言われた気がするけど」

懐《なつ》かしいと共に、今でもはっきり思い出せる。

——私、あなたのことをもっと知りたいです。

麗良《れいら》の爆弾発言で凛華《りんか》が打ちひしがれたのはもちろん、クラスどころか学校中が軽いパニックに陥っていたのだ。

振り返れば、大きな分岐点の一つ。あのひと悶着《もんちゃく》がなければ、天馬《てんま》が麗良《れいら》から好意を寄せられることも、凛華《りんか》からキューピッド役を押し付けられることもなかったはず。

偶然って怖いな、と安直に思っているのは、どうやら天馬《てんま》だけだったらしく。

「私は、運命だと思っています。あのとき、あの場所に、矢代《やしろ》くんがいたこと」

「……運命、か」

命を運ぶのはきっと、自分自身。改めて美しい言葉に感じられた。

たまたまだよ、と不躾《ぶしつけ》に笑い飛ばすことができなくなってしまったくらい。

「私を助けてくれたのがあなたで、本当に良かったです」

「俺も……助けた女の子が椿木《つばき》さんで、本当に良かった」

「矢代《やしろ》くんでなかったら、何もかもあり得なかったです」

「椿木《つばき》さんじゃなかったら、こんな風にはならなかった」

天馬《てんま》も麗良《れいら》も、思考するよりも先に次々と言葉が溢《あふ》れてくるのがわかった。

今まで心の中では温めていたけれど、はっきりと声に出して伝えることは少なかった。深い部分にしまってあった穢《けが》れのない感情。

それがこぼれ落ちたのはたぶん、お互い無意識に悟っていたから。なんとなく予感していたから。いつもと変わらないようでいて、似通っているようでいて、少しだけ違っているのを。

今のうちに伝えておくべき言葉だということも。

——ああ、そうか。

凛華《りんか》から使い走りにされた理由。その配慮を、天馬《てんま》は明白に理解させられた。

——このための時間を、お前は俺たちにくれたんだな。

憎らしい演出をしやがって。その気遣いに胸が温まるのを感じながら、確かな幸福を噛《か》み締《し》めながらも、天馬《てんま》は歩みを止めずに進み続ける。

目的のない散歩は、しかし結局、最後まで一度も向かうべき道を見失わず。歩幅を合わせる必要もなく、アイコンタクトも必要なく、自信を持って歩くことができた。

誰とも出会わない空っぽの校舎は、二人きりの世界のように思えた中――たどり着いた教室では、一人の女が待ち構えていた。本日の主役の出番がやってくる。

夕日という名のスポットライトに照らされる、均整の取れたシルエット。何物にも染まらない墨痕《ぼっこん》鮮やかな長髪はいつにも増して、過去一番くらい絵になって見えた。

窓に背をもたれるように立っていた凛華《りんか》。告白できなかった前回、麗良《れいら》を呼び出した際も同じように待っていたのかもしれない。そうして必死に心を落ち着かせようとして、それでも胸の鼓動を抑え切れず、不安で瞳を曇らせていたに違いないが。

今の凛華《りんか》は安心しきった表情でいた。天馬《てんま》の顔を見て、麗良《れいら》の顔を見て、両方から平等に勇気をもらったかのように。穏やかな微笑を口元に浮かべており、

「遅いっての、待ちくたびれたわよ?」

冗談まがいにうそぶくことすらできてしまう。それでこそ皇凛華《すめらぎりんか》だ、と頷《うなず》きたくなる。

どちらからともなく教室に足を踏み入れた天馬《てんま》と麗良《れいら》は、お互いがお互いの背中を押すようにして彼女の前まで進んでいき、そして。

役目は、しっかり果たしたぞ――凛華《りんか》に視線でメッセージを送った天馬《てんま》は、今日こそは颯爽《さっそう》といなくなる、クールに去れる自信があったのだが。

「じゃあ、俺はこれで……」

「では、私はそろそろ……」

全く同じタイミング、麗良《れいら》と声が重なってしまう。

「ん？」

「え？」

半身の体勢を作り互いに見合ったところまで、合わせ鏡のように同じ姿。

まるで示し合わせたかのような動きだったが、そうでないのを理解しているからこそ、二人とも呆気《あっけ》に取られているのであり。対照的に一人、冷静だった凛華《りんか》から。

「どっちもいてちょうだい。いてくれなきゃ、困るじゃないの」

懇願するように言われるものの、混乱が取り除かれることはなかった。

やれやれと少し面倒くさそうに、同時に少し面白がるように唇の端を持ち上げる凛華《りんか》。

「ごめんなさい。ちょっとだけ謀《はか》らせてもらったわ」

「ど、どういうことだよ？」

「そうね、簡単に説明するとしたら……あなたたち、ここに来た理由は？」

出来の悪い教え子に特大のヒントを与えるような、半ば答え合わせするように問われてしまい。思案と呼べるほどの間は要さなかった。

「お前に、椿木《つばき》さんを連れてこいって言われたから……」

「凛華《りんか》ちゃんが、矢代《やしろ》くんを連れてきてほしいって……」

なるほど、ここまですんなりやってこられたのは、ラッキーでも以心伝心でもなく。両者とも両者を、連れてくるように指令を受けていたから。

——しかし、なぜ？

未《いま》だに疑問を解消できない天馬《てんま》は、答えを求めて凛華《りんか》を見る。

「私は…………ううん、こっちが先だよね」

と、彼女はかぶりを振ってみせた。頭の中で何度も繰り返し唱えていた言葉を、惜しみながらも手放すように。前もって準備してきたはずの精巧な脚本が、何の役にも立たなかったことを逆に喜ぶように。天馬《てんま》がその意味を辛《かろ》うじて解釈していたとき、

「ありがとう、矢代《やしろ》」

清廉を絵に描いたような、凛華《りんか》の真《ま》っ直《す》ぐな瞳に射抜かれる。

「私の恋を……今日までずっと、応援してくれて」

彼女の視線が、同じ光を宿したまま横に移動する。天馬《てんま》の隣にいる少女を見据えた。

「ありがとう、麗良《れいら》」

瞬間、天馬《てんま》は息を呑《の》んだ。

「私の恋を……今日までずっと、応援してくれて」

凛華《りんか》が包み隠さずに晒《さら》した、ただの感謝ではないその感謝が、何を意味しているのか。

脳裏を駆け巡ったのは今までの記憶。凛華《りんか》の恋を叶《かな》えるため、がむしゃらに突き進んできた一切の時間。それはほとんど、彼女と出会ってから今に至るまで全ての時間。

その中で凛華《りんか》が取った行動、そして麗良《れいら》の取った行動が、つぶさに蘇《よみがえ》ってくる。

思えば、そうだった。あのときや、あのときも、あのときだって――

不思議だな、と感じたり。らしくないよな、と首を傾《かし》げたり。もしかしたら、なんて期待を抱いたことも……白状すれば、何回もあった。そのたびに理由をつけて笑い飛ばしていた。

しかし、その疑問を尽《ことごと》く解消する答えが目の前にぶら下がっていた。

あまりに単純すぎる、わかりやすい答え。

天馬《てんま》が、凛華《りんか》の『好き』を大事にしたいと思っていたように、
麗良《れいら》も、凛華《りんか》の『好き』を大事にしたいと思っていた。

ただそれだけ、そのシンプルな答えで――

驚くほどあっさり、全部につじつまが合ってしまう。

――そうか、そうだったのか。だから君は……

――だから、お前は……

でも、だったらどうして。天馬《てんま》は問いかけるような気持ちで、凛華《りんか》に見入っていた。

目の前の女は、確かに何かを決意した顔を見せていたけれど。何か一つを選んだあとの顔ではなかった。何かを失う代わりに、何かを手にする顔でもない。

まさか、と。

頭に浮かんだ言葉は愚か、声の一つさえ発する権利も天馬《てんま》には与えられていなかった。

だって、この中でただ一人、凛華《りんか》だけが全てを知っていたのだから。全てを知った上で、全てを乗り越えここにいて、もうとっくに決めていたのだから。

これは彼女の物語なのだと、確信することだけ許された天馬《てんま》の前で、

「私は……」

凛華《りんか》の唇が、ゆっくり開かれる。

背景の太陽が霞《かす》むほど、眩《まぶ》しい笑顔を輝かせ、口にしたのは——

「二人のことが、好き」

その瞬間、一歩、小さくても大きい一歩を踏み出す音がして、

「二人とも、大好きなんだ」

次の声はすぐ近く、天馬《てんま》の耳元にあった。

天馬《てんま》と麗良《れいら》を、右腕と左腕、片方ずつで大事そうに抱き寄せていた凛華《りんか》。

三人が寄り添い、彼女と彼女の顔が、どちらも近くにあった。彼女と彼女の体温を感じた。

そしておそらく天馬《てんま》の体温も、彼女たちに伝わっている。

「ごめんね、時間がかかって……こんなこと、最初からわかってたのに。当たり前なのに」

謝りながらも、凛華《りんか》は満足そう。

「どちらか一人なんて、私は選ばない。選べないんじゃない。逃げてなんかもいない。諦めてもいないし、卑怯《ひきょう》だなんて言わせない。絶対に、誰にも、文句は言わせない。それが私だから……皇《すめらぎ》凛華《りんか》なんだから」

凛華《りんか》が、泣いているわけではない。わかっている。泣く必要なんてないのだから。

だけど天馬《てんま》は、胸がいっぱいになって何も言うことができない。

自分に嘘《うそ》はつけない。自分らしくありたい、と。

どれだけの葛藤や苦難に打ち勝って、彼女は当たり前の自分を取り戻したのだろう。

選ばないことを選ぶのには、どれだけの——

ぐちゃぐちゃになった感情のまま、泣いているのか笑っているのかもわからない、天馬《てんま》はくしゃくしゃの顔になって鼻をすすっていたのに。

「……私もずっと、考えていました」

と、鈴を揺らしたような声に目を遣《や》る。

凛華《りんか》の額に自分のそれを合わせた麗良《れいら》が、遠く思いを馳《は》せるように瞳を閉じている。

天馬《てんま》と同じ境遇のはずなのに、激情の奔流に呑《の》まれてもおかしくないはずなのに、理性も感性も失わずにいられたのは、凛華《りんか》と一緒で、彼女が逃げも諦めもしなかったから。

最善の未来を勝ち取る努力を怠らなかったから。

「もしも凛華《りんか》ちゃんが、私を……私が、凛華《りんか》ちゃんを。矢代《やしろ》くんが……私たちを。選ぶ必要がないくらい、比べる必要がないくらい、大好きになれたら、大好きでいられたら……それが一番、素敵なんだろうなって」

そうなってほしいと、心の中で願い続けていたのだろう。

麗良《れいら》だって驚いたはずなのに。天馬《てんま》と同じくらい、いや、それ以上。同性の幼なじみで、十年来の親友で、近すぎて気付かなかったからこそ、凛華《りんか》は悩んでいた。

「ありがとうございます。私を、好きになってくれて」

それなのにこうして凛華《りんか》の思いを受け止めて、なおかつ答えられる麗良《れいら》は本当にすごい。

すごい、けれど。すごいなんて思っている場合ではなかった。泣きそうになっている場合でもなかった。決めたじゃないか。天馬《てんま》も追いつく。追い越せるはずだと。

降って湧いたような発想では決してなかった。麗良《れいら》ほどはっきり思い描けてはいなかっただろうが、天馬《てんま》もぼんやりと考えてはいたことだから。

——だって、そうだろ？

好き同士の三人が集まっていて、上手《うま》くいかないはずがない。

離れ離れになる必要が、どこにあるのだろうか。

「好き同士の、三人が……」

そんなことを当たり前に考えている自分に気が付いて、だけどそれは決して当たり前なんかじゃない。過去の天馬《てんま》では決して手に入らなかったもの。すぐ近く、たとえ手のひらの上にあったとしても、指の間をすり抜けていってしまった、はずなのに。

いつからだろう、その存在に気が付いていたのは。透明な世界に色が塗られたのは。触れられているのに、今の今まで見ないふりをしてきた。そのせいで随分と回り道をしてしまった気がする。ああ、やっと本当の自分をさらけ出せる。

今がその時なのだと。他の誰でもない、自分自身から言われた気がして。

「……ただの憧れだと、思ってたんだ」

声は、出ているか。言葉は、正しいか。誠実に、正直で、いられるか。

いくつもの奇妙な不安に駆られてしまうのは、身から出た錆《さび》、これまでずっと考えるのを放棄していたから。主義や主張を持ったり、ましてやそれらを口に出したりする権利なんてないのだと、逃げ続けていたツケが回ってきていた。

「俺には無理なんだって、割り切って生きてきたから。恋だとか愛だとか、誰かを好きになる気持ちだとか、理解できる日は一生やってこないんだろうって。だから代わりに、お前の好きを……皇《すめらぎ》の好きを、叶《かな》えてやりたい。最初はそうやって始まったんだ」

それでもなんとか思いを伝えようとする天馬《てんま》は、よちよち歩きもいいところで、見るに堪えなかったかもしれないけれど。笑う者も急《せ》かす者もいなかった。二人は静かに耳を傾けてくれている。天馬《てんま》の言葉を待ってくれていたから。ゆっくりでも、不格好でも、時間がかかってもいい。しっかり自分の言葉で伝えよう。

「誰かを愛する気持ち……俺にはわからないそれに、憧れているだけなんだって。羨ましいだけなんだって考えるのが、楽だった」

天馬《てんま》の性根に染《し》み付《つ》いていた防衛機制の一つ、だったが。

「でも、違う」

もう、誤魔化す必要はない。本当に守るべき存在が何か、気付けた。

「それだけじゃ絶対に、ここまで来られなかった。それ以外の感情があったからこそ、今日まで傍《そば》にいられた。傍《そば》にいたいと思えた。これからも、この先も、永遠に」

「……うん」

ただ小さく頷《うなず》いただけの凛華《りんか》に、天馬《てんま》はどうしようもないくらい魅せられる。

彼女の瞳が、こんなにも優しい光を宿したことが、過去にあっただろうか。そんな視線が自分に向けられる日がやってくるなんて、想像できただろうか。

瞬間、彼女と出会ってから今までの記憶が、天馬《てんま》の中でとめどなく蘇《よみがえ》り。

「第一印象は、最悪だった」

それを自然と、言葉にしている。

「怖いし、冷たいし、刺々《とげとげ》しい……だけど話してみたら案外、そうでもなくって」

言葉にできている自分に、天馬《てんま》は驚いた。

「完璧主義に見えて実は全然完璧じゃないところとか、そのくせやっぱりかっこいい部分もあったりして、底が見えない女で……いつの間にか、目が離せなくなってた。他人に興味なんて持たずに生きてきた男が、だぞ。信じられるか？」

同時に、嬉《うれ》しかった。今までだったらおそらく、頭の中だけで完結していたに違いないそれらを、能動的に誰かと共有している。変わることができた自分と、それをすんなり受け入れられている自分、両方に対して嬉《うれ》しくなった。

恥ずかしいのに、むずがゆいのに、不思議と悪い気分ではない、新鮮な体験。

「もっと知りたいと思った。他のやつらにも知ってほしいと思った。お前が誰かに認められると自分のことみたいに喜べて、逆に誤解されると悲しくなって、変な怒りが湧いてきて……だけどそれでも、俺はちゃんとわかってるぞって。少し得意になったりしてさ」

何を言っているんだろう、と悶《もだ》えるより先に言葉が溢《あふ》れてくる。

あまりに幼くって、甘酸《あまず》っぱくって、青臭い感情を吐露する天馬《てんま》は、まるで――

「小学生の初恋みたいね？」

優しさを湛《たた》えたまま指摘してきた凛華《りんか》の瞳を、

「そうだよ」

天馬《てんま》は臆せず見返す。包み隠さずに全てをさらけ出そう。自分をここまで変えたのは紛れもなく、目の前にいる彼女なのだから。

「初めてだからわからなかったけど、今はもうわかってる」

絶対に、間違えない。手のひらからこぼれ落ちることはなかった。自分が何を言おうとしているのか、その意味を天馬《てんま》は知っている。ようやく名前を付けることができた。

——ああ、そうか……

「俺は、皇《すめらぎ》が好きだ」

この胸にあるのが、愛情。

「好きな人の好きだからこそ、叶《かな》えてやりたいと思えたんだ」

そしてこれが、告白と呼ばれるもの。

世界はこんなにも簡単だった。こんなにも近く、正解はただ目を開けるだけで良かった。今もそう、これからだってそう。凛華《りんか》はいつだって天馬《てんま》の傍《そば》にいてくれるのだから。

「……うん、良かった。ありがとう」

「感謝しなくちゃいけないのは俺の方だよ」

謝らなければいけないのも天馬《てんま》。先に思いを伝えた彼女の方が、はるかに大きな勇気が必要だったに決まっている。不安だったに決まっているから。

だけどその前に、目いっぱい頭を下げる前に、まだもう一人——もう一つだけ、さらけ出さなければいけない感情が残っていた。伝えなければいけない相手がいた。

「好きな人の、好きだからこそ……ですか」

たどたどしくて不器用な告白を、しかし、麗良《れいら》は愛《いと》おしそうに繰り返した。

彼女の青い瞳に、天馬《てんま》が映し出されている。それは美しいものを見つめるときの目。綺麗《きれい》なものを讃《たた》えるときの目をしている麗良《れいら》は、知っているだろうか。本当に美しいのは、一番に綺《き》麗《れい》なのは、彼女自身なのだということを。素直な心で、穢《けが》れのない瞳で、世界を見通す力を持っている彼女だったからこそ、天馬《てんま》は——

「そんな風にかっこよくて、誰かのために一生懸命になれる矢代《やしろ》くんだからこそ、私は……」

「待って、椿木《つばき》さん」

思った以上に、声が大きくなっていた。気持ちの強さか、あるいは単なる必死さの表れ。自分で一番わかっている。かっこいいと麗良《れいら》は言ってくれたが、実際は少しもかっこよくなんてない。それでも、だとしても。

「俺から言わせてほしい。ずっと……待たせてきたから。一回くらいは俺にも、チャンスをくれないかな?」

かっこつけさせてほしい、とか言いかけている自分に気が付いて、それは違うよな、と思い直した。案の定、情けない申し出にも麗良《れいら》が呆《あき》れることはなく、「はい」とただ一言。

そんな彼女の優しさに何度、救われてきただろう。数えきれないほど甘えてきた。情けない姿も沢山、見せてきた。それが天馬《てんま》という人間なのを、麗良《れいら》は誰よりも理解している。

理解した上で、天馬《てんま》を——だから、今さら取り繕う必要なんてない。

「最初は……こんな人が本当に、現実の世界にいるんだなって」

凛華《りんか》とは対極——月と太陽のように感じたのをよく覚えている。

「優しくて、明るくて、可愛《かわい》くて、あったかくて……それに何より、みんなから愛されているんだなって。愛されている理由が、すぐにわかったから。ぶっちゃけ俺も君と話しているときは、ドキドキしっぱなしだったし……うん」

本当に？　という思いが、目を丸くした少女から伝わってくる。

振り返れば出会ったばかりの頃、麗良《れいら》とはいたちごっこのような関係が続いていた。彼女が距離を一歩詰めてくるたびに、同じ歩幅で遠ざかる天馬《てんま》。

避けていたつもりは、ないのだが。

「君と一緒にいると俺は、胸の奥をくすぐられる感じがして……」

ずっと昔に手放してきたものを、呼び起こされる気がしたから。

「思ったんだ。これ以上はドキドキさせないでくれ、あまり近付きすぎないでくれって。他の人たちと同じでいさせてほしかった。人並みに君を好きでいられる、その他大勢でいさせてほしかった。それ以上の存在になるのが、期待するのが、怖かったから……」

凛華《りんか》の好きな人だから、自分は好きになってはいけない——もちろんその要素もあったが、それ以上に、それ以前に、無意識に心にかかっていたストッパー。

「裏切られるのが、嫌だった。傷付けたくないし、傷付きたくもなかった。何も考えていないように見えてさ、俺って本当は人から拒絶されるのを……人一倍、怖がっていたんだ」

我ながら面倒くさい男。愛想《あいそ》を尽かされても仕方ないのに、

「誰だって、そうです」

麗良《れいら》は、違う。

「私たちみんな、心の中では同じくらい不安で、手探りで、不完全で……正解がわからずに生きています。だからこそ助け合う必要があるんです。だからこそ、誰かと心を通わせられたとき……嬉《うれ》しくなれるんじゃないですか？」

「……そうだね」

口だけではなく、それを体現しているのが椿木《つばき》麗良《れいら》であり。

「嬉《うれ》しいです。矢代《やしろ》くんがずっと考えていたこと、聞かせてもらえて」

離れるどころか寄り添ってくれる。そんな彼女のおかげで今がある。麗良《れいら》がただの優しい人だったら、ただ愛されるだけの人だったら、天馬《てんま》は変わることなんてできなかった。人との関わり合いを恐れているだけの、逃げてばかりの男でいたに違いない。

「君に助けられるうちに、君と接するうちに、君のことを沢山知ることができた。優しいのは

もちろんだけど……だんだん、それだけじゃないってことに気が付いた。君の心が、誰よりも強いってことに。優しさの中に、本当の強さを秘めている人なんだって。なのに、それから、次に思ったのは……どうしてだろうね？　矛盾している自覚はあるけど……」

「なんです？」

「この人を、守りたいと思ったんだ」

「……………」

「俺なんかよりもよっぽど強い人のはずなのに、支えてあげなきゃいけないって。支えられるくらい強い人間に、ならなきゃいけないんだって。俺にとってはこんなの、初めての感情で……初めてだからやっぱり戸惑って。その意味に気付かなかったけど、もう大丈夫。君のおかげで、君の強さをもらったおかげで、俺もほんの少しだけ強くなれたから」

心に従うだけで良《い》い。それが天馬《てんま》の学んだ、麗良《れいら》から教えられた、真《ま》っ直《す》ぐな生き方。

彼女と過ごす日々が心地《ここち》好《よ》かったのは、愛されていると感じたから。今ならわかる。天馬《てんま》はその感情に心の底から飢えていた。自分を好きになってくれる人間なんていない、と。諦めの境地に立たされながらも、心のどこかで自分を愛してくれる誰かを探していた。

そして、同時に——

「俺も本当は、心のどこかでずっと……誰かを愛したいと思ってたんだ」

愛される以上に、愛することに飢えていた。それに気が付けたのは麗良《れいら》がいたから。

彼女が天馬《てんま》の固定観念を壊してくれた。狭い殻の中に閉じこもっていた天馬《てんま》を、外の世界に連れ出してくれた。

「今なら言える。君がキスした、あの日。記憶が飛ぶくらい俺が動揺したのは……待ち望んでいた人が、現れてくれたから。それこそ君は俺にとって、運命の人で……」

ああ、何を今さら言葉を飾ろうとしているのだろう。

「俺も椿木《つばき》さんが、好きなんだ」

そう、これでいい。

「俺も椿木《つばき》さんと、同じ気持ちだって。君を愛することができて、良かったって。本当はそう言わなきゃいけなかったんだ、あのとき……幸せだって、伝えたかった。愛されてばかりじゃいられない。同じくらいの愛情で……ううん、それ以上の気持ちで、ありったけの好きっていう感情を、君に捧《ささ》げたいと思っているから……これから先の人生で、返していきたい。君の人生の中に、俺をいさせてほしい。駄目かな?」

きちんと伝わっただろうか。遅すぎると怒られたりしないだろうか。

この期に及んで顔色を窺《うかが》うような真似《まね》をしている天馬《てんま》に、

「こちらこそ。末永く、よろしくお願いしますね」

麗良《れいら》の答えはシンプルで、それでいて迷いがない。

やっぱり敵《かな》わないな、と兜《かぶと》を脱ぐ気分の天馬《てんま》だったが、破顔一笑の麗良《れいら》は身がよじれるのを堪《こら》えているように、内ももをムズムズ擦り合わせており。

よくよく見れば凛華《りんか》の方も少し様子がおかしくて、もはや夕焼けの橙《だいだい》では誤魔化し切れないくらいに、顔に赤みが差しているのがわかった。

「え、なに？」

素に戻った天馬《てんま》が尋ねれば、示し合わすように互いの顔を見合わせた凛華《りんか》と麗良《れいら》。

会話せずともなんらかの感覚を共有したと思《おぼ》しき二人は、笑うとも呆《あき》れるとも取れない絶妙な表情になって頬を寄せ合い、

「こいつ、すごいこと言うなって、思っただけ」

「私としては、凄《すさ》まじいと表現したいですね」

「…………」

「一人だけならまだしも、二人同時にだし」

「両方とも聴き入ってしまいましたよ」

その反応が写し鏡になり天馬《てんま》は知った。思いのたけを綺麗《きれい》さっぱり打ち明けている自分に。

しかし後悔することも、赤面して悶《もだ》え苦しむことすらない。

ただひたすらに、体が軽かった。もっと早くこうするべきだったと思うくらいに。

「気持ちいいものなんだな、告白って」

こんなにも上手《うま》くいってしまい、罰が当たらないか心配になってくるのだが。

ここがゴールではない。むしろスタート、険しい道のりが続いているのかもしれない。

それでも天馬《てんま》は、確かに選んだのだから。

初めての選択。初めての好き。初めての告白。初めて尽くしで新米もいいところだけど、

「俺にとっては今、打ち明けた感情が全てで……これ以外は、知らないから」

もしかしたら初めてだからこそ、出せる答えもあるのかもしれない。

「皇《すめらぎ》を好きっていう気持ちも、椿木《つばき》さんを好きっていう気持ちも、両方大切にしたい。一括《ひとくく》りにはできない。そして同じくらい、二人の胸にある好きっていう気持ちも大切にしたい。だから……一緒にいさせてほしい。二人が一緒にいるだけじゃなくて、俺もその傍《そば》に……」

その選択が、許されるのならば。

——ここにいて、いいかな?

すがるような視線を向けた天馬《てんま》に対して、寄り添い合った凛華《りんか》と麗良《れいら》は、二人とも何を言うでもなく、ただ、ほとんど同時に天馬《てんま》へ手を差し伸べてきた。

二人の少女は片方の手を互いの背に回しながら、もう片方の手は天馬《てんま》に向けている。

飛び込んでも、受け止めてもらえる。倒れ込んだとしても、支えてもらえる。

天馬《てんま》に確信を抱かせる程度には心強く、どんな言葉よりもわかりやすい答えだった。

彼女たちの望みに応えることこそが、天馬《てんま》にとっては何よりの幸いであり、そうして始まった物語なのだから。

──これが第一歩、だな。

今度こそ、少しはかっこつけなければいけないと決意した天馬《てんま》は、個人的に過去最大級の勇気を振り絞り、大きく一歩を踏み出す。

脳内では、力いっぱいに彼女たちを抱きしめたつもりでいたのだが、

「…………」

「え、なにそれは」

「あの、矢代《やしろ》く～ん？」

「すまん、これが限界だ」

慣れない行為にへっぴり腰なのは一目瞭然、抱擁と呼ぶにはあまりに弱々しかったけれど。

今はまだ、これくらいがちょうどいい。

きっと、大丈夫だ。一人ではないから。二人でも、なかったから。

天馬《てんま》一人がくよくよ悩んでいた今までとは違う。頼れる二人が一緒なのだから。

三人がそれぞれの力で、それぞれの思いで引き合っている限りは、この輪が崩れてしまう心配はない。三人でなら探していける。三人で探していきたい。

だから今はただ、胸を張れ。支えられた腕の中で、馬鹿みたいに笑いながら、情けなく泣きそうになりながら、力の限りに夢を語ってやればいいのだ。

「幸せに、なろう……なるぞ、俺たち！」

好きを教えてくれて、好きになってくれて、ありがとう。

エピローグ

桜舞い散る、四月。一般的には出会いや別れの時期と称される多感な季節。

今年度から高校三年生の矢代天馬《やしろてんま》にしてみれば、さして心躍る変化があるわけでもない。受験に集中するため環境の変化を少なくする名目で、クラス替えというちょっとした儀式すら存在せず、通う教室が二階から三階にコンバートされた程度。

しかしながら目下、天馬《てんま》が直面している問題は受験戦争にあらず。ピカピカに磨かれた自宅のキッチンにて、

「うーむ……」

「い……いかがでしょう、か？」

険しい顔つきの天馬《てんま》の隣、固唾《かたず》を呑《の》んで見守るのは金髪碧眼《へきがん》の少女。

休日の女子高生らしく適度におめかしをした麗良《れいら》は、持ち寄った自前のエプロン（メイドバイメイド）を装着中。見た目だけなら文句なしに料理上手で家庭的な女の子。

恐る恐る天馬《てんま》がナイフで切り分けるのは、皿に載っている焦げた肉の塊だった。そうは見え

ないかもしれないがハンバーグだ。誰がなんと言おうとハンバーグ。

焼き上がりの割れを防ぐために柔らか合《あ》い挽《び》き肉を使用した甲斐《かい》もなく、繋《つな》ぎで入れた卵もどこかに消え去り、見るからにパサパサで砕け散っていた。

案の定、フォークを刺しても肉汁の一滴すら溢《あふ》れず。一思いに口に放り込んだ。驚くほど何の味もしなかった。下味の塩気どころか肉の臭みすら消し飛んでいる。ソースなしでは無味無臭の粘土、食べ物ではない何かを飲み込んだ天馬《てんま》。

控えめに言っても、仕事で疲れて帰ってきた夕飯に出されたらちゃぶ台をひっくり返す程度では済まないだろう、最低最悪の仕上がりに、

「最高だよ、椿木《つばき》さんっ!!」

天馬《てんま》はサムズアップ。

花丸満点の評価を下された麗良《れいら》は、大輪の向日葵《ひまわり》にも勝る笑顔をパッと咲かせる。

「ホントですか?」

「うん、飲み込んでも体に異常が発生しない!」

わーい、と喜び勇んだ彼女が皿とフォークを持って駆け寄ったのは、背後でボディガードのようにスタンバっていた長軀《ちょうく》の女。

「凛華《りんか》ちゃんも、ご賞味ください!」

「…………」

平気なんでしょうね、という視線を送ってくる凛華《りんか》に天馬《てんま》は黙って頷《うなず》く。猜疑的《さいぎてき》な目で黒ずんだ塊を睨《にら》みつけてから、意を決して口に入れる彼女。嚙《か》まずに飲み込んだのがわかる喉の動きだったが、しばらくして瞳を大きく見開き。

「た、た、た…………食べられる‼」

「だろ⁉」

「麗良《れいら》、すごいじゃないの、あなた！」

「えへへ、矢代《やしろ》くんのご指導のおかげです」

照れながら自分の頭を撫《な》でる麗良《れいら》に、彼女を囃《はや》し立《た》てる天馬《てんま》と凛華《りんか》。拍手喝采。おめでとう、おめでとう、めでたいなあ。某テレビアニメの最終回ばりに盛り上がっている三人を、冷めた目で見つめる女が一人いた。

相も変わらず日曜の昼間から薄着で酒を呷《あお》っている渚《なぎさ》は、天馬《てんま》に向かってただ一言。

「あんた、それでいいの？」

「何が？」

「ま、幸せは人それぞれかぁ～」

「何を言っているのかわからないけど……あ、そうだ。これ、姉さんも食べる？　水分を奪われるからつまみにちょうどいい……」

「遠慮しておきまーす」

うぇっへっへっへ——酔っ払い特有のよくわからない笑い声を上げる渚《なぎさ》だったが、仲睦《なかむつ》まじい若人《わこうど》を前に、何か思うところがあったのだろう。

次第にフルフル両目を震わせたと思ったら、あたりめをワイルドに噛《か》み千切って。

「あ～ん、私もイケメンに挟まれてちやほやされた～～～い！」

塩気の強そうな涙を飛び散らせながら、日本酒の一升瓶に直《じか》で口を付けていた。

婚活では未《いま》だに連敗続きの姉。いい加減に良い相手が見つかってほしいと思う反面、いきなり結婚とかまでいかれると寂しくなる気もしていたので。

——こうやって飲んだくれていた方が、今は嬉《うれ》しいかな。

二十五歳になっても変わらない姉のために、肝臓に優しい料理を沢山作ってやろう、と。

以前にも増して寛容になったのを自覚する、ギリギリシスコン未満の天馬《てんま》だった。


光陰矢の如《ごと》し、なんて言い回しをしみじみ実感する今日この頃。

気が付けば、彼女たちと出会ってから二回目の春を迎えていた。

あれからの話をしようと言いたいが、ぶっちゃければ語るほどの情報はなかったりする。

大方の予想通り、三人の関係には、三人の中では、大した変化は起こらなかったから。

平日の学校ではお喋《しゃべ》りをして、お弁当を食べて、休みは誰かの家に遊びに行ったり、ショッピングに出かけたり、受験に向けて真面目な勉強会を開いたり。

文化祭のライブでは摩耶《まや》の手からすっぽ抜けたスティックが凛華《りんか》に直撃し、球技大会では辰巳《たつみ》のクラスと戦ってボコボコにされ、クリスマスは麗良《れいら》の家でパーティが開かれ、元旦の初詣では着物姿の女性陣を拝み、バレンタインとホワイトデーは想定外の大忙し。

去年までの天馬《てんま》からすれば天と地ほどの変わりようではあったが、去年までは凛華《りんか》とも麗良《れいら》とも知り合っていなかったのだから、その変化は当たり前に受け入れられたし、悲観的に考える要素は一つもなかった。

もちろん中にはネガティブな要素——主に周りからの視線という点で課題もある。見知らぬ大勢の人間から、天馬《てんま》は『学校の二大アイドルを二股にかける大罪人』というレッテルを貼られていた。白い目で見られる機会も多い。逆に見知ったクラスメイトからは一目置かれていたりもして、やりにくいことこの上なかった。

でも、そういった扱いを受けるのは当たり前。三人で過ごすという選択肢が、天馬《てんま》たちにとって最良だったのは疑う余地もないけれど。それが普通とは少々異なっているのも疑いようのない事実で、理解や賛同を得られなくても仕方がない。

それでも希望はあった。わかる人はわかってくれていたから。

正しい道を選んだのだと言ってくれる友達、応援してくれる大人、お節介を焼いてくれる家族や家族同然の人々。彼らの優しさに触れながら生きる毎日だった。

憂いは断たれた——と言い切りたいのはやまやまだったが、強いて懸念《けねん》を挙げるなら。

「そういえば、大須賀《おおすか》先生から聞いたぞ」

「んー？」

満を持して開催された『椿木麗良《つばきれいら》のちょっとアレな料理スキルを改善しようの会パート11』がお開きとなり、キッチンで片付けや食器洗いをしている最中だった。

「お前、椿木《つばき》さんと同じ大学、受験するんだってな？」

フライパンをスポンジで擦《こす》りながら凛華《りんか》に尋ねる。麗良《れいら》としても初耳だったらしく「え、そうなんですか？」ボウルを棚にしまいながら振り返ってきた。

それは実に受験生らしい話題、いわゆる進路と呼ばれるもの。

学内のテストでは未《いま》だに首位を譲ったことがない麗良《れいら》。他県も含めて様々な大学を比較検討した結果、最終的にTの付く大学一本に絞るという王道の方針で落ち着いていた。以前にも増して模試の全国順位を上げており、日本一の大学に難なく合格してしまう未来が天馬《てんま》にも見える。

一方の凛華《りんか》は、星プロで優勝したその後も、大きなコンクールで優秀な成績を収め続けており、校内新聞どころか一般紙からも取材が来て記事が載るほど。もはや実績は申し分なしであり、前に入学案内を見せられた芸大や音大のどれかを狙っているものとばかり、天馬《てんま》は予想していたのだが。

「ああ、そうそう。言ってなかったっけ？」

「ないぞ。どうして急にドラ○ン桜が始まったんだよ？」

「誰も正攻法で挑むつもりはないっての。推薦っていうか……総合型選抜？　みたいなやつあるらしいから、それを視野に入れてる感じ」

「あー……俗に言う一芸入試、か？」

ピアノを生演奏して合格、みたいなものを想像する天馬《てんま》に、「全然一芸じゃないわよ！」声を荒らげる凛華《りんか》はあからさまに渋い顔つき。

「共通テストは必須だから一般科目の勉強は継続しなきゃいけないし、他にも書類選考だとか面接だとか論文まで今から対策しないといけないらしくって」

「一般入試より大変そうですねぇ〜」

たじたじの麗良《れいら》に「正直、クッソ面倒くさいわ」と凛華《りんか》は同意しながらも、その選択に後悔は微塵《みじん》もないのだろう、不敵な笑みで唇を広げている。

「けど、まあ……どうせなら狙ってみようかなって。私は常にてっぺんを目指してる。がめつく、強欲に、最上級の未来をかっさらうつもりなんだから」

二つから一つを選ぶのではない。両方ともつかみとる。それは恋愛に限らず、人生そのものに根差している彼女のアイデンティティ。

「進学しても大好きなピアノを続けられて、おまけに大好きな幼なじみと同じ大学に通えたりしたら……どう、素敵だと思わない？」

「最高すぎます！」

凛華《りんか》の描いた夢に、全肯定で麗良《れいら》は両手をギュッとした。幼稚園から高校までずっと一緒の学《まな》び舎《や》で過ごしてきた彼女たちだ。同じ大学を目指すことはある意味自然な流れであり、お互いにとって良《い》いモチベーションになるだろう。

間違いなく最良の形と言えた。祝福したい一方で、そこはかとない疎外感に苛《さいな》まれているのが天馬《てんま》。今この瞬間だけは三人でなく二人＋アルファだった。

「凡人の予想を一足飛びで超えていくよな、本当に……」

「あら、そういうあなたも第一志望、決まったんでしょ？」

「……一応、な」

都内の某私立大学。名前を聞いて「どこそれ？」と言う人間はまずいない。それなりの名門であり、偏差値的にもかなり背伸びしたつもりで天馬《てんま》は選んだのだが、

「今のままだと合格ラインギリなんでしょ。ま、精々精進しなさいよ」

「上から目線でチクショー！」

実際、高みの見物もやむなし。彼女たちの前ではどんな進路も霞《かす》んで見える。

しかし、今さらそれに劣等感を覚えるようなことはない。

人と比べれば小さな夢だったとしても、自分の意志でした決断だ。追いつける日がたとえ一生来ないとしても、立ち止まらない、追いかけると決めたのだから。

「でも、決めるのに大分お悩みになっていましたよね？」

「あー、いや、悩むってほどではなく。偏差値の近い大学が他にも沢山あってさ、特に違いもないように見えるし、どれにすればいいのかなーって」

「なるほど、その中で今の一校に落ち着いたのはどういう経緯で？」

「うん。学科は違うんだけど、颯太《そうた》もこの大学が第一志望らしくってさ」

入試科目とか学費とか立地条件とか、他にも理由はいくつかあったのだが、一番の決定打になったのはそれだった。

「いや～、やっぱり親しい人間が一人はいた方がやりやすいよね。安心、安全だ」

「……」

「……」

「あいつ、受験対策もばっちりでさ。お勧めの問題集とか教えてくれるし、過去問を一緒に解いたりするのも楽しいんだ。切磋《せっさ》琢磨《たくま》で夢に向かって突き進む感じ？　青春だよね～。そうそう、先月なんて二人でキャンパスを見学に行ってさ。学食で最近話題のスイーツを食べてきたんだ。写真撮ったりして男同士なのにちょい気持ち悪い――」

「…………」

「…………」

「ん？」

頼れる親友について嬉々《きき》として語っている天馬《てんま》は、遅れて気が付く。

「……学食、知ってました？」「……ううん、何も」「ギルティですね」「ギルティだわ」

タイムがかかった野球の試合、マウンド上のバッテリーみたいな距離感。口元を隠してこそこそ話している少女たち。「ど、どうしたの？」と、天馬《てんま》が困惑しているうちにミーティングは終了したのか、先に口を開いたのは凛華《りんか》だった。

「進路、もう一回よく考え直しなさい」

「なぜ⁉　せっかく決めたのに！」

「私も同意見です」

「椿木《つばき》さんまで⁉」

「仲の良《い》い友達と大学は別問題だと思います」

「だったら隣の女にも文句言わなきゃ……ってか、別に颯太《そうた》だけが理由じゃないんだよ。実はさ、担任の相沢《あいざわ》先生もここの大学出身――いわゆるOGでさ。授業のカリキュラムとかサークルの雰囲気についても親身に教えてくれる……」

「なおさらやめた方が良さそうね」

「全くの同意見ですね」

「なんで一致団結してるわけ⁉」

「そうだ、矢代《やしろ》くんも私たちと同じ大学を目指しません？　そうすれば三人ずっと一緒……」

「無茶言うんじゃないよ！」

「諦めちゃ駄目。ほら、総合型選抜もあるし」

「もっと無茶だよーっ‼」

嘆きなのかツッコミなのかわからない天馬《てんま》の叫びが、昼下がりの矢代《やしろ》家に木霊《こだま》する。

凜華《りんか》がいて、麗良《れいら》がいて、彼女たちの笑顔を特等席で眺めていられる。

一度目の春と、変わっているようで何も変わっていない。

よくわからない関係が、時間が、今も確かに続いていた。

△

麗《うら》らかな春の匂いに包まれる閑静な住宅街。区画整理の余波は郊外にも及んでいるのか、見慣れない建物がいつの間にか増えていた。

「ねえ……その映画、本当に面白いの？」

駅へ向かう小道を歩きながら、不満そうに問いかけてくるのは凜華《りんか》。

「レビューサイトで星が四つ以上だから、悪くはないんだと思うぞ」

「ネットの意見なんて参考にならないわよ。大体タイトルからしてお涙頂戴で寒いし、キャスティングもとりあえず流行《はや》りの俳優をぶち込みましたって、手抜き感が強い……」

「クソみそに貶《けな》すんだな。自分の父親がプロデューサーだろ？」

「だからこそ信用ならないんでしょーが！」

唾でも吐きかけてきそうな凛華《りんか》を「まあ、まあ……」と麗良《れいら》がなだめる。

天気も良《い》いので外を歩こうかという話になった道中、せっかくだから映画でも観《み》に行こうと提案していたのが天馬《てんま》。目当ては先週封切りされたばかりの恋愛映画だったが、チケットを予約したあとになって、凛華《りんか》の父親が製作に関わっていることが判明。

反抗期の抜け切らない娘が子供じみた駄々をこね始めた、という次第だ。

もっとも、冷戦状態だった最悪の時期に比べればマシになった方であり、

「もう実家には戻ってるんだろ、お前。作ってる映画の裏話とか、親に聞かないのか？」

「聞くわけないでしょ！　戻ったのはピアノがあるからってだけ！」

ただのツンツンなのか、照れ隠しのツンデレなのか。判別の難しい凛華《りんか》だったが、どうやら彼女が家に戻ってからは父親の海外出張は激減しているらしいので、彼の方は間違いなくツンデレなのだろうと天馬《てんま》は認定している。

「でも、意外でした。今回の作品もそうですし、去年公開していた別の作品もそう……あれで

いてラブロマンスが得意ジャンルなんですね、凛華《りんか》ちゃんのお父さんは」

麗良《れいら》の抱いた感想に「俺も思った」と天馬《てんま》は素直に頷《うなず》く。

「正直、どんな映画を作るのか興味がある」

「ですよね～。ネタバレなしで楽しみたいです」

「ふんっ。勝手に期待して、特大の地雷に当たっても知らないんだから」

「地雷……オチで登場人物が全員死んだり？　そういうのは勘弁だなぁ」

「え、それはそれで面白くありませんか？」

「俺は幸せな終わり方じゃないと満足できないの」

「出たわね、ハッピーエンド至上主義」

ふふっと、小鳩《こばと》のように笑った凛華《りんか》に「なんです、それ？」麗良《れいら》は興味津々《きょうみしんしん》に尋ねる。

「私と麗良《れいら》には、幸せになる義務があるんだって——臆面もなく言ってたのよ、こいつ」

「か、かっこいい、です……！」

「……言ったっけ？」

気恥ずかしくてとぼけてしまったが、白状すれば自分でもしっかり覚えていた。

信念もなければ度胸もない。

ふらふら歩いてばかりの天馬《てんま》が唯一、誓っていたことだから。

——彼女たちを不幸にだけはさせない。

思った。もしも……もしも、幸せに形があるなら。目に見えて、触れられるとするなら。

その形はきっと千差万別。こうでなくちゃいけないとか、決まりはどこにもなくって。

幸せを求める人の数と同じだけ、存在しているのではないだろうか。

もしも、三人ではなくて、二人だったら。この恋は簡単に決着がついたのかもしれない。

悩む必要も、苦しむ必要も、なかったのかもしれない。それもたぶん幸せの形の一つ。

だけど、天馬《てんま》は自信を持って言える。三人で良かった、と。

三人でいられたからこそ、沢山の幸せが生まれたし、これからも生まれていく。

まだその正体はつかめていないけれど、彼女たちと一緒なら絶対に――

「どうしたの？」

「どうかしました？」

二人の少女が振り返る。

その瞬間、桜の吹雪が甘い風と共に通り過ぎて世界を彩《いろど》った。

なんでもない、ただ――と首を振った天馬《てんま》は、心の底から笑っていた。

「幸せだなって、思っただけ」

三人でなら必ず、歩んでいける。

それがこの日、天馬《てんま》が見つけた平凡ではない幸せだった。

あとがき

遅ればせながら四巻です。あとがきも四度目ですが、未《いま》だにコツをつかめません。

時事ネタというか、近況報告的なものを交えるのが無難なのでしょうが、あとがきを考えるタイミングって大概は必死こいて初稿を上げて改稿を終えて、ようやく校正に入ってホッとした段階だったりするので、「最近、何か面白いことありました？」とか聞かれても「原稿書いてた記憶しかねえぞ！」ってなりがち……え、私だけ？

とにかく、そうです、私は現在『著者校正』をしている最中なのです。

これはプロの校正（校閲）者さんにチェックしてもらった原稿を参考に、著者が自分で直しを入れていく作業です。誤字脱字や表記揺れはもちろん、内容に矛盾が生じていないか、不適切な表現が含まれていないか、他にも様々なご指摘をいただき……毎回、勉強させられると申しますか、私の中では数々の問題提起がありました。たとえば、
・ネクタイを外したら女子の鎖骨は見えるのか見えないのか問題（一巻）
・ダブルオ○ライザーは伏字なのにバーザムは実名で良《い》いのか問題（二巻）
・ベルサイユという単語を聞いたら真っ先に何を連想するか問題（三巻）
・アラサーの担任教師を辛辣にイジリすぎではないか問題（全巻を通して）

一部にすぎませんが、該当箇所を探しながら読み返すのも一興かもしれません。と、気まぐれでこんな紹介をしたわけではなく。私の書いた小説が本になって発売されるだけでも、目には見えない沢山の人たちのご尽力・ご協力を賜っております。その方々に感謝を伝えるための場所があとがきなのだと、四度目にして理解させられました。

前置きが長くなりましたが、謝辞です。

怠惰かつ打たれ弱い作家を生かさぬよう殺さぬよう、手綱を握ってくださった担当様。出身地と出身大学を知って「いよいよこの人には逆らえない」と畏怖したのは内緒。

今回もエモエモのエモなイラストで作品を彩《いろど》ってくださったてつぶた様。何やら電撃文庫三十周年の企画もあったりするようなので、まだまだお世話になります。

また、コミック版の作画担当様。主人公が脳内でぶつぶつ呟《つぶや》いてばかりいる小説を、プロのお力で漫画化していただき痛み入ります。

そして最後に、読者の方々へ。みなさんは何に惹《ひ》かれて、△ラブコメの一巻を手に取ったのでしょうか。表紙のヒロイン二人か、あるいは金ぴかの帯か、図形の交じったタイトルか——実はこの中に私の手柄は一つもない（笑）。ただ、ここまでついてきてくださったのには、少なからず私の力もあったのかな……と、自惚《うぬぼ》れておきます。ありがとうございました。

またどこかでお会いできる日まで、ご健勝とご多幸をお祈り申し上げます！

榛名《はるな》千紘《ちひろ》

◉榛名千紘著作リスト

「この△ラブコメは幸せになる義務がある。」（電撃文庫）
「この△ラブコメは幸せになる義務がある。2」（同）
「この△ラブコメは幸せになる義務がある。3」（同）
「この△ラブコメは幸せになる義務がある。4」（同）

本書に対するご意見、ご感想をお寄せください。

ファンレターあて先
〒102-8177　東京都千代田区富士見2-13-3
電撃文庫編集部
「榛名千紘先生」係
「てつぶた先生」係

本書は書き下ろしです。

電撃文庫

この△《さんかく》ラブコメは幸《しあわ》せになる義務《ぎむ》がある。4

棒名《はるな》千紘《ちひろ》

2023年7月10日　初版発行

発行者　山下直久
発行　株式会社KADOKAWA
〒102-8177　東京都千代田区富士見2-13-3
0570-002-301（ナビダイヤル）
装丁者　荻窪裕司（META＋MANIERA）
印刷　株式会社暁印刷
製本　株式会社暁印刷

ISBN978-4-04-914809-1　C0193　Printed in Japan

電撃文庫　https://dengekibunko.jp/

電撃文庫創刊に際して

文庫は、我が国にとどまらず、世界の書籍の流れのなかで〝小さな巨人〟としての地位を築いてきた。古今東西の名著を、廉価で手に入りやすい形で提供してきたからこそ、人は文庫を自分の師として、また青春の想い出として、語りついできたのである。

その源を、文化的にはドイツのレクラム文庫に求めるにせよ、規模の上でイギリスのペンギンブックスに求めるにせよ、いま文庫は知識人の層の多様化に従って、ますますその意義を大きくしていると言ってよい。

文庫出版の意味するものは、激動の現代のみならず将来にわたって、大きくなることはあっても、小さくなることはないだろう。

「電撃文庫」は、そのように多様化した対象に応え、歴史に耐えうる作品を収録するのはもちろん、新しい世紀を迎えるにあたって、既成の枠をこえる新鮮で強烈なアイ・オープナーたりたい。

その特異さ故に、この存在は、かつて文庫がはじめて出版世界に登場したときと、同じ戸惑いを読書人に与えるかもしれない。

しかし、〈Changing Times,Changing Publishing〉時代は変わって、出版も変わる。時を重ねるなかで、精神の糧として、心の一隅を占めるものとして、次なる文化の担い手の若者たちに確かな評価を得られると信じて、ここに「電撃文庫」を出版する。

1993年6月10日
角川歴彦

電撃文庫DIGEST　7月の新刊

発売日2023年7月7日

青春ブタ野郎はサンタクロースの夢を見ない

著／鴨志田 一　イラスト／溝口ケージ

「麻衣さんは僕が守るから」「じゃあ、咲太は私が守ってあげる」咲太にしか見えないミニスカサンタは一体何者？　真相に迫るシリーズ第13弾。

七つの魔剣が支配するXII

著／宇野朴人　イラスト／ミユキルリア

曲者揃いの新任講師陣を前に、かつてない波乱を予感し仲間の身を案じるオリバー。一方、ピートやガイは、友と並び立つためのさらなる絆や力を求め葛藤する。そして今年もまた一人、迷宮の奥で生徒が魔に呑まれて――

デモンズ・クレスト2
異界∽顕現

著／川原 礫　イラスト／堀口悠紀子

《悪魔》のごとき姿に変貌したサワがユウマたちに語る、この世界の衝撃の真実とは――。『SAO』の川原礫と、人気アニメーター・堀口悠紀子の最強タッグが描く、MR（複合現実）×デスゲームの物語は第2巻へ！

レプリカだって、恋をする。2

著／榛名丼　イラスト／raemz

「しばらく私の代わりに学校行って」その言葉を機に、分身体の私の生活は一変。廃部の危機を救うため奔走して。アキくんとの距離も縮まって。そして、忘れられない出会いをした。《大賞》受賞作、秋風薫る第2巻。

新説 狼と香辛料
狼と羊皮紙IX

著／支倉凍砂　イラスト／文倉 十

八十年ぶりに世界中の聖職者が集い、開催される公会議。会議の雌雄を決する、協力者集めに奔走するコルとミューリ。だが、その出鼻をくじくように“薄明の枢機卿”の名を騙るコルの偽者が現れてしまい――

わたし、二番目の彼女でいいから。6

著／西 条陽　イラスト／Re岳

再会した橘さんの想いは、今も変わっていなかった。けど俺は遠野の恋人で、誰も傷つかない幸せな未来を探さなくちゃいけない。だから、早坂さんや宮前からの誘惑だって、すべて一過性のものなんだ。……そのはずだ。

少年、私の弟子になってよ。2
～最弱無能な俺、聖剣学園で最強を目指す～

著／七菜なな　イラスト／さいね

決闘競技〈聖剣演武〉の頂点を目指す師弟。その絆を揺るがす試練がまたもや――「識ちゃんを懸けて、決闘よ！」少年を取り合うお姉ちゃん戦争が勃発!?　年に一度の学園対抗戦を舞台に、火花が散る！

あした、裸足でこい。3

著／岬 鷺宮　イラスト／Hiten

未来が少しずつ変化する中、二斗は文化祭ライブの成功に向け動き出す。だが、その選択は誰かの夢を壊すもので。苦悩する二斗を前に、凡人の俺は決意する。彼女を救おう。つまり――天才、nitoに立ち向かおうと。

この△《さんかく》ラブコメは幸せになる義務がある。4

著／榛名千紘　イラスト／てつぶた

再びピアノに向き合うと決めた凛華の前に突然現れた父親。二人の確執を解消してやりたいと天馬は奔走する。後ろで支えるのではなく、彼女の隣に並び立てるように――。最も幸せな三角関係ラブコメの行く末は……！？

新作
やがてラブコメに至る暗殺者

著／駱駝　イラスト／塩かずのこ

シノとエマ。平凡な少年と学校一の美少女がある日、恋人となった。だが不釣り合いな恋人誕生の裏には、互いに他人には言えない『秘密』があって――。『俺好き』駱駝の完全新作は、騙し合いから始まるラブコメディ！

新作
青春2周目の俺がやり直す、ぼっちな彼女との陽キャな夏

著／五十嵐雄策　イラスト／はねこと

目が覚めると、俺は中二の夏に戻っていた。夢も人生もうまくいかなくなった原因。初恋の彼女、安芸宮羽純に告白し、失敗したあの忌まわしい夏に。だけど中身は大人の今なら、もしかして運命を変えられるのでは――。

新作
教え子とキスをする。バレたら終わる。

著／扇風気 周　イラスト／こむぴ

桐原との誰にも言えない関係は、俺が教師として赴任したことがきっかけにはじまった。週末は一緒に食事を作り、ゲームをして、恋人のように甘やかす。バレたら終わりなのに、その意識が逆に拍車をかけていき――。

新作
かつてゲームクリエイターを目指してた俺、会社を辞めてギャルJKの社畜になる。

著／水沢あきと　イラスト／トモゼロ

勤め先が買収され、担当プロジェクトが開発中止！？　失意に沈むと同時に、“本当にやりたいこと”を忘れていたアラサーリーマン・蒼真がギャルＪＫにして人気イラストレーター・光莉とソシャゲづくりに挑む!!

レプリカだって、恋をする。
Even a replica falls in love
榛名丼
［イラスト］
raemz
16歳、夏。はじめての、青春。
愛川素直という少女の
身代わりとして働く
分身体《レプリカ》、それが私。
本体のために生きるのが
使命……なのに、
恋をしてしまったんだ。
海沿いの街で
巻き起こる
ちょっぴり不思議な
青春ラブストーリー。
応募総数
4,128作品の
頂点
第29回
電撃小説大賞
大賞
受賞作
電撃文庫